해방의 밤

당신을 자유롭게 할 은유의 책 편지

해방의 밤

은유 지음

창비
Changbi Publishers

내 삶은 책기둥에서 시작되었다

결혼 후 목동 아파트에 둥지를 틀었다. 옆집에는 대기업에 다니는 아저씨와 아이들 둘을 키우며 집에서 미술 교실을 운영하는 아줌마가 살았다. 하루는 아줌마가 사정이 생겼다며 자기 대신 아이를 어린이집에 데려다달라고 부탁했다. 그러마 했다. 행여나 놓칠세라 다섯살 아이의 손을 꼭 잡고 길 건너로 갔다. 그런데 어린이집 입구에서 선생님을 보자마자, 아이는 안 들어가겠다고 엉덩이를 뒤로 빼더니 흐앙 울음을 터트렸다. 나는 아이를 어르고 달래어 교사에게 작고 보드라운 아이 손을 넘겨주었고, 곧 문이 닫혔다. 무슨 사이렌처럼 울리는 울음소리를 뒤로하고 돌아서자니 마음이 찌르르해지면서 눈물이 찔끔 났다. 눈물도 전염이 되는 걸까. 예기치 못한 감정에 괜스레 머쓱했다. 인간은 아무리 나이가 어려도 저마다 감당해야 할 슬픔의 몫이 있다는 걸 어렴풋이 느꼈던 것 같다.

다음 해 3월, 초보 엄마가 된 나는 남편이 출근하면 바로 유아차를 끌고 밖으로 나갔다. 나무가 많아 목동木洞이구나! 바쁘게 오갈 땐 전봇대 같아 보이던 나무들이 여기저기서 나를 향해 손짓했다. 이른 봄 하얀 목련의 꽃망울이 신호탄처럼 터지고 나면 개나리, 철쭉꽃이 무더기로 피어났다. 코끝에 진동하는 라일락꽃 향기로 나는 여름을 예감했고 성하盛夏의 나무 그늘에서 무더위를 식혔다. 가을엔 현란한 단풍이 시야를 물들이고 목동의 상징인 감나무 열매가 툭툭 떨어져 발걸음마다 주황색 얼룩이 지곤 했다. 순백의 눈꽃으로 뒤덮이는 설경의 겨울까지, 사계절 빛깔을 달리하는 꽃과 나무 앞에 아이를 앉혀놓고 카메라 셔터를 무수히도 눌러댔다.

"아이가 몇개월이에요?" 산책길엔 이웃과 금방 친구가 되었다. 유아차를 마주 세우고 말문을 트고 당면한 육아 고민과 이유식 레시피를 나누었다. 같이 아이를 재우고 떡볶이를 해 먹고 아이 옷을 사러 동대문 밤시장으로 우르르 출동하기도 했다. 단지 내 중앙놀이터 나무 그늘의 벤치가 요즘의 인터넷 맘카페 기능을 한 셈이다. 결혼도 처음, 엄마도 처음, 새벽에 일어나서 우는 아기를 보는 것도 처음, 후두염 걸린 아이 엄마 노릇도 처음… 매일 도래하는 처음을 겪어내야 하는 스물일곱살 양육자의 불안과 고립은, 목동의 아낌없이 주는 나무들과 동료 엄마들을 통해 큰 탈 없이 해소되었다.

피고 지고 피고 지고 10년. 하루하루는 초조했으되 생애주기에선 평화롭던 목동살이 안팎으로 서서히 지각 변동이 일어났다. 단지 앞에 은행 건물 하나 덩그러니 서 있고 옆으로 널찍한 파리공원이 자랑이던 조용한 동네에 현대백화점과 SBS 목동사옥 등 대형 시설이 들어섰다. 자고 나면 공터마다 건물이 쭉쭉 올라갔고 내부는 하나둘 학원으로 채워졌다. 중·고생 수학학원은 초·중·고생 수학학원으로 슬며시 간판을 교체했다. 전파상이 문을 닫고 부동산이 들어왔다. 근처 중학교의 특목고 진학률이 높아지면서 집값이 마구 올랐다. 어느 날은 아이가 물었다. "엄마, 왜 상가에 학원하고 부동산만 자꾸 생겨?"

교육특구로서 목동의 주가가 오를 즈음, 집안에 재난이 닥쳤다. 예정에 없이 거액의 채무를 떠안은 것인데 집을 파는 것 말고는 달리 해결 방법이 없었다. 매매계약서에 도장을 찍고 돌아온 밤, 나는 컴컴한 거실 소파에 누워 세살배기 둘째 아이에게 젖을 물리며 하염없이 눈물을 쏟았다. 눈물이 멈추지 않아서 몸이 잠겼고 눈물을 잠그려고 새벽에 응급실을 다녀왔다. 왜 갑자기 이런 일이 벌어졌는지 이해할 수 없었다. 정든 동네를 떠나기 싫었다. 결국 멀리 가진 못했다. 옆 단지 20평형으로 집을 줄여 이사 가며 채무를 정리하고 그러고도 남은 빚을 갚느라 맞벌이를 시작했다.

나는 출퇴근이 들쑥날쑥한 프리랜서로 일했는데 혹처럼 달려 있던 둘째가 문제였다. 든든한 지원군, 아이가 다니던 어린이집 친구 엄마들의 신세를 졌다. 지역 취재가 잡히면 아침 7시 반부터 남의 집 초인종을 누르고 아이를 들여보냈고, 나와 배우자 둘 다 늦어지면 아이들은 각자의 친구네에서 저녁을 해결했다. 거의 2배속으로 이리 뛰고 저리 뛰며 워킹맘으로 사는 동안 나의 걸음걸이는 거칠게 변했고 눈물샘은 아무 데서나 수시로 터졌다. 그럴 때마다 문득 그날이 떠올랐다. 뭣 모르던 새댁 시절 옆집 꼬마 따라 흘렸던 눈물, 그건 어쩌면 다사다난한 엄마살이의 예고편이었을지도 모르겠다고.

훌쩍훌쩍 울컥울컥 10년. 목동살이 후반부는 꽃나무에 눈 한번 제대로 맞춘 기억이 없다. 오로지 내면을 향했다. 밤을 낮 삼아 식탁을 책상 삼아 밥을 짓고 글을 썼다. 금융업계를 떠나 잠깐 보험설계사로 일한 남편은 하도 걸어 다녀서 양말에 구멍이 수시로 났다. 부부가 몸이 부서져라 일을 했지만 갚아도 갚아도 빚은 줄지 않았다. 터무니없이 치솟는 전셋값과 이자를 감당할 수 없었다. 두 아이가 각각 세살, 아홉살 때 들어간 20평 주거 공간은 8년쯤 되자 무리가 왔다. 아이들이 몸집이 커져서 성인 네 사람이 사는 꼴이 됐다. 애들 방을 만들어주기는커녕 각자 책상을 놓기에도 비좁았다. 하는 수 없이 빈약한 전세금을 헐어 넓은 평수의 월세로 집을 옮겼다. 그렇게 목동 주민이 아닌 목동 난민으로 떠돌다가 큰아이가 성인이 되는 해에 21년간의 목동 생활을 청산했다.

이사 가는 날은 눈물이 한방울도 나지 않았다. 미련 없이 사랑한 느낌이라고 할까. 애들 교육 때문에 그러느냐, 어느 동네나 살다보면 정든다, 아직 사는 게 어렵지 않구나 등등 주변에서 별의별 소리를 들으면서도 나는 목동에 남아 있었다. 아니, 버텼다. 이유는 단순하다. 살던 데서 살고 싶어서다. 어차피 학원비가 너무 비싸서 사교육 시설은 언감생심이었다. 하지만 목동에는 학원보다 귀한 자원이 있었다. 급하게 아이를 맡길 수 있는 묵은 관계, 날 선 신경을 누그러지게 하는 오랜 나무 내음, 그리고 무엇보다 삶의 피로에 찌들기 전의 내가 목동엔 살고 있었다. 과거의 내가 단지 어귀에서 걸어 나와 지금의 나에게 말하곤 했다.

"지난 10년 무탈하게 살았으니까 앞으로 10년은 힘들어도 견뎌보아. 조금 더 기운을 내렴."

1990년대에는 택시를 타고 "목동 아파트 가주세요" 그러면 기사님이 "좋은 동네 사시네요" 라고 말하곤 했다. 언제부턴가 그리 말하는 기사님은 없었다. 좋은 동네가 아닌 비싼 동네로 인식된 탓일 거다. 자식을 앞세운 중산층의 욕망이 유입되는 곳. 이제 인터넷에서 목동 아파트를 검색하면 '재개발'에 관한 기사가 주르륵 뜬다. 서울에서는 드물게 5층짜리 아파트가 남아 있는 동네, 아파트 단지 위로 너른 하늘을 내어주었던 '나의 살던 고향'은 이제 하늘을 침범하는 초고층 주거단지로 변할 일만 남았다. 30년 바람과 햇살이 길들인 목동의 울울창창한 나무와 꽃들도 아마 무사하지 못할 것이다.

나는 목동이 원래부터 사교육 온상지는 아니었음을, 학원보다 나무가 밀집한 조용한 주거단지였으며, 언제든지 품앗이 육아가 가능했던 사람들이 사는 곳이었음을, 생의 풍파에 휘청이던 한 사람이 다시 힘을 내고 살아가도록 품어준 너그러운 동네였음을 기억하고 싶다. 그건 아마 내가 그랬듯이 목동도 어제처럼 오늘도 존재하기 위해 최선을 다했기에 가능한 일이었으리라. 사람만큼 장소와 맺는 관계가 인생에서 중요하다는 걸 나는 목동에서 배웠다.

요즘도 한번씩 슬그머니 목동 가는 버스를 탄다. 주 목적지는 양천도서관이다. 집에서 한시간 거리인 데다 내가 그 동네를 떠나온 지 10년이 흘렀지만, 빌릴 책도 반납할 책도 없이 그냥 한번씩 들른다. 할 것들로 꽉 짜인 일상에서 내가 목적 없이 행하는 유일한 일이다. 말하자면 의도된 '헛걸음'인 셈이다. 마침 도서관으로 가는 버스 노선이 좋다. 자리에 앉아 멍하니 가다보면 차창으로 한강이 나타난다. 도심을 가로지르는 바다 같은 강. 매번 처음인 듯 놀란다. 운 좋은 날은 부지런히 빛을 산란시키는 윤슬을, 저녁 무렵엔 핏빛 열기를 토해내며 사위어가는 노을을 내어주나 대개는 무표정한 정지화면처럼 거기 있는 한강. 강물 위로 펼쳐지는, 모서리가 조각나지 않은 하늘다운 하늘은 도시 사람에게 반짝 허용되는 자연의 선물이다. 한껏 마음이 부푼 채 목동 단지로 흘러들면 키 큰 나무 사이로 잘생긴 붉은 벽돌 건물이 모습을 드러낸다.

그날도 괜히 마른침을 한번 삼키고 입장했다. 열람실 문을 밀 땐 왜인지 긴장한다. 모퉁이를 돌자 도열한 책꽂이가 나타났다. 눈에 들어차는 방대한 책들. 요즘 통 대형서점도 안 가고 작은 책방이나 인터넷서점을 이용하다보니 책의 물성이 뿜어내는 장관이 어쩐지 아득하고 낯설었다. 빨려들듯 서가 앞에 섰다. 책장과 책장 사이의 이 좁다란 통로, 책등 아래 붙어 있는 청구기호를 보려고 몸을 굽히면 꽉 차는 폭이 주는 안정감이 나는 좋았다. 아이처럼 내가 작아지던 곳. 제목만으로도 멱살을 잡아채던 서책들. 책 틈에서 숨죽이던 시간들. 그곳에서 벽 너머 세상을 넘보곤 했다. '철학' '사회과학' '예술' 책꽂이 사이를 이리저리 오가며 무슨 운명의 길이라도 찾는 양 두 눈을 빛내는 내가 보인다.

800번대는 한 시절 나의 주된 서식지다. 낮은 천장을 통과해 들어간 '문학' 서가는 비밀의 정원 같았다. 거기선 사서들이 일하는 소리도 어르신이 신문 넘기는 규칙적인 소리도 들리지 않는다. 아이가 잠든 유아차를 창가에 세워두고 문학평론집 코너에서 아무 책이나 빼 들었다. 묵은 종이 냄새, 정돈된 활자의 향연, 모리스 블랑쇼 Maurice Blanchot 같은 '불란서' 철학자의 이름이 등장하고 좋은 시구가 한두행, 때로 시 한편이 통째로 인용된 평론은 늘 매혹적이었으니 나는 야금야금 책장을 넘기며 도둑 독서의 시간을 누렸다. 인간의 삶도 이토록 정갈하고 아름다워야 마땅하다고 이야기하는 것 같은데 잘 해독이 되지 않아 혼란스러웠고 모르니까 책을 내려놓지 못하다가 아이의 '낑' 하는 신호음이 들리면 재깍 책장을 덮었다. 유아차 바구니에 그날의 대출 도서를 싣고 나와 식탁 위에 놓아두었다. 『시간의 파도로 지은 성』 『상상력과 인간』 같은 책은 제목을 보는 것으로도 구겨진 마음의 주름이 펴지곤 했다.

급작스러운 회한에 빠진 나는 책 세권을 빌리고 서둘러

열람실을 빠져나왔다. 도서관 건물을 바로 떠나지 못하고 서성이다가 사진에 담았다. '양천도서관은 잘 있습니다.' 이곳을 같이 드나들던 큰아이에게 사진을 첨부해 문자를 전송했다. 잠시 후 답이 온다. '양천도서관 참 오랜만이네요.' 큰아이는 올해 어버이날 카드에 이렇게 썼다.

"2020년 11월부터 삶에 책을 들이고 2021년 5월부터 삶에 글을 들였습니다. 그 이후로도 차곡차곡 일과 삶의 대전제들, 즉 변하지 않고 사고의 기준이 되어줄 것들을 쌓아왔습니다. 문장을 수집하기도 하고, 떠오르는 생각들을 글로 정리하기도 하면서요. 돌이켜보니, 어머니의 말들, 삶의 고유성과 구체성을 이야기하는 것, 타자의 삶에 공감하고 그들이 되어보는 것, 불행을 삶의 일부로 받아들이는 것 등으로부터 많은 영향을 받았더라고요. 그래서 감사하다는 말씀을 꼭 드리고 싶었습니다. 해피 어버이날."

유아차를 탈 때부터 도서관을 드나들던 아이, 곤히 잠든 것으로 엄마의 독서 생활에 기여했던 아기가 그때 제 엄마의 나이가 되자 책을 읽기 시작한다. 삶으로 책이 깃들기 좋은 나이 스물여섯. 한 세월이 가고 한 생명이 컸다.

발걸음은 자연스레 카페로 향했다. 노트북을 처음 사서 한글 프로그램을 다운로드받던 곳, 학원 간 아이를 기다리며 숨을 고르던 장소다. 커피를 내려주는, 비니가 잘 어울리는 바리스타는 나를 모르지만 나는 그를 알아본다. 속으로 인사를 건네고 창가에 자리를 잡았다. 책 한 권 커피 한잔 정물처럼 올려놓고 밖으로 시선을 두었다. 바람 따라 팔랑팔랑 세차게 뒤척이는 연초록 잎새 따라 내 마음도 수런거린다.

이전의 '도서관 신'이 막 보고 나온 영화의 한 장면처럼 반복 재생되었다. 막을 새도 없이 하품하듯 무심하게 울었다. 많이는 아니고 조금. 이 찬연한 봄날, 슬프지도 않으며 기쁘지도 않았고 다만 감정의 깊은 고요에 잠겼다. 이 눈물은 왜지. 도서관을 오는 이유를 모르듯 눈물이 나는 이유도 모른다. 그런가보다 한다. 원래 세상엔 이유를 모르지만 일어나는 일이 많다는 것쯤은 알게 되었으므로. 살다보면 그럴 때가 있다. 나는 어디서 와서 어디로 가는가, 고갱Paul Gaugin의 긴 그림 같은 질문이 눈물로 솟아나는 때가.

그로부터 얼마 후 한 매체와 인터뷰를 했다. 담당 기자가 물었다. "어느덧 책을 열권 낸 중견 작가이신데요, 계속 쓰게 하는 힘이 무엇입니까?" 나는 속으로 충격을 받았다. 정확히는 한 단어. 중견 가수, 중견 배우 할 때 그 중견. 중견 작가라는 말 때문에. 물론 대화의 맥락은 왕성한 활동을 한다는 긍정의 뜻이었으나 내겐 지독한 무거움과 딱딱함으로 다가와 박혔다. 사전을 찾아보니 중견은 가운데 중中 자에 굳을 견堅 자를 쓴다. 중견, 그러니까 그건 내가 살고 싶은 삶과 거리가 멀어도 한참 멀다. 나는 두렵다. 가운데라는 것도, 굳어지는 것도.

예나 지금이나 책 읽고 글 쓰고 수업하며 사는 모습은 변함없다고 생각했는데 생의 동선은 이동되었다. 그 의미가 가장 달라진 곳이 도서관이다. 책을 내고 10년이 흐르는 사이, 내게 도서관은 밀실이 아니라 광장이 되어버렸다. 지적·정서적 곳간이자 구석구석 숨어 있기 좋은 안전한 아지트. 거기서 난 익명의 존재이자 누구 엄마가 아닌 나만을 위한 본연의 나였고 모든 책을 유연하게 넘나들며 먹어치우려는 간절한 존재였다.

책을 내고부터는 대출인이 아니라 강연자가 되어 도서관에 출입한다. 열람실에서 책을 보는 사람들을 흘끔거리며 저기가 내 자리인데, 생각하지만 강당의 맨 앞 한가운데로 인도된다. 말을 모으지 못하고 말을 풀어놓는다. 아무려나, 강연은 의미가 크다. 세상으로부터 얻은 지식과 지혜를 세상에 되돌려놓는 마땅한 활동이고 그 임무를 나는 보람차게 수행한다. 그런데 그와 같은 외부 활동은 내부 활동의 결과다. 책기둥 틈에서 왜 읽는지 목적도 없이, 내용이 무엇인지 이해도 없이, 뭘 써야 한다는 의무도 없이, 그저 책을 무모하게 탐하는 기쁨을 모아두었던 무용의 시간이 없었다면 애초에 불가능했을 일이다.

물론 나는 책을 떠난 적이 없다. 독서 생활은 집에서 이뤄지고 집은 작은 도서관이라 해도 무방할 만큼 책 천지다. 그러나 나는 들뜬 채로 책 사이를 헤매지 못한다. 가끔 한숨도 나온다. 읽어야만 하는 책들, 읽으면 좋을 것 같다고 권유받은 책들처럼 목적이 분명한 책들의 무게에 짓눌리는 느낌이 든다. 필연의 책장엔 우연이 발생할 여지가 없는 것이다. 어쩌면 그래서 그랬을까. 나도 모르게 도서관으로 뛰어가서 서가 구석을 하릴없이 기웃거리곤 했으려나. 헛걸음을 뒤늦게 헤아려본다.

앞으로 계획이 어떻게 되느냐는 질문을 자주 받는다. 그러면 잘 모르겠어요, 계획이 있었던 적이 없어서요라며 말끝을 흐린다. 줄곧 그리 살았다. 중요한 건 당면한 글 한편을 무사히 잘 쓰는 일이었다. 그것만이 계획이고 목표였다. 내가 읽은 건 필독서 목록의 책이 아니라 우연히 걸려든 한권의 책이었고 그 책을 나침반 삼아 한걸음씩 옮기다보니 어느새 책을 열권 넘게 썼지만 책을 너무 많이 낸 건 아닌가 하는 생각이 떨쳐지지 않는다.

내가 살고 싶은 삶은 책기둥에서 비롯되었음을 인생의 목격자 양천도서관이 일러준다. 너무 멀리 가지 말 것. 헛수고와 헛걸음으로 우연 앞에 나를 풀어둘 것. 어디를 가야 자기 존재가 피어나는지 몸은 안다. 10년 후 모습을 만들어가

기보다 10년 전 모습에서 멀어지지만 않아도 좋은 인생이라
고 생각한다.

"책은 무례하니까. 책은 사랑을 앗아가며 어디론가 사람
을 치우치게 하니까. 벽만 바라봐서 벽을 약하게 만드니까.
벽에 창문을 뚫고 기어이 바깥을 넘보게 만드니까."(문보영
「책기둥」부분)

『해방의 밤』은 책과 사람에 대한 오래된 믿음에서 비롯됐
다. 한 사람이 읽은 책을 알려주지만 독후감은 아니다. 어떤
구체적인 사람을 불러오는 책의 이야기를 담았다. 그래서
편지 형식을 띤다. 수신인은 거의 독자다. 책을 내고부터 생
긴 인연, 읽는 사람 독자. 그들은 두툼한 손편지를 주거나 어
려운 질문을 던졌다. 인생 상담이라 할 만한 큰 내용이 들어
있기도 했다. 난 현자가 아니라서 현장에서 바로 답하지 못
했고, 그곳을 떠나서도 외면할 수 없었다. 왜냐면 나도 읽는
사람이니까. 책 주변을 서성이며 사는 사람이니까. 읽는 사
람은 답을 구하는 사람이다. 병원의 진료 대기실에서 만난

환자들처럼 우린 비슷한 증상을 지나왔거나 지나는 중이었기에 그들의 고민은 곧 내 문제였다.

독자가 안겨준 숙제들, 생의 풀리지 않는 물음들 몇가지쯤은 늘 끼고 산다. 본능처럼 책에 손이 갔다. 삶의 질문에 대한 힌트는 대개 두가지에서 나왔다. 시간 그리고 책. 세월이라고 할 만한 시간이 흘러야 깨닫게 되는 것들이 있었다. 그에 비하면 책은 좀더 가까웠고 친절했다. 먼저 시간을 살아낸 이들이 쓴 글은 믿을 만한 처방전이 되어주었다. 책을 읽다가 '이거구나!' 하고 인식의 전구에 불이 들어오면 주섬주섬 글쓰기를 시도했다. 책으로 삶을 해석하고, 삶으로 책을 반박하며 덩어리진 생각에 질서와 문장을 부여했다. 그렇게 한편씩 글을 완성했다.

이 책은 질문을 던져준 독자, 동료, 친구에게 보내는 늦은 답장이다. 평어체와 경어체를 고루 썼다. 내가 묻고 내가 답하는 자문자답도 있다. 수신인은 여럿이지만 자기답게 살고 싶어하는 사람, 즉 '묻는 자'라는 점에서 한 인격이기도 하다.

1부는 관계와 사랑, 2부는 상처와 죽음, 3부는 편견과 불평등, 4부는 배움과 아이들을 키워드로 묶었다. 특히 마지막 4장은 중·고등학교에서 만난 학생이나 교사에게 보내는 글이 대부분이다. 내 딴에는 중심에 있지 않기 위해, 굳어가지 않기 위해 찾아가는 곳이 학교다. 학교는 급진적인 질문이 가장 많이 터져나오는 장소다. 나는 학교만 다녀오면 아이들이 감당할 세상의 불의가 선명하게 감지되어 어지러웠고, 이 망할 세상에 아직은 희망이 있는 것 같아 가슴이 두근거렸고, 더 나은 이야기를 들려주지 못한 것 같은 나의 무능을 탓하며 책을 팠다. 이 아이들이 직면한 현실이 더 타락하지 않도록 하기 위해서, 아이 몸에 박힌 기죽이는 말의 가시를 빼주고 싶어서, 그냥 뭐라도 해야 할 것 같아서 마음이 바빴고 그 '뭐라도'는 언제나 글쓰기였다.

'질문이 있는 삶'을 살도록 자극해준 책과 사람에게 감사한다. 덕분에 도서관 모퉁이에서 시작한 읽기 생활이 나를 넘어 타인과 세상으로 확장되었다. 지적 유희나 지식 축적을 위한 독서가 아니라 삶의 문제를 풀어가는 실천적 관점에서 깊이 읽기를 시도했다. 그 경험과 사유를 엮어 또 하나의 언어 다발을 묶어낸다. 이 책을 관통하는 키워드는 해방이다. 인터넷에서 인종차별 철폐 집회 사진을 봤는데 흑인이 든 피켓에는 이런 문구가 써 있었다. '평화는 백인의 단어다. 해방이 우리의 언어다.' 모아놓고 나니 이 책에도 해방이란 말이 꽤 여러번 등장한다. 읽는 사람이 되고부터, 즉 고정된 생각과 편견이 하나씩 깨질 때마다 해방감을 느꼈기에 쓴 것 같다. 나도 해방을 우리의 언어로 삼는다. 비록 앎이 주는 상처가 있고 혼란과 갈등이 불거지기도 하지만, 무지와 무감각의 시절로 돌아가고 싶지 않다. 나의 무신경함이 누군가의 평화를 깨뜨릴 수 있으며, 적어도 약자의 입막음이 평화가 아님은 알게 되었다. 더디 걸리더라도 배움을 통한 해방은 내적 평안에 기여하고 낯빛과 표정을 바꿔놓는다고 믿는다. 해방은 평화를 물고 오는 것이다.

엄마는 내가 감기에 걸릴 적이면 '한밤 자고 나면 낫는다'고 말했다. 진짜로 그랬다. 그때부터 밤이 부리는 마법이 좋았다. MBC 라디오 「별이 빛나는 밤에」에 보낼 신청곡 엽서를 쓰며 청소년기를 보냈고, 김광석의 「혼자 남은 밤」을 부르며 어른이 되었다. 아이를 키울 때는 밤이 되어야 가까스로 나만의 시간으로 입장했다. 밤은 존재의 해방구다. 수업이나 강연, 북토크는 저녁 시간에 주로 이뤄졌다. 하루치 노동을 마치고 부랴부랴 모여든 이들은 비로소 자신을 대면하는 자리가 주어졌음에 감격했다. 이 책 본문에 나오는 『너무 시끄러운 고독』의 주인공 한탸는 "저녁이면 내가 아직 모르는 나 자신에 대해 일깨워줄 책들"과 만났다고 고백한다. 웅크린 존재의 등이 펴지는 만개의 시간, 밤.

철학자 헤겔^{G. W. F. Hegel}의 유명한 경구 '미네르바의 부엉이는 황혼이 되어서야 날개를 편다'라는 말도 있듯이 낮의 소란이 지나가고 시간이 경과해야 비로소 선명해지는 것들이 있다. 억압에서 벗어나야 비로소 무엇이 자신을 억압했는지 보인다. 그런 점에서 노동자가 연장을 내려놓고 펜을 잡는 시간 밤은, 사유가 시작되는 시간, 존재를 회복하는 시간, 다른 내가 되는 변모의 시간이다. 이러한 뜻을 모아 '해방의 밤'으로 제목을 정했다.

나를 자유롭게 해준 말들, 아픈 데를 콕 짚어주어 막힌 곳을 뚫어주는 신통한 말들, 기어코 바깥을 보게 만드는 문장들, '더 이상 그렇게 살 필요 없어' 같은 위대한 말들. 혼자만 알고 있으면 반칙인 말들을 널리 내보낸다. 해방의 씨앗을 뿌리는 마음으로.

차례

1부

관계와 사랑

끊어내지 않고 연결하는 싸움

리베카 솔닛
『세상에 없는 나의 기억들』,
김명남 옮김, 창비 2022

설날입니다. 아침에 눈을 떠 떡국을 끓였죠. 배우자는 당직이라서 출근했고 나만 아이들과 식탁에 앉았습니다. 김치 반찬 하나로 대충 첫 끼를 때우고 나갈 준비를 했습니다. 간밤에 쌓인 눈이 고와서 고궁에 갑니다. 아이들과의 외출. 나는 자동문을 지나가는 것처럼 유유히 현관문을 나섰습니다. 더 이상 번잡스럽지 않네요. 그거 챙겨라, 이거 해야지, 목청을 높이지 않아도 됩니다. 우리 셋은 각자의 방에서 각자 옷을 챙겨 입고 나와 각자의 교통카드를 찍죠. "어른 하나에 아이 둘"이 아닌 버스 탑승. 양쪽 발목에 달린 족쇄 같앉던 아이들인데 어느새 분리됐습니다.

눈 덮인 세상은 눈이 부실 정도로 환해도 마음은 내리 어둡네요. 나는 아직도 명절이 즐겁지 않습니다. 코로나 팬데믹을 거치며 차례가 없어졌고 시가의 사슬도 저절로 풀렸습니다. 가부장제의 마지막 요새는 뜻밖에도 친정입니다. 엄마 없는 친정. 그건 살림하는 사람이 없는 집이라는 뜻이지요. 가사노동의 빈자리는 평소에는 주 2회 가사도우미의 도움으로 메우고, 외동딸인 내가 1년에 세번은 직접 맡습니다. 명절 두번, 엄마 기일 한번.

친정 가는 길은 늘 양손이 무겁습니다. 이번에도 육수에 떡국떡, 매생이와 굴, 불고기 잰 것, 문어 샐러드감, 잡채까지 식구들 먹을 음식을 챙겼어요. 한끼 양식입니다. 없는 엄마 일을 있는 딸이 합니다. 아버지는 안 하고 오빠도 못하고. 똑같이 엄마가 해주는 밥 먹고 수십년을 살았는데 그 능력은 딸에게만 전승됐습니다. 왜 두 남자는 자기 식구를 위해 밥 한끼 차려주고 싶은 마음, 의지, 노력을 보이지 않는가, 생각합니다. 아마 배달 음식으로 대체할 수도 있을 거예요.

요청하면 할 것입니다. 하지만 일을 시키는 데도 만만찮게 신경이 소모되는 법입니다. 대략적인 상황을 파악하고 일을 분배하는 거니까요. 또 어떤 톤으로 말해야 하는지, 거절당했을 때의 대처법은 무엇인지 대안까지 고려해야죠. 그러니 그냥 내가 하고 말자며 간소한 반찬 몇가지를 출장 뷔페처럼 이고 지고 갑니다. 바꾸기보다 행하기를 택합니다. 마음이 힘든 것보다 몸이 힘든 편을 택하는 겁니다.

친정-집은 좁아지고 있습니다. 현관에서부터 신발이 열 켤레 넘게 나와 있죠. 엄마의 자랑이자 특기였던 식물 키우기. 엄마가 작은 식물원처럼 발코니에 가꿔놓은 수십종의 화초는 거의 사라졌습니다. 거실은 택배 상자와 생수 묶음이 놓여 있어 복도처럼 돼버렸고, 식탁 위는 커피머신과 일회용 수저, 소스 같은 잔재들이 점령했고요. 냉동실에선 유통기한이 2년쯤 지난 냉동식품이 발굴되죠. 음식 아닌 식품으로 꽉 찬 냉장고. 택배 집하장으로 변해가는 집. 엄마의 부재 16년간 아주 서서히 틀어지고 삭아가는 집을 지켜보고 있습니다. 엄마가 없어서 엄마가 보이는 그곳에 가기가 두렵습니다.

그러나 나의 특기는 무릅쓰기. 참고 견디기. 마음 없이도 임무 수행 모드의 가동이 가능합니다. 아버지는 여든다섯이 됐네요. 늙은 아빠와 아픈 오빠에 대한 연민이 크겠죠. 또 살림 경력 30년, 한끼 밥상은 몇시간이면 뚝딱이니까요. 밥은 이상해서 먹는 사람은 차리는 사람의 수고를 알기 어렵지만 밥은 또 이상해서 먹는 사람을 보는 것으로 차리는 사람은 그 수고를 얼마간 보상받습니다. 해 먹이는 즐거움이 크죠. 밥을 내가 밀어내려 해도 밥이 나를 잡아당깁니다. 그래서 갑니다.

나는 나를 이중으로 비난합니다. 아버지랑 먹을 밥 한끼 하는데 웬 불만이 그리 많아? 왜 아직도 명절에 꼭 모여야 한다는 강박에 사로잡혀 있어? 이게 다 한쪽 성역할의 노동으로 굴러가는 가부장제 시스템 때문이라는 걸 알지만 어디다가 화를 내야 할지 몰라서 나를 야단칩니다. 꾸짖고 어르죠. 이번만 참고 지나가자. 아직 족쇄가 풀리지 않은 곳. 여자 없는 남자들의 거처, 목소리를 삼키게 되는 곳이 내 존재의 시원始原, 원가족입니다.

일전에 친구가 그러더군요. 네 엄마가 살아 계셨으면 얼마나 좋았을까. 딸이 이렇게 작가로 열심히 활동하는 걸 보셨어야 하는데! 난 절레절레 고개를 저었네요. 엄마는 여든 넘도록 가사노동에서 해방되지 못했을 게 빤하니까요. 육신의 노화가 착실하게 진행되는 와중에 세끼 식사를 차리고 반찬 투정을 들으며 살았을 엄마의 삶을 상상하고 싶지 않습니다. 가부장제는 엄마에게 집 아닌 다른 장소를 허락하지 않았고 집은 엄마에게 제대로 된 사랑과 안정을 제공하지 않았습니다.

명절 때마다 딸은 사라진 엄마를 만나고 엄마와 함께 사라집니다. 엄마는 늘 내게 말했죠. "너는 없는 것처럼 컸다." 손이 하나도 안 가는 자식이었던 순둥이 딸. 자신을 비존재非存在로 만드는 건 여자들의 개인기이자 생존술입니다. 앞치마 두르고 시금치 뿌리의 흙을 살살 털어내던, 어딘가 기가 죽어 있는 며느리였던 나는 시댁에서도 가급적 없는 듯이 지냈습니다. 엄마가 돌아가시고 처음 맞는 명절날엔 눈물을 누르며 자아를 죽이고 밥을 차렸고요. 집에 와서 도망치듯 카페로 달려가 설움을 분출하듯 글을 썼었네요. 아, 말하다보니 맨날 똑같은 노래만 부르는 가수가 된 양 처량 맞고 쓸쓸한 기분에 젖고 맙니다. 나는 왜, 아직도, 명절 타령인가.

사실 '이런 이야기'를 오래전부터 쓰고 싶었지만 쓰지 못했습니다. 기혼 유자녀 여성으로서 내적 분투의 기록이라면 이미 책 한권(『싸울 때마다 투명해진다』, 서해문집 2016)으로 웬만큼 털어냈다고 생각했습니다. 그 책을 읽은 독자들은 이런 리뷰를 남기기도 했죠. '명절 때 가져가는 책이다.' '밥에 묶인 삶이라는 구절에서 눈물이 터졌다.' '누나를, 엄마를 이해하게 됐다.'

그런데 그 글을 쓴 나는 왜 여전히 이 모양인지, 몸이 뒤집힌 벌레처럼 '밥에 묶인 삶'에서 허우적대며 제자리를 맴돌고 있는 것만 같아서 심히 부끄럽습니다. 그런데 정말이지 아이들이 다 자라고 시가에 가지 않아도 명절이 힘들 줄은 미처 몰랐습니다. 죄의식까지 엉겨붙습니다. 그래서 못

썼습니다. 목 끝까지 차오른 말을 삼키고 있자니 다른 글도 나오지가 않더군요. 슬슬 걱정이 되었죠. 나 고장난 사람이 된 걸까.

말하고 싶은데 말하지 못하고 있을 때, 리베카 솔닛^{Rebecca} Solnit이 쓴 『세상에 없는 나의 기억들』을 만났습니다. 그는 내게 각별한 작가입니다. 그의 책들을 거의 읽어왔기에 그의 눈으로 세상을 봅니다. 내 앞에 있지 않고 내 안에 있는 작가죠. 이번 책은 회고록입니다. 개인적 경험을 담았지만 솔닛의 주특기가 십분 발휘되었죠. 솔닛은 자신의 이야기를 여성이 겪는 집단적 경험의 맥락 속에서 서술합니다.

죄다 밑줄을 그을 지경이었는데요, 유독 이 문장이 달려들었습니다. "나는 망가진 사람이다. 우리 모두를 망가뜨리며 그중에서도 여성을 특정 방식으로 망가뜨리는 사회의 일원이다."(297면) 나는 '망가진 사람'이라는 선언이라니요. 나는 이 문장을 수치의 언어가 아니라 해방의 언어로 읽었습니다. 그랬습니다. 망가졌기 때문에 망가뜨리는 것들에 대해 쓸 수 있는 자격이 있고 망가진 것을 수선해야 하기 때

1부 관계와 사랑

문에 써야 하는 의무가 있다는 생각이 들었습니다.

솔닛이 내어준 언어의 방에 머물면서 내 깊고 어둑한 곳에 묻어둔 이야기를 꺼내놓을 용기를 냈습니다. 음, 솔직히 말하면 그가 네바다 핵실험장에서 장기간을 싸우고, 대뜸 트럭에 올라 몇주고 어디론가 떠나는 대목에서는 너무 부럽기도 했습니다. 만약에 그가 기혼 유자녀 여성이었다면 집안과 밥상에서 전투를 치르는 이야기도 멋지게 써냈을지 모르겠습니다. 솔닛이 쓴 밥 이야기를 읽었다면, 나는 내 삶의 지배자 노릇을 하는 '밥'에 끌려다니는 스스로를 초라하게 여기지 않을 수 있었을까요.

내가 바라는 건 명절 철폐도 아버지와 밥 먹지 않기도 아닙니다. 집을 밥의 즐거움을 되찾는 장소로 만드는 것입니다. 엄마 제사를 간소화하자는 제안을 수용하지 못하는 아버지에게, 나도 가족의 구성원이자 상 차리는 당사자로서 권한을 갖고 있음을 차분하게 말하고 싶은 거죠. 끊어내지 않고 연결하는 싸움을 포기하지 않고 싶습니다. 솔닛이 말한 작가의 책무인 "이야기를 깨뜨리는 사람이자 어떤 이야기를 만드는 사람이 되는"(302면) 일을 계속해보고 싶습니다.

『세상에 없는 나의 기억들』을 두번 읽었습니다. 한번은 솔닛은 어떻게 오늘의 솔닛이 되었나를 생각하며 읽었고, 한번은 그의 삶에 빗대어 나는 어떻게 오늘의 내가 되었나 를 생각하며 읽었습니다. 선물 같은 시간이었습니다. 전진 한 것은 후퇴할 수도 있고, 닫힌 것이 다시 열리기도 한다는 것. 한 사람의 긴 강물 같은 삶이 만들어내는 패턴이 보여주 었습니다.

다시 써야겠습니다. 우리의 핵심 도구는 이야기니까요. "낮은 곳들로부터 벗어날 때 사다리로 쓴 논리와 서사를 다 른 이들에게도 건네주고 싶"(115면)다는 솔닛의 자상함이 내 막힌 글을 뚫어주고 이야기를 끌어내주었듯이, 내 이야기도 누군가의 말문을 틔우는 입김이 되기를 바라면서요.

1부 관계와 사랑

자취 선언

미셸 바렛·메리 맥킨토시
『반사회적 가족』,
김혜경·배은경 옮김, 나름북스 2019

제주에서 편지를 쓴다. 결혼 전에는 엄마·아빠의 딸로서, 결혼 후에는 너희들의 엄마로서 명절은 늘 '가족과 함께' 보냈지. 이번엔 너희들과 떨어져 타지에서 새해를 맞는구나. 오랜 바람이었다. 올해에는 둘째까지 고등학교를 졸업해 성인이 됐다. 두 아이를 업고 물살이 센 큰 강을 거슬러 건넌 기분이야. 내 나이 오십, 육아 기간 25년. 생애 절반을 엄마로 살았더구나. 한번쯤 매듭이 필요했다. '나 홀로 명절'은 그 첫발을 떼보는 연습이다.

너희도 알다시피 나는 스물둘에 결혼을 하고, 스물여섯

과 서른둘에 너희를 낳았다. 사람들이 묻곤 했지. 아니, 왜 그리 결혼을 빨리 하셨어요? 어머, 애를 일찍 낳으셨네요? 마땅한 답이 없었다. 그건 모두가 하는 거였다. 사촌 언니도 하고 옆집 여자도 하고 선배도 하고 드라마 주인공도 하고, 결혼과 출산이 삶의 고정값이었던 시절이 있었다. 살기 위해 가족을 꾸렸다기보다 가족을 이뤄야 살아지는 줄 알았던 거 같아.

30대 중반에 글 쓰는 일을 시작하면서 다채로운 사람 풍경을 보았지. 독일로 출장을 가는 회사원들, 중국 유학을 떠나는 학생들, 한달살기에 도전하는 젊거나 나이 든 이들. 대륙 한두개는 거뜬히 넘나들며 살더구나. 물론 아르바이트로 생계를 꾸리며 고투하거나 낡은 자취방에 곰팡이가 슬어 피부염으로 고생하는 젊은이들도 있었다. 자기에게 맞는 일을 찾거나 찾지 못해 방황했지. 문제없는 삶은 없다지만 혈혈단신 자기에게 집중하며 일궈가는 청춘의 서사는 불안했으나 자유로워 보였다.

문득 내 젊은 시절이 낯설더라. 나는 왜 열차에서 열차로 환승하듯 가족을 떠나 바로 가족으로 옮겨 탔을까.

'가족'이 삶의 화두가 됐다. 마치 공기처럼 삶에서 한번도 분리된 적 없는 그것. '보호'보단 '제약'이 연상되는 단어. 『반사회적 가족』이라는 책은 제목부터 나를 자극했다. 모두가 느끼지만 아무도 말하지 않는 금기가 들어 있을 것 같았지. 예감대로였다. 저자는 가족의 폐단을 세가지로 꼽는다.

첫째, 부와 빈곤을 세습하는 것. 둘째, 사생활권이라는 미명 아래 개인의 개성과 인권을 억누르고 갈등을 은폐하는 것. 셋째, 모성 역할과 가사노동에 여성을 속박하는 것.

난 한줄 한줄 빨려들었다. 흙수저·금수저란 말도 있듯이 부모의 능력에 따라 자식의 신분이 결정된다. '계급 배치의 강력한 기관'으로 가족이 기능하지. 우리나라에서도 가정폭력은 뉴스의 단골 소재잖아. 부모는 자식을 독립된 인격으로 대하기보다 통제하고 간섭하지. 사람들은 그래도 가족 밖에 없다고들 말하지만, 가족에게 가장 큰 상처를 받는 경우도 허다한 게 현실이다.

특히 가족이 '여성을 모성 역할과 가사노동에 속박한다'

는 내용에 아무래도 난 공감했다. 너희들 성장을 지켜보는 일은 과한 축복이자 더없는 행복이었지만 그 일상을 떠받 치는 노동과 일상은 혹독했다. 육아는 퇴근과 퇴직도 없다 고 하는데, 그 피할 길 없음과 미룰 수 없음이 가장 억압적인 점이었다. 어떤 좋은 직업도 자기 의지로 쉬거나 그만둘 수 없다면 끔찍하겠지.

어쩌면 너희들에겐 엄마의 손길이 부족했을지도 모르 겠다. 내가 일을 시작하고는 체력이 달려서 양육에 전념하 지 못했지만, 어떤 역할을 온전히 수행할 수 없는 상황이 되 었다고 해서 마음이 편한 건 아니란다. 아무것도 하지 않는 순간에도 엄마 역할을 못하고 있다는 생각은 떨쳐지지 않 으니까. 읽고 쓰고 강의하는 순간순간에도 불쑥 엄마 자아 가 튀어나와 당황하곤 했다. 엄마 일과 작가 일 사이에서 우 왕좌왕하느라 어느 하나도 제대로 누리기 어려웠지.

내가 '자취'를 해볼까 하고 결심한 이유다. 실은 너희들 이 자취 이야기를 할 때 힌트를 얻었어. 흔히 자녀들이 다 커 서 독립하면 중년 여성은 집에서 홀로 '빈둥지증후군'을 겪는다고들 하잖아. 그런데 문득 의문이 들었어. 왜 엄마는 꼭 남겨진 자의 역할이어야 하는가? 나도 떠날 수 있는 사람이라는 자각이 들었고, 떠나보고 싶었다. 젊어서 누리지 못한 자유를 이제라도 되찾고 싶은 마음 같은 거야. 내가 세운 자취의 목표는 두가지다. 인간에게 마땅히 필요한 '고요한 단독자'의 시간을 늦게라도 살아보는 것. 그리고 『반사회적 가족』을 교본 삼아 부모와 자녀로 이루어진 중산층 가족을 가족 외부에서 비판적으로 사유해볼 기회를 갖는 것.

늘 현실은 이론보다 앞선다. 요즘 한국사회도 혈연 중심의 가족에 대한 신비화와 과대평가가 사라지고 있지. 이미 독신, 생활공동체, 동성가구 등 다양한 가구 형태가 늘어나고 있고. 굳이 가족이 아니더라도 관계를 만들고 연결되고자 하는 인간의 열망은 더 기발하고 긴밀해지고 있는 것 같아. 나는 내 가족도 못 챙기는 사람이 되는 것만큼이나 내 가족만 아는 사람이 되는 것이 두렵다. 우선 가족 바깥을 향해 몸을 틀어본다.

자유에는 비용이 따른다

데버라 리비
『살림 비용』,
이예원 옮김, 플레이타임 2021

출판사에서 책 증정 소포가 오곤 합니다. 신간 표지를 넘기면 담당 편집자가 손글씨로 잘 읽어달라고 쓴 엽서가 나오기도 하죠. 그날 받은 소포 뭉치에도 묵직한 편지 한통이 끼워져 있었습니다. '엄마가 작가님께 쓴 편지를 동봉한다'는 메모와 함께요. 어? 엄마가 쓴 편지가 뭐지? 호기심에 저는 얼른 봉투를 열어보았죠. 그렇게 편집자 따님의 손을 거쳐 최 선생님의 편지가 제 손에 쥐어졌습니다.

"저는 은유 작가님의 팬 최○○입니다." 첫 줄에 이어지는 내용은 이랬습니다. 1년 전부터 제 책을 필사하기 시작했으며 모자라지만 읽고 써보자 결심하여 블로그에 쓴 글이 200개가 넘었다고요. '지나간 아픔을 한두줄 적어나가며 혼자서 울고 웃었다'는 고백은 "59세 올드걸 최○○ 드림"으로 끝납니다. 제 시선이 가장 오래 머무른 곳은 마지막 줄입니다.

사는 동안 공적 서류가 아니고는 자기 이름과 나이를 손수 쓰는 일이 드물지요. 저는 35세에 글 쓰는 일을 시작하면서 항상 나이가 무겁게 느껴졌어요. 나이를 말해야 할 때 목소리가 작아졌고, 써야 할 땐 주저했죠. 그렇지만 피해 갈 수가 없었어요. 그건 자기 인식의 최소 단위이고, 자기 자신을 있는 그대로 볼 용기를 내지 않으면 글쓰기는 한줄도 나아가지 못하니까요. 그래서 최 선생님이 담담히 쓴 것처럼 보이는 나이와 이름이 저한텐 '명문장'으로 다가왔습니다.

이것이 쓰기의 연대일까요. 육아와 살림을 하던 한 사람이 어느 날 쓰기로 작정하고, 그 용기에 영향받아 또 다른 이가 쓰는 삶으로 접어들고. 이처럼 쓰기의 연쇄가 만들어지는 게 너무 신기하고 신납니다. 실은 저도 최근에 한 여성의 삶에 자극받았어요. 소설가 데버라 리비 Deborah Levy가 쓴 자전적 에세이『살림 비용』인데요, 쓰는 여성이 이전과는 다른 삶을 설계하는 내용입니다.

"혼돈은 우리가 가장 두려워해야 할 대상인 양 포장되지만 난 차츰, 실은 우리가 가장 간절히 원하는 것이야말로 혼돈이라고 믿게 됐다. 계획해온 미래를 더는 신뢰할 수 없을 때, 융자받아 산 집과 옆자리에 잠든 사람이 못 미더워졌을 때 ─ 그제야 폭풍은 (오랫동안 잠복하고 있던 구름 속에서 나와) 우리를 우리가 바라는 이 세계를 영위하는 방식에 한 발 더 가까이 데려가주는 건지도 모르겠다."(14면)

저자가 혼돈을 거쳐 이른 곳은 이혼의 세계. 50세에 아이 둘을 데리고 독립을 합니다. 그 사건을 이렇게 정리해요. "남자와 아이의 안위와 행복을 우선순위로 두어오던 가정집이라는 동화의 벽지를 뜯어낸다는 건 그 뒤에 고마움도 사랑도 받지 못한 채 무시되거나 방치되어 있던 기진한 여자를 찾는다는 의미다."(21면) 데버라 리비는 구급대원처럼 기진맥진해 쓰러진 자기부터 수습해요. 작가로서, 여성으로서, 한 사람으로서, 자유를 누리기 위해 우선 자유를 누릴 '자기'를 되찾아야 했다고 말해요.

고군분투가 시작됩니다. 낡은 아파트로 집을 옮겼는데 수도나 전기 같은 기본 시설마저 수시로 끊기고, 글을 쓸 공간이 마땅치 않아 친구에게 헛간을 빌려 집필 활동을 이어가면서, 수명이 다해가는 컴퓨터로 글을 쓰며 생계를 꾸려요. 또 언제나 힘든 일은 도적떼처럼 한꺼번에 닥치는 법이어서 그 와중에 엄마의 투병과 죽음까지 겪어냅니다. 그렇다고 책이 어둡진 않아요. 샛노랑 표지처럼 문체가 치열하고 유머러스한 데다가 불안정한 처지에 놓인 사람만이 갖는 예민한 눈으로 명민한 통찰을 물어다주거든요. 서러움에서 부화한 문장들은 뜨겁고 아름답습니다.

실은 제가 이 책에 반할 만한 사정이 있습니다. 아무리 글을 쓰고 나를 찾으려 해도 몸이 집에 묶여 있다보니 나란 존재는 항상 엄마로 수렴됐죠. 50세를 맞아 자취를 계획했고 공표했으나 서울에서 주거지 마련하는 게 쉽지 않았습니다. 그러다가 선배의 작업 공간에 간신히 몸 누일 자리를 얻어 일주일에 사나흘씩 집 아닌 곳에 머무는 간헐적 자취를 봄부터 시작했습니다. 대망의 첫날, 혼자만의 방에 누워 대낮인데도 새벽 같은 낯선 고요 속에 내용도 모르고 펴든 책이 『살림 비용』이었어요. '나는 혼자였고, 나는 자유였다'라고 되뇌는 책이 무슨 예언서처럼 손에 들려 있던 것입니다.

저 역시 자유의 비용을 지불하는 중입니다. 한여름에도 땀을 쏟으며 옷가지와 반찬거리와 노트북과 읽을 책을 짐꾼처럼 이고 지고 집과 자취방을 오갑니다. 재수하는 아이의 밥을 옆에서 매일 챙기지 못한다는 죄책감이 가장 난제였죠. 나로 존재하는 수고로움에 지쳐가고 있었는데 이 문장이 모성 강박을 일깨워주었습니다.

"아버지가 세계에 나아가 해야만 하는 일들을 할 때, 우리는 그게 아버지가 응당 해야 할 몫이라며 용인한다. 어머니가 세계에 나아가 해야만 하는 일들을 할 때는 어머니가 우리를 버렸다고 느낀다."(106면)

최 선생님처럼 어머니 아래 깔린 자기 이름을 찾아 나서는 여성들의 이야기를, 데버라 리비처럼 자유를 쥐어보고자 용감해지기로 결심한 여성들의 목소리를 더 읽고 싶습니다. 저자의 말대로 '파탄'난 건 가정이 아니라 가부장제가 지어낸 이야기가 되도록요. 쓰는 삶이 우리를 좀더 자유 방향으로 데려다주리란 바람으로 늦은 답장을 드립니다.

'하지 마'의 세계에서

캐럴라인 냅
『욕구들』,
정지인 옮김, 북하우스 2021

얼굴 아래 작은 얼굴. 언뜻 성모마리아상의 평온함이 스칩니다. 그런데 엄마의 낯빛은 아이가 뒤척일 때마다 어둡게 졸아듭니다. 사정을 모르는 아기의 몽글몽글한 살냄새는 모니터 바깥으로 태평하게 새어 나오죠. 아기가 있는 줌 수업 풍경. 너무 귀엽고 슬프고 짠하고 좋아서 저는 자주 울 것 같았는데요. 코로나 시국을 맞이하여 집에서 할 수 있어서 참여한다는 여성 학인이 이번 글쓰기 수업에도 세 사람이나 있었습니다.

아이가 깨서 젖 먹이고 켤게요. 화면이 꺼집니다. 똥 치우고 왔어요. 대화창에 메시지가 뜹니다. 젖먹이는 품에 안겨라도 있지만, 세살배기는 작은 네모 화면에 난입하고 엄마 목에 아기 원숭이처럼 매달렸죠. 엄마가 저녁 7시 반부터 10시까지 이어지는 수업을 위해 만화를 켜놓고 간식을 챙기는 등 대비를 해놓아도 그새 지루해진 아이가 엄마를 찾았어요. 한번은 치카치카를 하는 아이의 앙증맞고 가지런한 치아가 잠시 노출되어 줌 화면에 웃음이 번졌죠. 「우리 동네 구자명씨」라는 고정희 시인의 여성사 연구 연작시처럼 '줌 수업의 사랑눈씨'라는 기록으로 남겨두고픈 명장면들이었습니다.

사랑눈은 다른 학인들에게 방해가 될까봐 늘 노심초사했죠. 비디오 끄기와 켜기, 음소거와 해제 버튼을 눌러가며 가까스로 수업에 참여하다가 한숨을 내쉬며 말했어요.

"다른 분들에게 너무 미안하고 이렇게까지 해야 하나 싶은 생각이 드네요."

저는 날아오는 공을 받아치듯 말했습니다.

"이렇게까지 해야 하나 싶을 때는 이렇게까지 해야 합

니다."

용케도 시간은 흘렀고 히말라야 12좌 등반길처럼 가팔랐던 12주 수업을 마치는 날이 왔습니다. 소감을 나눌 때 사랑눈은 다짐했습니다. '이렇게까지 해야 한다'는 말을 붙잡고 버텼으며 다른 분투하는 엄마에게도 포기하지 말라고 말해주는 사람이 되겠다고요. 이것이 서로에게 용기가 된다는 거로구나 싶어서 저는 뿌듯했습니다.

그런데 고백하자면 저도 '이렇게까지'가 무얼 어떻게 해야 한다는 건지 잘 모릅니다. 그냥 '해야 한다'는 직감만 믿고 따를 뿐이죠. 우리는 알아서 행하기도 하지만 행하고 나서야 왜 무엇을 했는지 알게 되기도 하죠. 저도 나중에 알아챘어요. 손에 쥔 건 비록 앙상한 글 몇편일지라도 애를 쓴 그 순간순간이 저를 조금씩 변화시켰다는 걸요. 그건 주부에서 작가로 직업이 달라진 차원이 아니라 보다 근본적인 변화예요. 욕구하면 안 되는 사람에서 욕구해도 되는 사람으로, '욕구에 대한 욕구'를 스스로 허용하게 됐습니다.

'욕구란 세계에 참여하고자 하는 노력'이라고 캐럴라인

냅Caroline Knapp은 『욕구들』에서 정의해요. 그런데 이 세계의 일원이 되기 위해서 여자는 하지 말아야 해요.

"먹지 마, 커지지 마, 멀리 가지 마, 많이 원하지 마."

꽤나 익숙한 명령이죠. 사랑눈이 다이어트 실패기를 두 페이지나 되는 글로 썼던 것처럼 먹지 말아야 하고요. 사랑 눈이 전문직이지만 직업적 야망을 갖지 않게 된 것처럼 남 자보다 잘나가도 안 되고요. 사랑눈이 수업 하나 들으면서 배우자, 아이, 동료들에 대한 죄의식에까지 시달리는 것처 럼 나의 필요는 가족의 필요를 위해 포기해야 하고…

이렇게 '하지 마의 세계'에 갇힌 사람은 최초의 욕구가 발 동했을 때 '잘하는 법'을 고민하기도 전에 내가 이걸 해도 되 는 사람인가, 하는 자기 의심과 싸우게 됩니다. 캐럴라인 냅 이 떠올리는 자기 어머니의 모습도 다르지 않았죠. "애초 에 자신에게 욕망하고 원할 권리가 있는지조차 확신하지 못하고, 자신의 필요들을 부끄럽게 여기며, 심지어 그 필요 들을 거의 인정조차 하지 못하는 젊은 여자를 상상하게 된 다."(122~23면)

저 '젊은 여자'는 내가 너무 유난인가 싶어 주저앉길 반복하던 저이기도 하고요. '그냥 아이들이 원하는 대로 동화책이나 읽어주고 같이 시간 보내면 될걸, 이렇게 화를 내고 속상해하면서까지 수업을 들어야 할까? 남편 말대로 나중에 애들 크고 할까?' 되뇌는 사랑눈이기도 합니다. 맞아요. 만국의 엄마들이 '조용하지만 끈질긴 불안, 모기의 잉잉거림처럼 성가신 내면화된 경고'에 시달립니다. 존재에 가해진 금기와 제약이 이렇게까지 완강하기에 무언가를 하려면 이렇게까지 힘겨운 것 같습니다.

사랑눈은 온라인이 아니라 오프라인 현장에 오길 소망했습니다. 동료들 실물도 보고 싶고 글쓰기 수업이 열리는 망원동 이후북스에서 책 구경도 하길 바랐죠. 드디어 오프라인 수업에 참여한 날엔 아이들의 방해 없이 엄청 집중해서 무언가를 하는 경험이 너무 오랜만이라며 울먹였죠. 또 집에 있는 아이들한테는 미안하지만 생각보다 걱정되지 않는다며 까르르 웃었습니다. 사랑눈만 그런 게 아니었습니다. 갓난쟁이 떼어놓고 나온 김라임씨도, 김지현씨도 육아 해방의 소회를 밝힐 때 삐져나오는 눈물과 웃음을 어쩌지 못했어요. 자신의 욕망이 타당하다는 걸 몸은 느끼는 거겠죠.

『욕구들』에서 저자는 '딸'의 목소리로 묻습니다. "어머니가 결코 갖지 못했던 것을 어떻게 나 자신에게 허용할 수 있어?" 가슴이 철렁하면서도 뻥 뚫리는 말입니다. '하지 마'의 세계에서 엄마를 구원하는 멋진 문장이죠. 사랑눈이 이렇게까지 하는 건, '나중에'라는 시간은 영영 도래하지 않으며 지금 자신이 원하는 바에 따라 행동해도 된다는 것을 아이들에게 가르치는 증여이고, 원함에 관해 아이들이 본받을 만한 모범이 된다는 점에서, 동화책을 읽어주는 일에 비해 모자람 없는 어머니의 일이라고 믿어도 좋을 것입니다.

초록빛 욕망

캐럴라인 줍
『버지니아 울프의 정원』,
메이 옮김, 봄날의책 2020

"이 사람은 지금 이러니까 이런 사람이고 저 사람은 지금 저러니까 저런 사람이라는 말을 하지 말아야지."

『버지니아 울프라는 이름으로』(알렉산드라 해리스 지음, 김정아 옮김, 위즈덤하우스 2019)에서 읽었는데, 울프 Virginia Woolf 는 사람에게 붙은 '라벨'을 해체하는 작업, 곧 누군가를 '이런 사람' 혹은 '저런 사람'이라고 정의하는 데 수반되는 허위를 폭로하는 일에 작가 인생의 상당 부분을 바쳤다고 해(『버지니아 울프라는 이름으로』 154면). 훌륭한 작가가 그렇듯 울프도 인간을 옥죄는 숨길을 열어주는 작가였던 거지.

살다보면 자동으로 자기 규정이 생긴다. 대개는 주변에서 부여하지만 스스로 발부하기도 하지. 나는 내게 정주민이라는 라벨을 붙였고 다행히 그게 그리 답답하지 않았거든. 유목민으로 사는 사람은 따로 있다 여겼는데 이번에 나도 이런 사람에서 '그런 사람'으로 넘어가볼 기회를 가졌다. 떠난 거야! 버지니아 울프의 나라 영국으로.

나를 움직이게 하는 건 언제나 책. 이번엔 『버지니아 울프의 정원』이란 사진 에세이가 등을 떠밀었다. 울프는 자기가 태어난 런던을 누구보다 사랑했대. 그런데 질병과 우울증이 심해져서 30대 후반에 로드멜에 있는 낡고 조용한 집 '몽크스하우스'를 구해. 그곳에 살면서 남편과 함께 정원을 가꾸고 왕성하게 창작 활동을 하다가 근처 우즈강에서 생을 마치고 자기가 가꾸던 정원의 나무 아래 묻히지. 그 20년 찬란한 세월, 울프가 인생에서 최고로 행복한 시기를 보냈다고 말하는 몽크스하우스의 멋진 사진과 이야기가 바로 이 책에 담겨 있다.

"밤은 길고 따뜻해. 장미가 피어나고, 정원은 아스파라

거스 화단에 뒤엉켜 붕붕대는 벌과 욕망으로 가득해."(30면) "백일홍에는 민달팽이가 가득하고. L이 밤에 랜턴을 들고 나가서 달팽이를 잡아. 우지직 눌러 죽이는 소리가 들리지."(62면) 몽크스하우스에 살던 시절의 울프의 일기는 정원에 깃든 자연을 관찰하고 찬탄하는 내용으로 가득하다. 사실 자연을 관찰하고 묘사하는 작가의 문장은 익숙해서 그다지 새롭지는 않았던 거 같아. 읽다가 멈칫한 대목은 따로 있었다.

"돈을 벌면 집에 건물을 한층 더 올려야지"(32면) 같은 생활인의 언어야.

자가 소유주이자 살림꾼 울프의 모습은 의외였다. 책에 따르면 울프는 『댈러웨이 부인』으로 번 돈으로 몽크스하우스의 낡은 화장실을 고치고, 큰 상업적 성공을 거둔 『올랜도』 인세로는 방과 거실을 증축했대. 『등대로』의 인세로는 런던과 로드멜을 오가기 위한 자동차를 구입하고 말야. 이러한 경제적 자립의 경험을 바탕으로 『자기만의 방』이라는 책을 출간하고, 두달 후 울프는 진짜로 '자기만의 방'을 갖게 되었다고 하네.

세상에나! 울프에게는 멋지고 당당한 삶의 드라마가 있었다. 이토록 생활력 있고 강인한 모습은 어째서 그간 드러나지 않았을까. 여기에 대해 『버지니아 울프의 정원』의 옮긴이 메이가 친절하게 짚어준다. 울프는 "정신병에 시달리다가 자살한 불행한 여성 작가, 광기와 성폭력과 불감증(!) 같은 키워드로 이야기되는 삶"(199면)으로 그동안 소비되었는데, "아름다움, 기쁨, 유머, 관능, 열정, 욕망으로 찰랑대는 삶"(200면)을 살았고 물질적 풍요로부터 얻은 즐거움을 만끽하는 활기 넘치는 인물이었다고.

불행한 여성 작가라는 낡은 라벨이 아니라 새로운 라벨, 글 써서 집 가꾸고 차 사는 활기찬 울프의 이야기는 신선했다. 울프의 언어로 내 삶을 돌아보게 되더라. 작품의 질은 차치하더라도, 나도 울프처럼 '글쓰기에 대한 헌신으로 조직된 일상'에 헌신하며 열권의 책을 썼지. 어떤 책의 인세로는 낡은 화장실을 보수했고, 또 다른 책으로는 싱크대와 세탁기를 교체하고, 강연료를 모아 대출금을 갚아나가는 울프식의 살림 서사가 있거든.

그런데도 자부심을 갖지 못했다. 왜일까. 아마도 작가는 경제적으로 순진하고 상업 감각이 없어야 한다는 관습적 사고의 영향에서 자유롭지 않았던 거 같아. 자기만의 방을 가지려고 글을 쓰는 여성의 서사보다 집안의 천사이자 희생자인 여성이라는 라벨이 훨씬 익숙했기 때문일 거야.

이번 영국 여행은 그런 경직된 틀을 깨는 나름의 정신과 영혼의 증축 공사 느낌으로 추진했다. 스스로에게 여행의 자격을 묻는 소극적 자세에서 벗어나 적극적 행복을 도모하고 실행하자. 고양이와 아이들을 두고 양육자 신분으로 2주간 집을 비운 최장기 해외여행이었고, 동성 아닌 이성 친구랑 동행한 여행도 처음이었지. 여행 메이트가 되어준 친구는 성소수자거든. 울프는 작품을 통해 '위대한 마음은 양성적'이라고 말해왔고, 실제로도 자신의 생애를 통해 사랑과 우정의 경계를 실험해온 인물이니 왠지 이런 조합을 환영했을 것 같아.

버지니아 울프의 집, 몽크스하우스 방문에 허락된 시간

은 딱 30분. 그런데 방문 예약시간인 낮 12시 반이 되자 웰컴 이벤트처럼 보슬비가 내리지 뭐니. 두근대는 심장을 부여 잡고 빗줄기 세례를 받으며 울프의 집으로 입장했다. 으리 으리하지 않아서 더 아늑한 정취가 느껴지는 거실, 그리고 부엌, 방을 차례로 둘러보았다. 울프가 가장 좋아했다는 초록의 파장이 집안 전체에 흘렀지. 각 위치마다 자원봉사자 여성이 서서 방문객에게 공간을 소개해주었다. 우리가 울프의 방에서 사진 한장 남겨도 될지 양해를 구하느라 "이곳에 오기 위해 14시간 비행기를 타고 왔다"고 말하니까 자원봉사자도 옆에 있던 방문객들도 무척 놀라며 환영의 말을 건네주었지. 백인 여성들 틈에 낀 동양인인 친구와 나는 뒤뜰 정원까지 마저 둘러보고 임무 수행을 마친 정보원들처럼 딱 30분 만에 민첩하게 그곳을 빠져나왔다.

100년 전 울프의 가옥을 다녀온 나의 임무란 무엇일까. 우선 '불행한 여성 작가 서사'의 근절에 앞장서야겠지. 잿빛 이미지를 걷어내고 초록빛 에너지를 전파하기. 그리고 어마어마한 노름빛을 갚기 위해 치열하게 글을 썼다는 도스

토옙스키^{Fyodor M. Dostoevsky}의 전설처럼, 울프가 평생을 아픈 사람으로 살면서도 화장실을 수리하고 자기만의 방을 짓기 위해 맹렬하게 그러나 엄격하게 방대한 양의 글을 썼다는, 생활력 넘치는 대문호의 진실을 널리 알리고 싶다.

사랑이라는 큰 공부

알랭 바디우
『사랑 예찬』,
조재룡 옮김, 길 2010

지난 계절에 읽은 알랭 바디우[Alain Badiou]의 『사랑 예찬』을 다시 펴보았습니다. 봄에 저장했다가 여름에 꺼내 먹는 절임 음식처럼 다른 맛이 나더군요. "사랑은, 예컨대 진리의 구축이라는 것입니다"(32면) 같은 문장은 여전히 아리송하지만 그게 철학의 묘미겠지요. 말을 음미할 기회를 얻는 점이요. 진리, 사랑, 세계, 타자, 윤리 같은 단어들. 평소라면 지나칠 두 글자에 붙들려 개념의 숲을 걷다보면 자본주의가 쏟아내는 온갖 말들에 찌든 정신이 씻기는 기분이 듭니다.

"저 요즘 만나는 사람 생겼어요. 아직 초반이라 임신 초기처럼 조심스러운데 말하고 싶어요." Y가 문자를 보냈을 때, 저는 난임 친구의 임신 소식처럼 조용히 환호했고요. 바로 이 책을 같이 읽어야겠다 싶었답니다. 제목도 어여쁜 『사랑 예찬』. 모처럼 잘해보고 싶은 사람을 만나 열에 들뜬 그대를 위한 처방전입니다.

저자 바디우는 요즘 사랑의 풍속을 만남 알선 사이트가 내거는 슬로건으로 보여줘요. "위험 없는 사랑을 당신에게!"(16면) "사랑에 빠지지 않고서도 우리는 사랑할 수 있다!"(16면) 사람들이 첨단 시스템을 통해 직업, 연령, 재산, 별자리까지 계산된 안전한 대상을 고르는데, 오직 원하는 유형을 만나는 게 사랑일까 묻지요. 우연과 갈등의 요소가 제거된 위험 제로의 사랑은 '전사자 제로의 전쟁'처럼 불가능하다고 말합니다.

저는 30대 지인의 경험담이 떠올랐어요. 연애가 하고 싶어서, 보다 정확히는 자신에 대해 선입견이 없는 사람과 깊은 대화를 나누고 싶어서 소개팅 어플을 켰대요. 책과 춤을 좋아하는 사람을 검색해서 만났고요. 두 사람은 공통된 취

미와 세계관을 가진 터라 대화가 잘 통했고 부지런한 연인이 그러하듯 하루를 살뜰히 공유해나갔는데, 만난 지 석달무렵에 헤어졌다고 해요. 불안정한 형편 등을 이유로 상대가 관계 정리를 제안했고 그가 수락했다고요.

Y는 어떤 생각이 드나요. 물론 이 서사에는 두 사람만 아는 복잡한 감정과 사정이 더 있겠으나 이토록 빠르게 결합하고 빠르게 퇴각하는 이야기가 저는 아쉬웠어요. 한참 재밌을 때 엔딩 크레딧이 올라가는 영화를 보는 것처럼요. 삶은 유동적인데 안정적인 관계란 게 가능할까요. 바디우도 말해요. "문제는 이러한 것들이 (…) 타자에게서 비롯되는 시련이나 심오하고 진실된 온갖 경험을 완전히 회피하려 한다는 데 놓여 있습니다. 그러나 위험이란, 그 어떤 경우에도 사라지지 않는 것입니다."(18면)

조건 없이 수용하고 오래가야만 참사랑이란 건 결코 아닌데요, "그들의 편의에 부합하지 않을 타인이라는 존재"(19면)를 포기하고 열정을 절약하는 경향으로 인해 사랑이 위협받고 있음을 염려하는 노철학자의 말에는 동의하게 돼요. 이래서 문제고 저래서 끝내면 '도대체 언제 사랑을 하지?' 묻게 됩니다. 그의 말대로 "쾌락으로 채워진 즐거운 성적 타협"(20면)만 소유하려는 게 사랑의 전부도 아니겠고요.

『사랑 예찬』에는 사랑에 대한 정의가 여러 문장으로 변주됩니다. 하나만 골라보면요. "사랑은 개인인 두 사람의 단순한 만남이나 폐쇄된 관계가 아니라 무언가를 구축해내는 것이고, 더 이상 **하나**의 관점이 아닌 **둘**의 관점에서 형성되는 하나의 삶이라 하겠습니다."(41면, 강조는 원저자) 좀 복잡해 보이지만 핵심은 둘이 견지하는 충실성에 대한 강조예요. "사랑은 만남으로 요약되는 것이 아니라, 지속성 속에서 실현된다."(41면)

Y에게 연애 개시 문자를 받고 제가 덕담을 건넸죠. 사람 깊게 사귀는 게 큰 공부니까 부디 잘해보라고요. 그 말은 이 사랑의 정의에서 왔어요. '사람 깊게 사귀는 일'이란 "유아론적인 '나'의 삶, 즉 '하나'의 삶을 포기"(164면)하고 "'둘의 무대'가 가져오는 고통과 충돌, 불확실성 등을 감수하고, 그것과 지속적으로 대면하는 것"(159면)을 뜻하고요, '큰 공부'는

바디우가 말하는 '진리의 구축'이겠지요.

Y, 사람은 잘 안 변한다고 하잖아요. 대개는 그렇죠. 그런데 한 존재가 자기를 격하게 바꿔내는 계기가 두가지 있는 것 같아요. 하나는 사랑으로 아플 때, 하나는 돈을 벌어야 할 때. 그래서 사랑을 쉽게 하고 돈을 쉽게 벌고 그러면 좋겠지만 타자 체험의 기회가, 즉 다른 내가 되어볼 계기가 없다는 측면에서는 그리 좋은 삶이 아닐지도 모르겠습니다. 제가 삶에서 사랑을 중히 여기고 사랑을 공부하는 사랑을 해야 한다는 믿음을 갖는 이유이지요.

근데 저자인 알랭 바디우의 연애는 어땠을까요. 실전에서는 문자메시지의 조사 하나, 구두점 하나에 웃고 우는 마당에 이런 철학 개념과 사유가 다 무슨 소용인가 싶기도 한대요. 그래도 저는 작은 쓸모를 믿는 편입니다. 암기해둔 이 사랑에 관한 비장한 말들과 옳은 말들이 무의식에 저장되어 있다가 어떤 혼란의 순간에 불쑥 솟아나 생각과 판단의 중심추가 되어줄 거예요.

"최초의 장애물, 최초의 심각한 대립, 최초의 권태와 마주하여 사랑을 포기해버리는 것은 사랑에 대한 거대한 왜곡"(43면)이라는 말은 우리를 사랑의 대인배로 만들어줄 멋진 문장 같아요. 긴 연애 공백 끝에 찾아온 귀한 인연을 축복하고, 부디 사랑의 착상을 기원합니다.

느슨하고도 단단한 연결

김수우·김민정
『나를 지켜준 편지』,
열매하나 2019

엄마는 왜 모임을 안 가느냐고 딸아이가 묻습니다. 송년 모임에 몇차례 간 배우자와 달리 저는 딱히 일정이 없거든요. 만나고 싶은 사람은 연중에 만나서 연말에 별도로 안 만나도 된다고 말했죠. 딸아이는 또 ○○ 이모는 요즘 왜 안 만나느냐며 친구 이름을 호명합니다. 저는 속으로 움찔하여 아이의 눈길을 피합니다. '잘 있겠지…' 그게 그러니까 친구 관계는 뚜렷한 이유가 없어도 멀어지거나 안 만나게 되기도 한다고 말하려니 어쩐지 게으른 변명 같아서 입술만 달싹였습니다.

30대를 지나고 나니 인연의 지형에 서서히 변화가 생겼습니다. 양육에서 집필로, 주력하는 일이 달라져서겠지요. 40대는 책 쓰는 일과 글쓰기 수업에 온전히 바쳤습니다. 수업이나 책 만드는 일로 만나는 이들과 자연스레 친구가 되었죠. 짧게는 두어시간부터 길게는 특히 수업에서는 몇 계절을 낯선 이들과 한시적 언어공동체로 만납니다. 직업, 나이, 성별 같은 사회적 외피를 벗고 책 이야기와 사는 이야기를 나누다가 뿔뿔이 흩어지죠. 동창도 아니고 고향 친구도 아닌 문우들. 만나는 순간 충분히 진실했기에 미련이 남지 않는 사이, 이 느슨한 대로 단단한 관계가 저는 좋습니다.

우리는 무슨 사이로 불러야 할까요. 첫 만남은 2017년 봄 포항에 있는 달팽이책방의 북토크에서였죠. 주은은 임신 6개월의 임부였어요. 순천에서 작은 책방을 하는데 출산 전에 저를 꼭 초대하고 싶다고, 여기가 친정 근처라서 겸사겸사 찾아왔노라고 말했습니다. 저는 무거운 몸으로 멀리서 찾아온 독자의 정성에, 직접 얼굴을 보고 초대하는 책방지기의 마음에 크게 감복했습니다.

약속대로 여름 무렵 북토크를 위해 순천을 찾아갔습니다. 순천역에서 길만 건너면 보이는 곳, 심다책방에서는 만삭이 된 주은이 저를 반겼습니다. 열 명 넘는 이들이 오순도순 무릎을 맞대고 앉아 있던 책방의 오붓함이 좋은 기억으로 남아 있어요. 이듬해 '순천 기적의 도서관'에서 강연할 때는 갓난아기를 안은 엄마가 된 당신과 재회했고요. 네번째 만남은 뜻밖이었죠. 부산에서 있었던 한 강연의 사인 시간에 다음 차례의 한 독자가 책을 내밀며 이름을 말했어요. '김주은이요'라고. 어? 고개를 든 제가 얼마나 놀랐게요.

우리 정도의 사이라면 굳이 줄에 서지 않고 나중에 별도로 인사를 나누어도 될 텐데 이렇게 저를 또 놀래주다니, 두 배로 반가웠습니다. 관계에 예와 성을 다하는 한결같은 태도를 본받고 싶었고요. 어느덧 당신의 아기가 태어나 기고, 걷고, 말을 하네요. 그사이 저도 책을 몇권 더 냈고요. 전라도와 경상도를 넘나들며 거의 매해 성사된 우리의 만남이, 아이가 크듯이 자라나는 인연이 마냥 신기합니다.

지난겨울 제가 순천에 강의를 잡은 것도 '마음의 거래처'

가 있는 고장이기 때문이었죠. 주은이 운영하는 심다책방이 확장 이전했다는 소식을 SNS에서 접하곤 가보고 싶었어요. 2층 양옥집을 개조한 하얀 책방. 미닫이문을 열고 신발을 벗고 들어가는 정갈한 공간은 사진보다 훨씬 근사했습니다. 언제부턴가 대형서점에 가면 만원 버스를 탄 것처럼 몸과 정신이 조여오는데요. 동네책방에 헐렁한 간격을 두고 놓인 가지런한 책들을 보면 시간이 느리게 흐르고 마음이 평안해집니다. 세포 단위부터 떨림을 유발하는 물체는 제겐 단연 책, 책뿐입니다.

동네책방에서 책을 선택하는 제 나름의 기준이 있어요. 이미 제목을 아는 책은 빼고요, 그곳에만 있는 낯선 책 위주로 고릅니다. 심다책방에선 『나를 지켜준 편지』가 눈에 들어왔죠. "그 책 참 좋아요." 표지를 살피는 저를 흘깃 보더니 주은이 말했습니다. '열매하나'라는 출판사는 서울에 있었는데 순천으로 내려왔다고요. 로컬출판사인 점도, 생태와 관련한 일관된 출간 목록도 마음에 들었습니다. 나만 아는 보물이라도 찾은 기분이었죠.

『나를 지켜준 편지』를 한편씩 읽었습니다. 부산 원도심에서 책방을 운영하는 시인 김수우씨와 그곳을 드나들던 스물다섯 법대생 김민정씨가 무려 10년간 주고받은 편지들이 달빛처럼 은은한 울림을 주었어요. 긴 인연의 폭과 흐름이 담긴 이 서간집은 요즘 제 화두인 관계와 인연을 너른 폭으로 조망하게끔 해주었습니다. "잊은 듯 살다가도 문득 따뜻한 애정이 솟구치며 그리워지는 것, (…) 불가에서는 이를 좋은 인연이라 하더군요. 잊고 있다가도 만나면 더없이 기쁜 관계 말입니다."(87면)

이런 대목에선 저의 이름 없는 관계들이 적합한 이름을 부여받은 듯했어요.

사실은 가깝지도 멀지도 않은 찬찬한 관계로 기우는 마음이, 나이가 들어가며 끈끈한 관계의 부침을 감내하지 못하는 저에 대한 정당화 같기도 했습니다. 그런데 달리 생각하기로 했습니다. 떡볶이 먹고 시시콜콜 잡담을 나누는 소소한 사이도, 다글다글 뒤엉켜 사느라 못난이 같은 내 모습을 들킨 징한 인연도 있듯이, 이렇게 조금은 멀리서 서로의 일상을 애틋하게 바라봐주는 고고하고 너그러운 관계도 필요하구나, 참으로 근사한 인연이구나, 수우님과 민정님 두 사람의 서신을 보며 느꼈거든요.

우리도 이만하면 좋은 인연이겠지요? 서로에게 애틋한 먼 곳이 되어줄 수 있다면 경치 좋은 데에 세컨드하우스가 있는 갑부가 부럽지 않다는 생각이 듭니다. 제 마음의 별장은 심다책방을 비롯한 곳곳의 작은 책방입니다. 머물다보면 어디서 누구와 무엇을 하며 살 것인가, 하는 질문이 밀려오는 장소이고, '삶의 근원이 환기되는 곳'이죠.

주은이 둘째 아이를 임신한 모습을 보고 와서 좋았습니다. 중요한 생애주기를 함께 하는 특권을 누리는 기분이랄까요. 특히 헤어지며 우리가 안았을 때 태내의 아이까지 셋이서 포옹하는 느낌이 만월처럼 충만했습니다. 연말이라고 안부를 묻고 무슨 모임이라서 만나는 사이도 좋지만 언제 만날지 몰라서 설레는 인연들, 보면 반갑고 못 보면 그리운 얼굴이 둘레에 남아 있어서 제가 또 살아갑니다.

1부 관계와 사랑

시시콜콜한 환대

윤이형
『붕대 감기』,
작가정신 2020

네게 편지를 쓰자니 우리 고등학생 때가 생각난다. 일기장, 편지, 엽서, 메모지까지 뭐든 써서 나누길 좋아했지. 전혜린 에세이도 똑같이 사서 봤고 말야. 네 이름과 내 이름이 겹치는 '영' 자를 써서 '예영문고'라는 우리만의 브랜드도 만들었던 생각이 난다. 오랜만에 너에게 책 얘길 하려고 해. 얼마 전 글쓰기 수업에서 『붕대 감기』라는 소설을 읽었어. 나이, 직업, 취향, 기질, 세계관 등이 서로 다른 여성들의 우정은 가능한가 묻는 책이야.

독후 소감을 나눌 때 누가 말했지. 친구가 인스타그램에 자기랑 찍은 사진은 항상 올리지 않는다며 그게 섭섭하다고. 그의 말을 듣고는 "실은 나도…"라며 여기저기서 비슷한 경험담이 끝말잇기처럼 줄줄이 나왔지. 역시 좋은 책은 품이 넓더라. 어디다 말하기도 유치한 얘기, 억누른 감정을 끄집어내주고 받아주었어. 다 큰 어른들이 모여 앉아 SNS 태그 하나 사진 한장 같은 것들로 세상 진지하게 이야기하는 장면이 나는 좀 귀엽기도 하고 뭉클하기도 했다. 우리가 이토록 연약한 존재라서 단단한 관계를 바라는 거겠지.

『붕대 감기』를 읽는 동안 네 생각이 났다. 우리는 비슷한 시기에 남매를 낳아 키우다가 연락이 끊겼지. 언제 한번 보자는 말로 인연을 얼버무린 지 십수년 만에 네가 전화를 몇번 했고. 그때마다 나는 이동 중이거나 업무 중이어서 다음에 연락한다고 문자를 보내놓고 그뿐이었다. 한번은 나의 무반응을 책망하며 네가 농담의 뉘앙스로 말했어. 너 유명해졌다고 이러기니?

유명인이라기보다는 생활인이라서 그렇다는 변명을 하고 싶다. 돌아오는 끼니와 마감을 하나씩 막아내며 저글링

하는 일상을 살다보니 날마다 '하던 걸 하기'에도 급급한 사람이 되었다. 안 하던 일, 그러니까 안 만나던 친구와 만나는 일을 할 약간의 기운과 시간조차 남지 않았다면 믿을 수 있을까. 근데 정말 나는 너를 피했을까.

『붕대 감기』에는 은정이란 인물이 나와. "'경단녀'(경력단절 여성)가 될지도 모른다는 공포 때문에 엄마들과의 모임 같은 것을 '작위적인 인간관계'로 치부하며 직장생활 이외의 모든 관계를 소모적이고 불필요한 것으로 배제"(179면)하는 여성이야. 은정에서 나를 보았지. 나도 일을 시작하면서 내 친구나 아이의 친구 엄마들까지 '전업맘' 여성들과는 차츰 멀어졌거든.

대화의 물줄기가 자식과 사교육 얘기로 수렴되는 자리는 일부러 기피했다. 아파트 단지 부근에 있는 카페에서도 일하다가 다른 테이블에서 아이들 학원 얘기하는 소리가 들리면 그 자리를 떠났어. 과민하게 굴었다. 그런 대화가 재미없어서 그랬다고 생각했는데, 한편 불안했던 것 같아. 전업맘의 존재는 잘 닦인 거울처럼 보고 싶지 않은 나를 보게 했지.

　너도 알다시피 내가 집안 형편이 어려워지기 전까지는 첫째 아이를 영어유치원에 보내고 주말마다 박물관으로 미술관으로 과학관으로 데리고 다녔다. 극성깨나 부렸지. 그런 과거의 일면에 대한 부끄러움, 거기다가 자식 교육에 손 놓은 엄마라는 미안함, 또 자식이 중산층 계급으로 안정된 삶을 살길 바라는 아직 식지 않은 욕망의 잔열까지 고루 착종된 아주 복잡한 감정이 그들을 통해 건드려졌던 것 같아.

　반면에 책은 현실의 안전한 도피처였다. 정돈된 단어와 이론들 안에서 난 안정감과 고양감을 느꼈어. 적나라하고 어지러운 세속에 가담하지 않고 정신을 가다듬을 수 있었지. 엄마라는 내 정체성이 비활성화되는 관계, 즉 비출산 비혼 동료들과 어울리는 자리에서 책 얘기 세상 얘기 나누는 쾌락에 빠졌고 그것만으로도 하루는 빠듯했다. 그러니까 내가 너를 피한 게 아니라 너를 통해 상기되는 나의 결핍과 불안을 마주하기 싫었던 거 같아. 너는 주도면밀하고 자상하게 자식을 뒷바라지하는 'K-엄마'처럼 보였으니까.

『붕대 감기』는 숨을 곳이 없는 책이었다. 등장인물들은 나의 분열된 자아상 같았지. 캐릭터마다 어머 이건 나네 싶은 공감 지점이 나왔어. 특히 "가진 것이 다르고 서 있는 위치가 다르다고 해서 계속 밀어내고 비난하기만 하면 어떻게 다른 사람과 이어질 수 있어?"(109면)라는 채이의 대사나 "모두가 애써서 살고 있잖아. 너와 똑같은 속도로, 같은 방향으로 변하지 못한다고 해서 그 사람들의 삶이 전부 다 잘못된 거야?"(154면)라는 진경의 대사는 화살처럼 마음을 찌르더라.

내가 정한 속도와 방향으로 타인을 끌어들이지 못해 안달했던 과오가 떠올랐다. 여성들끼리의 연대의 중요성을 말하면서도 막상 나의 일상과 현실의 구체적인 관계에 놓인 여성을 만나는 일엔 미숙했던 것 같아. 너에 대한 나의 소홀함처럼. 책에도 나오는 대로 먼저 연락을 해서 안부를 묻거나, 약속을 잡자고 하거나, 시시콜콜 속사정을 묻고 위로하는 일 같은 것들, 마음을 낸 다정한 행동들, 그 계산 없는 노동이 결국 환대이고 연대일 텐데 말이야. 그런 점에서 우리 관계는 나의 무심함에도 지치지 않은 네 손끝에 빚졌다.

『붕대 감기』 말미에 나오는 「작가의 말」을 고백처럼 네게 전할게. "마음을 끝까지 열어 보이는 일은 사실 그다지 아름답지도 않고 무참하고 누추한 결과를 가져올 때가 더 많지만, 실망 뒤에 더 단단해지는 신뢰를 지켜본 일도, 끝까지 헤아리려 애쓰는 마음을 받아본 일도 있는 나는 다름을 알면서도 이어지는 관계의 꿈을 버릴 수는 없는 것 같다."(198면)

뒤처진 새

라이너 쿤체
『나와 마주하는 시간』,
전영애·박세인 옮김, 봄날의책 2019

영화 「비포 선셋」(2004)의 첫 장면을 좋아해요. 남녀 주인 공이 9년 만에 재회하는 장소가 작은 서점이거든요. 유명한 소설가가 된 남자는 여자가 사는 도시의 책방에서 북토크를 엽니다. 책방에 붙은 포스터를 보고 그 사실을 안 여자가 그날 찾아오죠. 문에 기대어 남자를 물끄러미 봅니다. 남자도 여자를 발견하고 두 사람의 시선이 맞닿는 순간, 제 가슴에 작은 폭죽이 터졌답니다. 영화가 개봉한 2004년의 한국에는 아담한 책방의 북토크 문화가 없어서 그런 조우를 더 동경했지요.

전주의 작은 책방에서 사람들 틈에 앉아 있는 정수를 발견했을 때 이게 꿈이야 영화야 했어요. 정수가 스무살 무렵 글을 쓰러 제게 왔고 저도 사회 초년생 같은 어설픔으로 글쓰기 수업을 진행했죠. 서로의 미숙함이 흉이 되지 않는 관계 안에서 우린 마음껏 읽고 쓰고 말하는 도반이 되어갔습니다. 이듬해 정수는 중국으로 유학을 갔고요. 이국땅에 있을 줄 알았던 그가 예고도 없이 내 눈앞에 나타나다니요. 그것도 모든 사물이 한눈에 들어오는 자그마한 책방에서요.

그날 정수가 주고 간 하얀 편지 봉투를 밤에 열어봤어요. '응급실' '우울증'같이 그대와 연관 지어보지 못한 단어도 있었고 '시' '감응 능력'같이 그대가 즐겨 쓰던 모자처럼 익숙한 낱말도 있었습니다. 유학 생활을 1년간 견디다가 우울 증세와 자살 충동을 느끼고 귀국해 치료를 받았다고요. 정수가 써 내려간 그간의 사정에 저는 무척 놀랐고 곧 놀라는 저를 돌아보았습니다.

저도 모르게 유학 생활이 고생스러워도 차차 적응해 학업을 마치고 돌아오는 사람들의 성공 서사에 길들여져 있었나봅니다. 고생 끝에 낙이 온다고 순진하게 믿었는지, 정수의 금의환향을 의심하지 않았으니까요. 저 같은 사람의 편협한 기대가 그대에게 짐이 되었을 거 같아요. 미안합니다. 덕분에 무딘 견해를 다듬었습니다. 포기하면 실패이고 완주하면 성공인가. 그곳의 풍토와 공부가 내 몸에 맞지 않는다는 걸 알았으면 그 역시 배움이고 경험 아닌가. 차돌같이 야무지고 씩씩한 정수가 그랬을 리 없는 게 아니라 다부지고 예민하고 주체적인 정수라서 그랬구나 싶습니다. 아픈 몸을 돌보기 위해 만사 제치고 온 용기는 아무나 낼 수 있는 게 아니니까요.

시를 좋아하는 그대에게, 그래서 돌아와 몸을 추스르고 가장 먼저 시를 배우러 나갔던 정수에게 소개하고픈 사람이 있어요. 라이너 쿤체Reiner Kunze라는 독일 시인입니다. 그의 시를 한국어로 옮긴 번역자는 당당히 말합니다. 요즘 세상에 시인이 누가 있느냐고 묻기라도 하면 "라이너 쿤체 시인이 있죠"라고 답하겠다고요. 그의 시집 『나와 마주하는 시간』을 읽고 저도 고개를 끄덕였습니다. 가장 좋았던 시 한편 읽어볼까요.

철새 떼가, 남쪽에서

　　　　　날아오며

도나우강을 건널 때면, 나는 기다린다

뒤처진 새를

그게 어떤 건지, 내가 안다

남들과 발맞출 수 없다는 것

어릴 적부터 내가 안다

뒤처진 새가 머리 위로 날아 떠나면

나는 그에게 내 힘을 보낸다

「뒤처진 새」라는 작품입니다. 제목이 이미 시죠. 저만의
속도로 날아가는 뒤처진 새, 그 새가 무사히 강을 건너길 기

다리며 응시하는 시인. 저만치 떨어진 채 눈짓으로 날갯짓을 돕는 풍경이 동화처럼 그려집니다. 이 연대가 너무 아름답지 않나요? 쿤체는 가난한 광부의 아들로 태어나 병약한 어린 시절을 보냈고 많은 핍박을 견뎠답니다. 뒤처진 새를 노래한 것에서 알 수 있듯이 키 작은 풀 하나도 주의 깊고 따뜻하게 들여다보는 사람이었고, 그렇기에 인간의 불의와 폭력에 저항하는 올곧은 사람이기도 했다고요.

쿤체는 원래 좋은 사람이라 좋은 시를 썼을까요. 아니면 좋은 시를 쓰면서 좋은 사람이 되어갔을까요. 잘 모르겠지만 적어도 그대가 시를 공부하려다가 겪은 이상한 방식은 아니었으리라 짐작해봅니다. 시를 쓰고 싶어 찾아간 사설 교육기관, "무슨 전공이세요?"라며 인사를 나누는 수강생들, '아무래도' 대학을 가야겠다 싶어 찾아간 문예창작과 입시 전문학원, "네 시는 시도 아니야" 같은 원장의 말, 입시에 합격한 고등학생들 작품을 세번씩 노트에 필사시키는 학습법 같은 것들이요. 그대 말대로 도식화된 문장을 뽑아내며 노회한 교수들의 취향에 길들여지는 것이 시인의 자격증은 만들어줄 수는 있어도 시를 쓰는 몸을 길러주진 못하리라 생각합니다.

쿤체가 이런 얘길 합니다. 한편의 시는 '네가 세상에 무엇을 더하였는가?'라는 엄혹한 질문에 버텨낼 수 있어야 한다고요(「너는 누구길래, 시인아」). 이보다 더 시적인 화두는 없지 않은가, 저는 감탄하며 마음에 새겼습니다. 내가 세상에 무엇을 더하였는지, 이 엄정한 물음에서 도망치지 않는 한 우리는 시적인 것에서 아주 멀어지지는 않을 수 있지 않을까 감히 생각해봅니다. 다시 감각의 재활훈련에 나선 그대, 쓰기 위해 준비하는 사람이 아니라 쓰는 사람으로 살아가는 정수의 건강을 빕니다.

나의 온전한 러브스토리

보후밀 흐라발
『너무 시끄러운 고독』,
이창실 옮김, 문학동네 2016

어제는 우체국에 다녀왔습니다. 강연에 앞서 범죄경력조회동의서, 강연료 지급서 등 여러 가지 서류를 이메일로 발송하곤 하는데, 한 기관에서 문서를 반드시 우편으로 보내라더군요. 수년간 여러 단체와 일했지만 원본을 요구하는 데는 처음이었기에 당황스럽고 또 성가셔서 강연을 포기할까 하다가 그냥 보냈습니다. 삶에 고개 숙이는 마음으로요.

한번씩 어렵습니다. 무엇을 하고 무엇을 하지 말아야 할지. 20여분 걸리는 우편물 보내는 일로 30분 넘게 갈등하고, 원고료 장당 1만원에 청탁이 오면 20년째 동결된 고료는 부당하다고 말해야 할지 조용히 거절할지 고민하죠. 업무 용건이 불쑥 카톡으로 날아오면 소통 창구를 메일로 단일화해달라고 말할까, 그럴 시간에 답할까 아니면 아예 애플리케이션을 삭제할까 망설입니다.

이렇게 내가 나의 고용주이자 노조위원장이 되어 내적 협상을 벌이고 있노라면 일을 시작하기도 전에 탈진해버립니다. 하필 눈앞엔 수명이 다한 스탠드 전구가 방정맞게 시야를 흐리고 메일함에선 각각의 단체의 내규에 따른 서식과 온갖 필요에 의한 요청들이 웅성거려서 그것을 처리하자니, 사람은 큰 사건으로만 침몰하는 게 아니라 작은 노동에 마모되어 소멸할 수 있겠구나 싶은 것입니다.

존재의 복원이 시급했습니다. 노동하는 인간의 깊은 사색에 대한 책, 보후밀 흐라발Bohumil Hrabal의 소설 『너무 시끄러운 고독』을 폈습니다. "삼십오년째 나는 폐지 더미 속에서 일하고 있다. 이 일이야말로 나의 온전한 **러브스토리**다"(9면) 라고 쓰인 첫 문장부터 압도당해 빠져든 책이죠. 주인공 한탸는 "날마다 죽을 것만 같은 피로에 찢기고 마음에 상처를 입는"(15면) 인물로 자아의 막대한 소진을 줄이기 위해 여느 노동자처럼 맥주를 들이켜고 책도 술처럼 마십니다.

"사실 내 독서는 딱히 읽는 행위라고 말할 수 없다. 나는 근사한 문장을 통째로 쪼아 사탕처럼 빨아먹고, 작은 잔에 든 리큐어처럼 홀짝대며 음미한다. 사상이 내 안에 알코올처럼 녹아들 때까지. 문장은 천천히 스며들어 나의 뇌와 심장을 적실 뿐 아니라 혈관 깊숙이 모세혈관까지 비집고 들어온다."(9~10면)

책과 내가 일체가 되는 에로스의 최대치로 읽는 기쁨을 표현하는 한탸는 실러, 횔덜린, 니체의 무덤이 된 폐지 꾸러미에서 책을 발견하고 한줄씩 읽어나가며 지식의 세계로 빠져들어 뜻하지 않게 현자가 됩니다. 조금만 몸을 기울여도 근사한 생각의 물줄기가 흘러나온다고 말하죠. "폐지 더미 속에서 희귀한 서적의 책등과 표지를 발견하는 그 놀라운 순간이 (…) 축제나 다름없었"(88면)다고 느끼는 사람, "생각들로 조밀하게 채워진 고독 속에"(18면) 책을 향유하는 사람. 처음 읽었을 땐 한탸가 대단한 애서가로 보였고 그저 감탄했습니다.

이번에는 진짜 노동자 한탸가 보이네요. "더럽고 냄새나는 폐지 더미 속에서 선물과도 같은 멋진 책 한권을 찾아낼지 모른다는 희망으로 매 순간을 살아온"(106면) 35년 근속 노동자. "저녁이면 내가 아직 모르는 나 자신에 대해 일깨워줄 책들"(16면)과 만나기 위해 나날의 의무를 다하죠. 한탸는 종국에는 비인간적으로 변해가는 노동 환경과 소장의 통고에 따르기보다 차라리 지하실에서 "승천"하는 길을 택하는 불복종 시민이기도 합니다.

책장을 덮고 나자, 고작 서류 몇장에 압사당할 듯 괴로워한 제가 조금 부끄러웠습니다. "하늘은 인간적이지 않다"는 『너무 시끄러운 고독』에서 반복되는 문장입니다. 시대가 개인의 삶에 친절을 베풀지 않는다는 뜻이죠. 실제로 이 책을 쓴 보후밀 흐라발은 1914년 체코에서 태어나 나치 치하에서 학업을 중단해야 했고 철도원, 보험사 직원, 제철소 잡역부, 단역 배우, 폐지 꾸리는 인부 등 다양한 직업을 전전하다가 마흔아홉에 뒤늦게 소설을 쓰기로 결심했다고 합니다. 그의 자전적 경험이『너무 시끄러운 고독』에 농축된 겁니다.

어쩌면 그물에 걸리지 않는 바람처럼 자유롭게 아무 걸림 없이 '오직 읽고 오직 쓰는' 삶이란 누구에게나 불가능한 꿈일지도 모르겠습니다. 아, 이 소설이 전하는 메시지가 근무조건이 열악해도 책에서 양식을 구하라는 식의 자기계발 논리는 아닙니다. 노동하는 인간이 자기 영혼의 본질을 지켜가고 사유하는 인간이 되어가는 여정의 숭고함, 자신이 숭배하는 대상을 파괴하는 모순된 상황에 처해서도 아름다움을 구하는 지성의 고귀함을 보여주죠.

여전히 하늘은 인간적이지 않습니다. 저는 살림과 육아와 집필이 늘 서로의 핑계가 되었던 어정쩡한 시기를 통과해 일에 몰입해도 좋을 시기가 되었는데 이제 체력이 따라주지 않고, 프리랜서 작가의 노동 환경은 일관된 체계가 없어서 일의 영역이 넓어질수록 현기증이 일어나는 처지에 놓여 있습니다.

그럼에도 한탸가 꿈꿨던 '온전한 러브스토리'를 저도 포기할 수가 없네요. 매번 바뀌는 동료를 무도회장의 파트너처럼 다정하게 맞이하고, 동시에 인간을 부품화하는 업계 구조엔 주저 없이 저항하며 작가의 노동권을 사수하고, 읽어야 할 것을 읽고 써야 할 것을 쓰는 삶을 살아가고 싶습니다. 한탸처럼 책더미에서 조용히 몰락할 수 있는 생이면 더 바랄 나위가 없을 것입니다. 대상 없는 하소연과 반성문을 이만 마칩니다.

쓰지 않음의 윤리

아룬다티 로이
『9월이여, 오라』,
박혜영 옮김, 녹색평론사 2011

글쓰기 슬럼프예요. 슬럼프인 거 어떻게 알았어요? 석달째 글을 안 쓰고 있어요. 음, 그렇군요. 근데 또 생각해보면 어떻게 쉼 없이 쓰겠어요. 우리가 글 쓰는 기계도 아닌데요.

진이 제게 고민을 말했을 때 자문자답하는 심정이었습니다. 원래 남에게 하는 말은 자기에게 하는 말이죠. 저도 덜 쓰고 지냅니다. 한 해에 열매를 맺으면 다음 해는 거르는 과실수처럼 해거리 중이라고 스스로 다독여봅니다만, 편치는 않습니다. 쓰는 고통이 있다면 안 쓰는 불안이 있네요.

진도 아룬다티 로이Arundhati Roy를 알겠지요. 『작은 것들의 신』(문학동네 2016)으로 부커상을 받으며 세계적으로 이름을 알린 인도의 작가요. 고요하면서도 강렬하게 다가오는 그의 소설도 좋았지만 저는 그가 쓴 논픽션 『9월이여, 오라』를 아낍니다. 여러번 읽는 책이죠. 세계화를 비판하는 여덟편의 에세이가 실렸는데, 도입부에 이런 문장이 나옵니다.

"내 창문으로 세상을 내다보면서, 『작은 것들의 신』을 쓰면서 여러해 동안 누렸던 즐거움에 대한 기억이 시들기 시작했다. 책의 판매를 통한 금전적 이익이 몰려들었다. 내 은행계좌 잔고는 급격히 불어났다. 이미 가진 자들 사이에 세계의 부를 순환시키고 있는 거대한 파이프에 내가 우연하게도 구멍을 뚫었다는 것을 나는 깨달았다. 그래서 그 파이프에서 어마어마한 속도와 힘으로 돈이 쏟아져 나오면서 내게 상처를 입히고 있었다."(8면)

소설의 한 장면처럼 강렬한 이미지가 그려지죠. 작품의 성공이 가져다준 부와 명예가 자신에게 상처를 내고 있다고 고백하는 작가라니! 와, 멋있어서 감탄했습니다. 돈이 사람을 살리기도 하지만 병들게도 한다는 걸 고려하면, 작가의 예민함으로 그걸 알아차리는 게 어쩌면 그다운 모습이기도 하겠지요. '시장의 심장부'에 펜을 겨누면서도 그곳으로부터 부를 쌓는 자기모순에 빠지지 않기 위해 아룬다티 로이는 눈을 부릅뜹니다.

"나는 『작은 것들의 신』 속의 모든 감정, 모든 작은 느낌이 모조리 은화로 교환되어버렸다고 느끼기 시작했다. 조심하지 않는다면, 어느 날 나 자신이 은으로 된 심장을 가진 은색의 형체가 되어버릴 것만 같았다. 그리하여 내 주변의 폐허화된 풍경은 그저 나 자신의 번쩍임을 더욱 두드러지게 하는 데 이바지할 뿐일 것만 같았다."(8면)

로이는 부커상을 받고 나서 소설을 쓰지 않겠다고 말했대요. 자신을 '소설 공장'처럼 취급하는 게 싫다고요. 소설을 영화화하자는 제의도 거절하고 긴급한 글들을 써내죠. 댐 건설로 인한 심각한 자연 파괴, 이라크전쟁과 미국의 오만한 제국주의 등 "공공연히 편을 들지 않으면 안 되는 정치적 상황"(34면)에 대해 자비 없이 신랄한 언어를 구사합니다. 그리고 20년이 흐르고 나서야 두번째 소설 『지복의 성자』(문학동네 2020)를 출간해요.

멋지지 않나요? 글과 삶을 일치시키려는 염결성, 자기만의 속도로 밀고 나가는 의연함이요. 더 많은 것을 원하지 않는 점, 작가의 사회적 구실에 대한 치열한 고민, 글 쓰는 활동가의 모습까지요. 그런데 정작 본인은 '작가 겸 활동가'라는 딱지를 거부해요. 침대 겸용 소파라는 말을 연상시킨다고요. 하핫. 저는 이 대목에서 막 웃었는데요, 깊은 뜻이 있죠. 모든 저항적 운동을 직업적 활동가들만 하는 일로 여기도록 암시한다는 게 그 이유입니다.

"이런 사태에 누군가 관여하게 되는 것은 그가 작가나 활동가이기 때문이 아닙니다. 인간이기 때문에 관여하는 것입니다."(44~45면) 로이는 글을 쓰는 이유도 작가라서가 아니라 그것이 "내가 할 수 있는 가장 효과적인 일"(45면)이기 때문이라고 말하죠. 장르적 구분도 의미를 두지 않아요. "논픽션이건 픽션이건, 내가 주로 다루는 주제는 권력과 권력 없는 자들의 관계, 그리고 그 사이의 끝없는 순환적인 갈등입니다."(73면)

우리가 처음 만났을 때가 지난해 가을이었나요. 같은 학교 다른 교실에서 각각 강연을 마치고 서울행 기차 옆자리에 앉아 자연스레 말문이 열렸죠. 소설가인 진은 르포에 관심이 간다며 어떻게 쓰는지 물었고, 저는 르포를 잘 쓰려면 소설 기법을 배워야 하나 생각해보았다고 말했고요. 저는 강연에서 르포 작업에 관해 두어시간을 이야기했는데 정작 질문 시간에 "작가님, 소설은 안 쓰세요?"라는 질문을 받곤 해서 그게 은근히 속상하다고 처음 만난 자리에서 진에게 푸념도 늘어놓았습니다.

기차처럼 길었던 그날의 대화를 종종 떠올립니다. 작가라는 직업이 혼자 일하는 것이라서 고민을 나눌 상대가 없다보니 속내를 꺼낸 것만으로도 저는 좋았거든요. 고민의 모양이 데칼코마니처럼 대칭을 이루는 것도 신기했고요. 두번째 만났을 때 진이 들려준 슬럼프 이야기가 생각나서 마침 제가 상담 선생님처럼 모시는 아룬다티 로이를 소개해드렸습니다. 작가-활동가, 픽션-논픽션 등 경계에 갇힌 시야를 크게 열어주고, 우리가 '조심하지 않는다면' 잃게 되는 게 무엇인지, '인간이기 때문에' 관여해야 할 일이 무엇인지 정신이 번쩍 들게 일러주는 분이죠.

우리의 세번째 만남은 국회 앞 차별금지법제정 단식 농성장 동행이었습니다. 진이 방명록에 쓴 문장을 기억해요. '차별은 악이다.' 사실 저는 싸우는 현장에 가면서도 여기가 내가 나설 자리가 맞나, 글 쓰는 자로서 책을 읽거나 글을 잘 쓰려고 노력해야 하는 거 아닌가 하는 내적 소리를 듣지만, 언제든 생을 마감할 때, 글을 더 쓰지 못한 게 아쉬울 것 같진 않은데 가야 할 곳에 가지 못한 건 후회가 남을 것 같아서 가곤 합니다.

우리의 네번째 만남은 언제가 될까요. 만나고 떠드는 사이 진의 슬럼프가 슬그머니 물러나면 좋겠습니다. 참, 이 책은 절판됐으니 그때 가져가겠습니다.

울프의 파도

버지니아 울프
『파도』,
박희진 옮김, 솔 2019

　서울의 한 유명 음식점 앞, '오픈런'해야 하는 맛집으로 약속 장소를 정하고 미리 가서 줄을 섰다. 30여분 지나서 네가 오고 곧 우리 순서가 되었지. 난 원래 대기표 받는 식당은 굳이 가지 않는데 한번 시도해봤네. 맛있는 해물찜을 먹고 싶기도 했다만 실은 '안 하던 일 해보기'라는 소소한 결심 프로젝트의 일환이었다. '줄 서는 사람들 이해가 안 돼'라고 무심코 말하지 않기 위해 몸소 줄을 한번 서보기로 한 거지.

　음식점 내부는 왁자했다. 열차 좌석처럼 테이블이 다닥다닥 붙어 있어서 모르는 사람과 합석하는 기분으로 착석

했고, 양 옆자리 말소리를 뚫고 우리도 안부를 나누었다.

"뭐 하다 왔어?"

"책 보다가."

"무슨 책?"

"버지니아 울프 소설인데… 어려워."

"버지니아 울프가 소설도 썼어? 난 『자기만의 방』밖에 모르는데."

눈을 동그랗게 뜨고 묻는 네게 말했지. 버지니아 울프가 소설을 아홉편이나 썼다고. 근데 '비운의 여류 작가'라는 평면적인 이미지로 소비되는 바람에 정작 소설 작품은 잘 알려지지 않았고, 그래서 너도 몰랐을 거라고.

나는 푸념했다. "뒤늦게 한편씩 챙겨 보며 『등대로』 『올랜도』에 이어 『파도』까지 왔는데 무척 당혹스러워. 중심 서사랄 게 없고 등장인물의 내적 독백으로만 이루어져 있는 실험소설은 처음이야. 소설이라기보다 대서사시나 희곡에 가까운 거 같기도 하고. 눈으로 열심히 보는데도 활자들이 마치 파도의 포말처럼 계속 부서진다." 내 이야기를 듣더니 네

1부 관계와 사랑

가 물었지. 아니 힘든 걸 왜 굳이 읽느냐고.

맞아, 울프 소설 읽기도 '안 하던 일 해보기' 프로젝트야.

때아닌 결심주의자가 된 심경을 고백하려고 했으나 우측 테이블의 소음이 점점 심각해졌다. 테이블엔 빈 소주병이 두병 놓여 있고, 잘 차려입은 젊은이들 낯빛은 이미 붉은 노을이고, 억양이 강한 사투리는 그야말로 기차 화통 삶아 먹은 소리처럼 우렁찼다. 대화 불능 상황이 되자 나는 대화를 포기하고는 소심하게 흘끔거리며 한숨과 짜증을 삼키고 있는데 네가 나섰다.

"저기요. 목소리가 너무 커서 저희가 말소리가 안 들리거든요. 조금만 줄여주세요."

"아, 네…"

옆 테이블은 곧장 잠잠해졌지. 순간 네가 뉴스에나 나올 법한 용감한 시민으로 보였다. 건전한 술집 문화 창달의 선구자!

"와, 너 멋있다. 어떻게 말할 생각을 했어?"

"나도 자주 취하는 사람으로서 저분을 비난은 못한다."

"너도 만취하면 목소리가 저렇게 커져?"(예전에 잔뜩 취해 춤추는 건 봤습니다만.)

"모르지. 취했는데."

너는 웃고 나도 웃었다. 타인을 비난하지 않고 할 말을 하는 네가 존경스러워서, 오래 본 사이라도 아직도 내가 모르는 모습이 네게 남아 있는 게 신기해서 막 웃음이 났다.

『파도』는 주인공 여섯명의 유년기부터 노년기까지 시간의 폭을 담아내며 '삶의 유한성'을 압축해 보여주는 소설이다. 파도는 덧없음과 영원성에 관한 은유고. "이 우주에는 변하지 않는 것, 영속적인 것은 아무것도 없어"(50면)라는 문장은 어느새 '본격 늙음' 언저리로 밀려온 나의 50대 화두와 맞물린다. 눈의 피로감, 손가락 관절 통증부터 시작해서 여기저기 몸이 삐걱거리는 걸 실감하면서 또 주변이 아픈 사람으로 채워지면서 날마다 생각한다. 파도처럼 머물다가 사라지는 이생의 삶을, 어떻게 살아야 할까.

2차로 자리를 옮겨 우리는 신체의 노화와 죽음에 관한 본격 대화를 이어갔다. 죽은 엄마들을 그리워하며 병든 아버

1부 관계와 사랑

지들을 연민하고 한탄했지. 운전하다가 다쳤는데도 운전할 수 있다고 우기며 치매 증상이 의심되는데 검사를 거부하고, 하나같이 당신의 쇠약해진 상태를, 몸의 변화를 인정하지 않아서 자식들을 속 터지게 하는 이야기를 말야.

"우리도 그렇게 될까? 나이 들을수록 자식이고 누구고 남 얘기를 듣는 게 쉽지가 않나봐. 고집불통이 되잖아."

"그러니까, 잊어먹지 않게 어디다가 써놔야 해."

"써놓고 안 보면 그만이잖아. 그러니까 나 이상해지면 네가 꼭 말해줘."

너는 갑자기 내 손을 잡았다.

"우리 이상하게 되면 서로 충고해주자 그러잖아. 근데 내가 먼저 남의 말을 듣는 사람이 돼야 해. 평소에 남 얘기를 듣지 않는 사람은 이상해져도 아무리 친구일지언정 남이 말을 안 해주겠지. 내가 남의 말을 들을 사람이 되어 있으면 해달라고 부탁 안 해도 남들이 다 해준다. 이게 내 좌우명이야."

『파도』의 주인공 버나드는 독백을 한다. "생각이라

는 것은 딱 한번 완전한 구球를 이루는 대신 수천번 깨진다."(167면) 그날 네 말로 인해 낡은 생각이 깨지고 나은 생각이 완성되는 찰나의 기쁨을 느꼈다. 어떻게 살아야 할까의 문제에 힌트를 얻은 거지. 콘크리트처럼 굳어가는 사람이 아니라 남의 말이 스며드는 고운 흙 같은 사람이 되고 싶다. 그러려면 질색하는 일도 한번 시도해보고 안 읽히는 책도 읽고, 파도처럼 부단히 움직여야겠지.

버지니아 울프가 딱 그랬다. 『파도』라는 독백과 이미지로 된 형식의 소설에 도전하면서 "완전히 실패할지도 모르지만 나는 이런 작품을 쓰는 나 자신을 매우 존경한다"(해설, 313면)고 일기에 적었대. 자기 쇄신의 실행력이 존경스럽지. "포도송이에서 포도를 떼어내듯이 떼어내어 '받아요. 이것이 나의 인생이오'라고 말"(253면)하는 몽상적이고 아름다운 문장이 있는가 하면, 또 "인생은 즐겁고 좋은 것이다. 월요일 다음에는 화요일이 오고 그다음에는 수요일이 온다"(286면)고 무심하게 삶에 순응하는 책을 마저 읽다가, 그날 너와의 대화를 복기하며 나는 좋은 늙음을 꿈꾼다.

　　　　　　　1부 관계와 사랑

친절은 선택하는 것

뷔페식 브런치 카페에서 접시를 들고 친구랑 줄을 서 있었죠. 보기만 해도 군침이 도는 라사냐며 샐러드를 먹을 생각에 싱글벙글 들떠서는 여섯가지 메뉴를 훑었어요. 이 중 세가지를 고르면 점원이 음식을 덜어주는 시스템이죠. 내가 먼저 음식을 받아 자리에 앉았는데 잠시 후 친구가 앉으면서 말해요. "점원이 묻더라. 저분 은유 작가님 맞으시죠?"

가슴이 철렁. 재빨리 좀 전의 행동을 복기해보았죠. 내가 뭘 했더라… 현실 아줌마인 저는 음식 받을 때 '많이 주세요' 같은 말을 실없이 하곤 했는데 50세를 앞두고 자중하기로 했고 진짜로 그랬으니 잘했다 싶었습니다. 점원의 인상은 떠오르지 않았어요. 사람이 눈앞에 있는데 사람의 눈을 보지 않고 음식에만 꽂혀 시선을 아래로 고정했어요. 상대의 눈을 보는 일은 존중의 짧은 의례이거늘.

며칠 전 카드센터 일이 떠오릅니다. 다음 일정이 있어서 할까 말까 하다가 15분 정도 소요된다기에 카드 교체를 신청했는데 시간이 두배나 걸렸죠. 5분이면 됩니다, 소리를 직원이 세번 할 정도로 일이 야금야금 지연됐고요. 계속 손목시계를 보던 저는 급기야 말했습니다. "처음부터 정확히 말씀해주셨으면 지금 안 했을 거 아니에요." 정색한 나의 발언은 틀린 말은 아니지만 적합한 말도 아니었습니다.

일이란 본디 여러 관계와 사정이 얽혀 있어 통제와 계획대로 진행되지 않으니까요. 삶도 그렇죠. 이럴 줄 알고 했는데 저렇게 되어버리죠. 처음부터 이럴 줄 알았으면 당신이랑 결혼 안 했고, 이렇게 힘들 줄 알았으면 애를 안 낳았고, 애초에 이런 일인 줄 알았으면 이 회사에 안 왔고, 쓰는 일이 이렇게 해도 해도 숙련되지 않는다는 걸 알았다면 아예 시작을 안 했을 거고, 이런 게 삶이라면 안 태어났고…

그럼 이제 와서 어쩌나요. 이 집요한 삶의 배반을 견딜 방법은 없는가. 예전에 어느 문학잡지를 보다가 중국계 미국인 작가 이윤 리 ^{Yiyun Li}의 말이 너무 와닿아서 베껴놓은 적이 있어요. 그가 그랬죠.

"삶은 그저 삶일 뿐이지요. 늘 고난이 있습니다. 좋은 순간도 나쁜 순간도 있고, 저는 좋든 나쁘든 그 모든 순간을 피할 수 없다고 생각해요. 어쨌든 우리는 고통과 슬픔을 경험할 테니까요. 그것은 삶의 일부입니다. 하지만 친절은 우리가 베풀거나 베풀지 않겠다고 선택할 수 있어요. 타인뿐 아니라 자신에게도 친절한 사람들이 있습니다. 저는 자신에 대한 친절도 매우 중요하다고 생각해요. 결국 친절은 우리가 선택할 수 있는 것일 텐데, 선택이기 때문에 저는 친절에 대해 쓰는 것이 좋습니다."

고난은 피할 수 없지만, 친절은 선택할 수 있다는 것. 희망적입니다. 게다가 친절은 글쓰기로 훈련할 수 있거든요. 저는 삶의 고난이 자아내는 난폭함으로부터 '나의 감정과 생활'을 보호하려고 글을 쓰기 시작했는데 글을 자꾸 쓰다 보니 '남의 입장과 감정'도 보이게 됐고, 그 남을 존중하기 위해서 내 할 일을 생각하기에 이르렀습니다.

가령, 카드센터 직원이 일부러 늦게 처리한 것도 아니니까 너그러이 이해하자가 아니라, 앞으로 살면서 남들에게 정색하지 않으려면 여유 시간 없이 앞뒤로 촉박하게 일정을 잡지 말자고, 글을 쓰면서 돌아보고 다짐하는 것입니다. 세상이 만든 경쟁과 효율의 속도에 끌려다니노라면 내 조급함에 내가 파묻히지 않을 도리가 없으니, 내가 친절해지는 삶의 안전장치를 스스로 구축하는 게 중요함을 알게 됩니다.

남사스럽게도 요즘 강연을 가면 '베스트셀러 작가님을 어렵게 모셨다'고 소개를 받습니다. 처음엔 정말 놀랐습니다. 또 작가님 알아보는 사람이 많지 않느냐는 질문도 받아요. 그럼 거의 없다고 하죠. 브런치 카페 직원 한분, 동네 카페에서 인사를 건넨 주민이 한분 있었고요. 누가 저를 알아보고 아니고가 뭐 중요할까요. 다만 내 얼굴이 아니라 내가 뿌려놓은 말들을 알아보고 기억하는 분들과 살아가기 위한 책임을 다해야겠다는 경각심이 듭니다.

삶의 목표가 인간성 좋은 작가가 되는 것은 아닙니다만, 다만 친절을 쓰는 사람이고 싶습니다. 친절에 대해 거듭 말하고 쓰고 고민하는데 희한하게 실천에는 자꾸 실패해서 반성하느라 또 글을 쓰지 않을 수 없는 사람. 친절한 사람이 아니라 친절한 사람이 되기 어려운 구조를 파악하는 사람. 그렇게 용쓰다보면 주름이 늘듯이 말투와 표정에 친절의 함량이 높아지길 기대합니다.

2부

상처와 죽음

나의 편집자에게

레프 니꼴라예비치 똘스또이
『이반 일리치의 죽음』,
이강은 옮김, 창비 2012

장례식에서 돌아와 메일함을 열어보았다. 첫 메일이 온 날짜가 2016년 8월 3일. 내용은 다시 읽어도 흥미진진했지. 몇년 전부터 '삶이 망했다'고 생각했던 적이 가끔 있었는데 나의 책 두권을 읽고 감응했고 읽지만 말고 이런 책을 같이 만들고 싶다는 생각이 들었다며 출간을 제안하는 메일이었다. 그 메일은 "여타의 이유로 힘드실 것 같다면 일찌감치 거절 메일을 주셔서 제가 다른 일에 몰입할 수 있도록 도와주셔도 된다"며 끝났다. 겸손과 재치를 겸비한 마무리 문장에 웃음이 일었던 기억이 났다.

그날 이후 우리가 주고받은 편지는 2020년 6월 16일 마지막 메일까지 무려 100통이었다. 평생 나와 가장 많은 '서신'을 주고받은 주인공은 이환희, 당신이야. 편지 내용은 주로 원고 검토 의견이었다. 내가 글을 써서 보내면 환희가 피드백을 주었지. 의견이 때로 토론이 되고, 그렇게 서로 묻고 답하는 과정에서 글의 메시지는 명료해졌지. 적절한 질문과 의견을 던져주는 사람이 가까이 있는 일의 소중함을 환희와 일하며 배웠다. 독자들은 알까? 어떤 책은 편집자와 작가가 100통의 메일을 주고받은 끝에 탄생하기도 한다는 것을. 『다가오는 말들』(어크로스 2019)이 바로 그 책이란 사실을.

실은 나도 잘 몰랐던 것 같아. 환희가 '피드백 드립니다' 혹은 '피드백의 피드백을 드립니다'라는 메일을 쓰기까지 어떤 수고를 들였는지. 청소, 설거지, 빨래 같은 집안일이 하나하나는 간단해 보여도 그것들이 쉼 없이 밀려들 때 숨통이 막히는 것처럼, 편집자 업무도 비슷할 것 같아. 책을 기획하고, 원고를 검토하고, 목차를 짜고, 제목과 부제를 정하고, 홍보용 카피를 짓고, 디자이너·작가·상사 사이에서 의견을 조율하고 나머지 사람들에게 변경된 사항을 전달하고… 이름도 명예도 남기지 않는 그림자노동, 하면 안 보이고 안 하면 바로 티가 나는 갖가지 편집자의 일을 환희는 '뒤에서 묵묵히' 처리했다. 책을 살리는 살림꾼이었지.

만 36세, 이환희. 당신은 이름과 나이부터 죽음과는 무관한 존재처럼 보였다. 영정 사진은 어떻고. 장난기 가득한 앳된 얼굴 앞에 서니 난 다리에 힘이 풀리고 억장이 무너졌다. 서로 최선을 다해 멋지게 책을 만들었다는 평소의 자부심이 장례식장에선 자책감이 되더구나. 우린 왜 술을 마시면서도 책 얘기를 하고, 일이 힘들다면서도 일 얘기만 했을까.

톨스토이^{Lev Nikolaevich Tolstoy} 소설 『이반 일리치의 죽음』에 나오는 주인공이 생각났다. (애도 메일을 쓰면서도 또 책 얘기를 한다.) 45세의 성공한 법률가인 그는 세속적 인물이지. "불빛을 향해 날아드는 날벌레처럼 어려서부터 사교계의 최고위층 사람들에게 본능적으로 이끌려"(25면) 그들의 삶을 모방하며 산다. 일상에서 복잡한 문제가 생길 때마다 눈감고 일로 도피하지. 자기 자신에게 이렇게 말해. '일이나 하자. 그래, 난 일 때문에 살아왔잖아.'(73면) 그런데 그토록 집중한 일이 자기 존재를 삼켜버렸음을, 그는 갑작스러운 병으로 지독히 외로운 죽음을 맞으며 알게 되지.

환희, 당신 가는 길은 소설 속 주인공과는 달리 전혀 쓸쓸하지 않았다. 고향 친구들, 출판계 편집자 동료들, 정당과 시민단체 청년들이 모여 당신을 마음 깊이 추억하고 애도했어. SNS에서도 추모의 물결이 이어졌고, 모두가 일 잘하고 의미 있게 살고자 애썼던 젊은 편집자의 때이른 죽음을 슬퍼했다. 그런데 만약 당신이 편집자로 오래오래 책을 만들었다면 행복했을까?

책을 뺀 이환희에 대해 나는 아는 게 많지 않더라. 당혹스러웠다. 우리가 어떤 사람과 '일' 혹은 '일의 성과'를 통하지 않고 관계 맺는 일이, 사회적 쓸모가 아닌 본연의 욕망을 바탕으로 사람을 알아가는 일이 불가능해진 것 같아. 일이란 게 존재 증명과 생존의 거의 유일한 방편이 되어버린 사회이기에 우린 그토록 일에 매달릴 수밖에 없겠지.

이반 일리치는 죽고 나서 이렇게 말한다. '끝난 건 죽음이야.'(119면) 이상하지? 삶이 끝난 게 아니라 죽음이 끝났다고 말해. 근데 교정해야 할 문장이 아니더라고. 죽음은 마지막 삶의 과제니까 맞는 말이었다.

환희는 인생의 숙제를 털고 나서 무어라고 되뇌었을까 궁금하다. 분명 삶에 대해 핵심을 찌르지만 유머러스하고 재치 넘치는 촌평이었겠지. 메시지는 이반 일리치와 통했을 거 같아. 일이 아니라 '나'를 들여다보라는 것. 일만 하는 삶에 대한 이상한 금지와 자기 위안에서 벗어나야 자신은 물론 타인과 존재 그 자체로 관계 맺을 수 있다는 것.

『이반 일리치의 죽음』은 톨스토이가 1886년에 쓴 소설이다. 2020년에 나는 '죽음에 대한 인식을 차단하고 은폐'한 채 일벌레처럼 살다가 환희로 인해 장례식장에 와서야 삶의 브레이크를 잠시라도 잡아본다. 여전히 새해라고 결심하자니 창피하고 부끄럽지만 새해엔 일에 종속되지 않은 나로 느슨하게 살아보고 싶은데 잘 되려나 모르겠다. 삶은 의지보다 습관이 지배하므로 아마도 자아실현의 강박과 경쟁 사회의 분위기에 휩쓸려 또 고된 노동에 스스로를 몰아넣

을 것 같기도 하다. 그러면 환희가 와서 이반 일리치처럼 말
해줄래.

"그래, 뭣 땜에 자신을 더 속여?"(71면)

100년 동안 쓸 마음

한정원
『시와 산책』,
시간의흐름 2020

원래 그렇게 걸음이 빠르냐고 같이 걷던 동료가 물었다.
나는 고개를 숙여 얼른 발을 바라봤지. 바퀴나 모터 같은 것
은 달려 있지 않았다. 그렇게 빨랐냐며 멋쩍게 웃고 넘겼지
만 그 말이 뒤통수에 붙어 떨쳐지지 않았다. 하루치 동선을
재생해보니 고속도로 휴게소에서 파는 태엽 감는 강아지
인형처럼 보자기만 한 바닥에서 종으로 횡으로 움직이는
한 사람이 보이더라. 그건 걸음의 빠르기가 아니라 삶의 속
도 문제였다. 그날부터 고민했지. 몸에서 살을 빼듯 삶에서
속도를 빼는 방법을.

그때가 마흔 즈음, K 네 나이다. 한참 애 키우고 일하는 와중이었지. 지금 생각하니까 삶의 하중을 받아서 신체가 변형되고 있었던 거 같아. 건강검진표에는 나오지 않는 이상 징후들이겠지. 눈빛은 차분함을 잃고 말투는 드세지고 걸음은 쫓기는 사람처럼 허둥지둥. 그런데 더 슬픈 건 그걸 내가 인지하지 못한다는 거야. 하루하루는 똑같아 보여도 10년 후에는 다른 사람이 되어 있다고 생각하면 너무 두려운 일이지.

그래서 일상의 속도 제어 장치로 시를 들였다. 시는 산문이나 소설처럼 논리적 사고로 읽어낼 수 없는 장르거든. 읽다가 요철처럼 걸리는 구절이 있어서 생각도 서행을 한다. 행간에 머물지. 이게 뭐지? 왜 슬프지? 이거 좋다! 이런 느낌은 이성으로 설명되지 않지. 삶을 그냥 살아내야 하듯이 시도 그저 읽어내면 되거든. 논리적 이해가 아닌 묵묵한 독해. 안 보이는 것이 보일 때까지 붙드는 마음.

내가 읽은, 시가 깃든 가장 아름답고 신비로운 산문집, 『시와 산책』에서 한정원 작가도 쓴다. "시 안에도 서쪽이 많앉고, 나처럼 서쪽을 바라보는 얼굴들이 있었다"(123면)라고. 새해 첫날 산 정상이나 동해안에서 일출 보는 사람들의 사진이 언론이나 SNS에 전시되지. 신년 이벤트를 해야 행복한 인생인 것 같고 모두가 그렇게 한 방향을 바라보고 살게 되는데, 시집을 펼치면 서쪽 세계가 열린다. 그리고 서쪽을 바라보는 얼굴은 걸음도 느리다.

"고양이들이 밤에 몸을 누이는 장소, 열매를 기대해볼 수 있는 나무, 울다가 잠든 사람들의 집… 산책할 때 내가 기웃거리고 궁금해하는 것들도 모두 그렇게 하찮다. 그러나 내 마음에 거대한 것과 함께 그토록 소소한 것이 있어, 나는 덜 다치고 오래 아프지 않을 수 있다. 일상의 폭력과 구태의연에 함부로 물들지 않을 수 있다."(25면)

한정원 작가가 들려주는 외지고 적막한 동네의 이야기는 대단한 세계였다. 산티아고 순례길이나 안나푸르나 같은 천혜의 땅도, 국내의 이름난 둘레길도 아닌 그저 소도시 골목에서 낙엽 줍듯 가져온 이야기가 시리도록 투명해서 난 그것을 읽는 내내 작가처럼 '글썽글썽한 기분'이 되었다. 그런데 그 '쓸모없어서 귀해지는 것'들이 우리가 인간의 보폭을 유지하도록 돕는다니 이보다 더 중요한 쓸모가 있을까 싶다.

네게 더 읽어주고 싶은 단락이 있어.

"삶을 꺾이게 하는 것은 그보다는 '사건(경험)'이라고 생각한다. 주로 나쁜 사건을 겪는 순간이라고. 그래서일까. 나는 덜 늙고서도 늙었다고 느낄 때가 있다. 보내지 않으려고 아무것도 들이지 않는 사람이 되었다고. 몸의 관절이 오래 쓰여 닳듯, 마음도 닳는다. 그러니 '100세 인생'은 무참한 말일 뿐이다. 사람에게는 100년 동안이나 쓸 마음이 없다."(67면)

K야. 네게도 얼마 전 '사건'이 닥쳤지. 고등학생 아이를 키우고 대출금 갚으며 회사에서 중요 직책을 맡고 있는 나이, 힘겨운 생애주기를 통과하는 와중에 일어난 일상의 참사다. 연신 담배를 피워대며 눈물로 울분을 토하던 네 모습이 계속 생각나더라. 귀퉁이부터 서서히 닳아가던 마음이 와르르 무너지고 짓뭉개진 나쁘고 아픈 일. 네 고통도 모르고 엄마는 잔소리를 멈추지 않는다고 했지. 너 요새 왜 이렇게

투박해졌냐고. 살갑던 내 딸 같지가 않다고.

예기치 못한 일을 그저 감당해야 한다는 점에서 사는 건 잔인한 일 같다. 고통의 시간은 또 얼마나 지겹고 더디니. 그래서 나는 백세시대라는 말이 호랑이보다 무서워. 그러니 누구나 불행에 대비해 하루를 '빨리 감기' 하는 노하우를 갖고 있어야 할 것 같아. 후다닥 지나가는 하루만이 위안이니까. 하루를 빨리 감기 하는 비법이 나에겐 독서거든. 책에 얼굴 파묻기. 『시와 산책』 같은 책을 만나면 100년 동안 쓸 마음이 없다는 말에 위로받아 100년 중 하루를 순한 마음으로 보내게 된다. 내일은 또 내일의 문장이 나를 찾아올 것이고 그거면 되거든.

K야, 네 연명장치는 무엇이니? 자아 찾기니 뭐니 해도 결국 사는 건 하루를 거뜬히, 그러니까 무사히 보내는 일 같아. 페루 시인 세사르 바예호 César Vallejo 도 노래하지.

인간은 슬퍼하고 기침하는 존재.

그러나 뜨거운 가슴에 들뜨는 존재.

그저 하는 일이라곤 하루하루를 연명하는

—「인간은 슬퍼하고 기침하는 존재」부분

레지스탕스의 글쓰기

모이라 데이비 엮음
『분노와 애정』,
김하현 옮김, 시대의창 2018

"산후통에 우울증까지 와서 힘든 시간이었어요. (…) 저
진짜 너무너무너무너무 힘들어요. 시도 때도 없이 눈물나
고, 몸도 마음도 다시 예전으로 돌아갈 수 있을까 싶고요."

생후 50일 된 아기 사진과 함께 희정의 메시지가 도착했
습니다. 안 그래도 궁금했는데 소식 전해주어 고마워요. 아
기는 예쁘고 당신은 아프고. 그걸 보는 내 마음도 반은 웃고
반은 울고 태극 문양처럼 나뉘었어요. 붙여 쓴 네번의 '너무'
가 꼭 길게 늘어진 비명처럼 보였습니다.

저는 안쓰러운 마음에 어서 만나 수다 떨자는 답장을 부

라부랴 보냈는데요, 얼굴 보기 전에 급한 대로 희정과 사려 깊은 대화를 나누어줄 '위로의 사절단'을 파견하려 해요. 에이드리엔 리치 Adrienne Rich, 어설라 르 귄 Ursula K. Le Guin 등 열여섯 명의 여성 작가가 엄마 됨에 관해 쓴 글을 모은 『분노와 애정』이란 책입니다. 엄마들이 쓴 육아회고록인데 제목에 '분노'라는 단어가 들어간 것만으로도 해방감이 들었어요, 저는.

내용은 전부 다 우리들 이야기입니다. "아이를 낳고 무엇을 배웠나요? (…) 나는 말하지 못하는 게 어떤 건지를 배웠다."(78면) "하지만 무언가 말하고 싶었던 게 있었다. 무언가 심오한 것."(78면) 이런 문장이 특히 그렇죠. 출산 후 엄마가 되면 생명의 신비함도 느끼지만 고립된 육아 환경에서 오는 '말에 대한 갈증'도 크잖아요. 일전에 제 수업에 온 돌쟁이 엄마 학인의 말이 떠올랐어요. 아이랑 둘이만 있다가 오랜만에 '어른들의 대화'를 들으니까 신기하고 좋다고요. 자기 자신에 집중하는 이야기를, 감정과 의식을 고양시키는 대화를 당신도 간절히 바라고 있겠죠.

그런 마음이 드는 건 모성애가 부족해서가 아니고, 자연스러운 모성애라며 제인 라자르Jane Lazarre는 말해요. "'애들을 위해서라면 죽을 수도 있을 것 같아. (⋯) 하지만 애는 내 삶을 망가뜨려.'(⋯) 두번째 문장은 첫번째 문장과 모순되는 것처럼 보이지만 그 안에는 일관성이 있었다. 우리가 양가성을 더욱 잘 받아들일 수 있게 되었기 때문이다. 양가성을 받아들이는 능력, 그것이 바로 모성애가 아닐까."(124면)

책장을 넘길수록 한스러웠죠. 저도 충분히 느낀 것들인데 감히 언어화할 생각을 못했으니까요. 제 느낌과 감정을 인정하지 못하고 숨기려고만 했더라고요. 초보 엄마 시절 시중에 나온 육아서를 거의 섭렵했거든요. 거기선 주로 '아이에게 화를 내면 정서 발달에 해롭다'는 식의, 아이 입장에서 엄마 됨을 논했어요. 이 책에 나오듯이 '잠을 자지 못하면 제정신이 아닌, 비참하고 화난 여자가 된다'거나 '가끔 내가 작고 죄 없는 아이들에게서 느끼는 감정에서 이기적이고 속 좁은 괴물을 본다'처럼 엄마 입장에서 표현한 극사실주의 증언은 육아서 어디에도 나오지 않았죠. 언어라는 출구가 없으니 감정이 밖으로 나오지 못한 거예요.

그래서 『분노와 애정』을 당신이 인식의 베개로 삼았으면 좋겠어요. 제왕절개한 부위가 덧나고 유선염에 걸렸는데도 '모유'를 먹여야 한다는 일념으로 눈물과 젖을 동시에 쏟았다고 고백하면, 꼭 그러지 않아도 된다고 '네 몸이 우선이야'라고 우리와 다른 나라 다른 시대를 산 언니들이 입을 모아 말해줄 거예요.

짐작입니다만, 희정이 첫 책을 내고 막 작가로서 글을 통해 세상과 교감하는 기쁨을 알다가 엄마라는 역할을 맡아서 더 힘들었을 것 같아요. 남들은 다 자유롭게 사는 것 같고, 아이와 유배된 일상은 감옥이고, 몸은 무너지고, 자투리 시간만 허락되는 현실에 조바심이 나겠지요. 저도 두 아이가 어렸을 땐 애들만 아니면 대하소설이라도 쓸 수 있을 줄 알았는데 지나고 보니 완벽하게 통제된 일상은 불가능한 것 같아요. 누구나 한계와 제약 속에서 쓰죠. 그래야 한계에 갇힌 인간의 삶을 위로할 테고요.

또 다르게 생각하면 '잠깐의 깨달음만이 허락되며, 이것마저 방해받지 않는 짧은 틈을 타 빨리 기록해야 한다'는 점에서 ○○○가 '레지스탕스의 일기'라고 정의하는 엄마의 글쓰기는 희정만의 고유한 문체와 내용을 만들어줄 거예요. 정직한 돌봄의 시간들, 한 생명과 부대끼고 교감하며 축적한 생생한 경험과 느낌은 몸에 그대로 저장되죠. 그 감각과 기억을 신뢰하고 끝까지 써내는 사람이 작가라는 것. 이 멋진 선배 엄마들이 증명합니다.

우선은 산후통과 우울증을 잘 치료하면 좋겠어요. 그다음 좋은 엄마의 짐을 내려놓고 쓰는 엄마에 충실해도 된다고, 좋은 엄마와 쓰는 엄마는 양자택일의 문제가 아니며 공존 가능하다고, 당신의 작은 아기도 말하고 있을지도 몰라요. 에이드리엔 리치의 첫째 아이처럼. "엄마는 늘 우리를 사랑해야 한다고 느끼셨던 것 같아요. 하지만 한시도 빠짐없이 누군가를 사랑할 수 있는 관계란 **없어요.**"(138면)

육아 말년의 깨달음

켄 로치 감독
「미안해요, 리키」,
2019

강의 시작 직전, 핸드폰을 무음 모드로 바꾸려는데 전화 벨이 울려요. 액정에 뜬 '둘째 담임샘'이란 글자를 보자마자 가슴이 덜컹. 뭔 사고가 났나 싶어 전화를 받았죠. 담임 선생님은 아이의 급식비가 넉달치 밀렸으니 입금해달라고 합니다. 순간 얼굴이 확 달아올랐죠. 학교 연계 통장에 돈을 넣어두는 걸 새까맣게 잊고 있었던 거죠. 나는 더 기어들어가는 목소리로 미납금 액수를 재차 확인하고는 담임 선생님과의 첫 통화를 마쳤습니다.

다행히 열명 남짓 모인 소규모 강의였어요. 양해를 구하고 곧장 계좌이체 후 담임에게 '번거롭게 해드려 죄송하다' 는 문자를 전송했습니다. 시계를 보니 7분 경과, 양육자에서 강연자 모드로 재빨리 돌아와 무사히 강의를 끝냈습니다. 사실 제 경우는 돈보다 정신이 없어서 겪은 해프닝이지만 만약 통장에 밀린 급식비만큼의 돈이 없었으면 얼마나 난처했을까 하는 데 생각이 미쳤고, 결국 집에 가서 아이한테 한소리 던지고 말았습니다. 도대체 너는 왜 미리미리 말을 안 해서 엄마 일하는데 전화를 받게 했느냐고요. 아이는 시큰둥하게 말하데요.

"엄마가 맨날 바쁘니까 말할 타이밍을 계속 놓쳤지."

지난 24년 육아 경력자로서 조마조마했던 순간들이 허다했지만 가끔 생각나는 일화입니다.

요즘은 학부모 대신 양육자라는 표현을 쓴다고 합니다. 엄마 아빠와 살지 않는 아이들도 많으니 정상가족주의를 탈피한 바람직한 변화죠. 그래도 평소에 '부모'라고 할 때 아버지를 앞세우면서 이런 잡다한 일엔 왜 항상 엄마를 먼저 호출하는 걸까요. 맞벌이하는 동안 두 아이의 유치원, 학교,

2부 상처와 죽음

학원에서 오는 연락은 거의 제 차지였죠. 업무 도중 "○○ 어머님이시죠?" 하는 연락이 오며 양육자로 호출될 때마다 일의 흐름이 깨져버리고 아이를 챙기지 못하는 모자란 엄마라는 자책감에 빠지면서도 이런 상황을 당연시했습니다. 왜냐면, 난 엄마니까.

수년 전 유명 여자배우를 인터뷰했을 때죠. 대화 도중 그녀의 핸드폰이 울렸고 액정을 얼핏 본 그녀는 '아이 담임'이라며 황급히 전화를 받았습니다. 나비의 날개처럼 우아하게 펼쳐졌던 어깨가 1초 만에 굽어지며 그녀는 공손한 양육자의 몸으로 연기하듯 변신했죠. 통화를 마친 그녀는 "큰애가 초등학교에 들어가니 신경 쓸 일이 많네요"라며 제게 '미안하다'고 했습니다. 저도 양육자라서 충분히 이해한다며 지나갔죠. 그런데 이런 게 다 사람 사는 자연스러운 모습이라고 하기엔 씁쓸한 것이, 그동안 제가 인터뷰를 하거나 강의할 때 아이들 교육기관에서 걸려오는 전화를 받으러 나가는 남성은 거의 없었기 때문입니다.

켄 로치Ken Loach의 영화 「미안해요, 리키」(2019)에서 주인공인 택배노동자 리키보다 저는 그의 아내 애비에게 신경이 온통 쏠렸습니다. 방문 간병인으로 일하는 그녀는 근무지로 이동하는 길에 핸드폰을 붙잡고 딸에게 전화해서 집에 가면 파스타를 데워 먹으라고 말해요. 무단결석한 아들의 학교에서 걸려오는 경고 전화를 받기도 하죠. 집에선 폭발하는 남편과 맞짱 뜨는 아들 사이에 껴서 눈물로 호소하며 중재를 합니다. 출근이 없어서 퇴근도 없는 돌봄노동, 폭력의 불길을 잡아야 하는 감정노동은 오로지 그녀의 몫입니다. 막판에 아이 문제로 학교에서 부름을 받았을 땐 둘 다 일 때문에 못 간다고 다투다가 결국 아빠인 리키가 갑니다. 영화는 불안정노동자이면서 양육자인 부부가 어떻게 시간에 쫓기고 치이며 사는지를 실감나게 그려냅니다.

영화보다 더 영화 같은 코로나19 국면에서, 저는 고3 양육자가 되어 '끝나지 않은 방학'이라는 초유의 사태를 경험하기도 했습니다. 지자체의 재난문자로 아침을 열면 아이가 다니는 학원 두군데서 오는 일정 안내, 연기 안내, 등하원 알림, 그리고 '코로나 이기는 면역력 강화 식단'을 알리는 마

2부 상처와 죽음

트 서너군데의 마케팅 문자까지, 핸드폰은 온종일 엄마의 임무를 상기시켰죠.

잘 몰랐습니다. 저로 말하자면 소위 '헬리콥터 맘'처럼 아이의 학원 일정을 수행하는 것도 아닌데 엄마 노릇이 막판까지 왜 이리 고된 것인지, 그 이유를요. 그런데 살림에 '빨래는 네가 청소는 내가'로 나눌 수 없는 모호한 영역이 있듯이 양육도 그랬습니다. '고작' 전화 한통, '겨우' 문자 하나같이 말하기도 치사하고 엄살로도 인정받기 어려운 일, 애매하고 자잘하고 느닷없는 일이라서 나누어 질 수 없는 짐이 있었습니다. 그게 자동으로 엄마에게 부과된 거죠. 가부장제 시스템에서 주 양육자의 초기값은 엄마로 설정돼 있으니까요. 20년 넘게 시달리고서야 차곡차곡 막아내고 해결했던 그것들이 고작과 겨우가 아니었음을 '육아 말년'인 지금에야 깨닫습니다.

익숙한 곳으로부터 떠나기

치마만다 응고지 아디치에
『보라색 히비스커스』,
황가한 옮김, 민음사 2019

베트남 냐짱^{Nha Trang}에 갔을 때 오토바이 구경을 실컷 했습니다. 처음엔 무슨 폭동이 일어난 줄 알았어요. 사방에서 오토바이가 막 튀어나오고 우르르 떼 지어 달리길래요. 잘 보니까 오토바이를 탄 사람들 표정은 여유로웠죠. 심지어 아빠가 운전하고 뒤에는 젖먹이를 안은 엄마가 타기도 하고, 오토바이 모는 엄마 품에 앉아 연필 쥐고 숙제를 하는 아이도 있었어요. 사람과 사람이 체온을 나누며 샌드위치처럼 딱 붙어서 이동하는 모습이 차츰 정겨워 보였죠.

사실 서울에선 오토바이만 봐도 심장이 오그라들었거든

요. 속도 경쟁을 유발하는 퀵서비스, 배달노동 같은 고립되고 위험한 노동의 상징으로 보여서요. 그런데 베트남에서는 오토바이가 일상의 편리한 생활수단이었죠. 또 거리에 신호등이 별로 없는데도 사람들이 여유롭게 차도를 건너고요. 무질서의 질서가 빚어내는 광경이 도시의 고유한 생명력을 발산했습니다. 나중엔 겁쟁이인 제가 오토바이를 타보고 싶어지기까지 했다니까요. 같은 사물이 다르게 감각되는 기회를 갖는 일, 여행의 묘미일 것입니다.

베트남 여행에서 소설을 한편 읽었습니다. 치마만다 응고지 아디치에Chimamanda Ngozi Adichie가 쓴 『보라색 히비스커스』입니다. 이 작품도 '익숙한 것으로부터 떠남'에 관한 이야기죠. 나이지리아 상류층 가정의 10대 소녀 캄빌리가 밖에서는 존경받고 집에서는 폭력을 휘두르는 아버지로부터 독립해나가는 과정을 그린 성장 서사입니다.

아버지는 질서를 좋아합니다. 집안에서 신으로 군림해요. 가족의 생사여탈권을 가진 아버지가 무서워서 나머지 식구들은 입도 뻥긋 못하고요. 캄빌리는 말해요. "나는 한번도 대학에 대해, 어느 학교에 가고 무엇을 전공할지에 대해 생각해본 적이 없었다. 때가 되면 아버지가 결정할 것이었기 때문이다."(165면)

자녀를 훈육하는 캄빌리 아버지의 행동은 한국 중산층 부모가 자식을 통제하고 자식의 선택에 개입하는 현실과 그대로 겹칩니다. 사랑에서 시작한 통제가 집착이 되고 어느새 학대 단계로 넘어가죠. 자신을 억누르고 지배하는 위압적인 집안 공기는 캄빌리에겐 마치 물고기의 물처럼 분리되지 않았습니다. 그런데 한점 의심 없던 소녀가 '의문'을 품게 됩니다. 외부와 연결되었기 때문이죠.

우연히 고모네 집에 머물러요. 캄빌리는 거기서도 짜여진 계획대로 공부를 하는데 그걸 보고 사촌이 묻죠. "집에서도 매일 지켜야 하는 일과표가 있어?"(158면) 캄빌리는 당황해요. 내게 당연한 게 남에겐 당연하지 않을 수도 있다는 사실을 자각하죠. 고모네 가족이 하고많은 것 중에서 웃음을 달라고 기도하는 것도 이상하고, 자기 집 식탁에서는 항상 목적이 있는 말만 했지만 사촌들은 그냥 말하고 말하고 또

2부 상처와 죽음

말하는 것도 낯설게 느끼죠. 자신이 살던 세상과 딴판인 삶에서 느끼는 혼란은 그러나 차츰 위안으로 다가옵니다.

캄빌리의 시점을 따라가며 소설에 빠져들던 저는 문득 주인공 또래인 당신의 질문이 떠올랐어요. 나를 지키는 게 중요하고 힘들면 그만두어야 한다고 했는데 그만둘 정도로 힘든 게 어떤 상태인지 어떻게 아느냐고, 제게 물었죠. 질문을 받고 당황했어요. 구체적인 현실의 맥락과 상황은 저마다 다르기 때문에 한마디로 답하기가 어려웠습니다. 또 이런 질문을 하는 걸 보니 당신이 무척 힘들구나 짐작했습니다. 왜 아닐까요. 당신을 만난 곳은 사교육이 극심한 동네에 자리한, '명문대'로 불리는 대학의 진학률이 높은 학교죠. 학생들의 사전 질문에도 "작가님은 슬럼프를 어떻게 극복하세요?"가 유독 많았던 게 마음 쓰였답니다.

캄빌리도 자기 고통에 무지해요. 아버지가 가하는 신체적 훼손에도 저항하지 않죠. 도망가야 할 고통의 한계점을 모른다는 건 자기 보호의 경계가 없다는 뜻입니다. 우린 어떻게 고통을 고통으로 인식할까요. 수학 공식처럼 명쾌한 수치로 제시할 순 없죠. 다만 삶의 고통을 다루는 문학에서 힌트를 구할 순 있을 것입니다. 캄빌리가 사촌을 통해 자기를 돌아보듯, 캄빌리를 거울 삼아 독자도 제 삶을 비춰볼 테니까요.

이렇게 자기와 거리를 두는 '바깥의 시선'을 갖는 것만큼 '내면의 감각'을 회복하는 일도 중요한 것 같아요. 고통은 눈으로 보이지 않잖아요. 전적으로 '감'으로 찾아오는 신호라서 자신에게 집중해 보지 않으면 느낌이 퇴화합니다. 캄빌리는 아버지 지시대로만 살다보니 자신보다 아버지의 감정과 기분에 집중하느라 자기 감각을 잃습니다. 시험성적을 받아보고는 '나는 2등을 했다. 실패로 더럽혀졌다'라고 말해요. 아버지의 언어로 자기 상태를 해석하죠. 생각과 감정은 자꾸 표현해야 섬세해지고 발달하는데 그럴 기회가 없었던 거예요. 그러다가 아버지의 통제 구역인 집을 벗어나 고모, 사촌, 신부와 어울리면서부터 감정이 다양해지고 존중받는 기분이 무엇인지도 배워갑니다.

캄빌리의 오빠가 고모네 정원에서 꽃을 보고 말해요. "보라색 히비스커스가 있는지 몰랐어요."(162면) 소설에서 가장 아름다운 문장으로 저는 꼽습니다. 존재가 눈뜨는 순간이죠. 태어나서 빨간색 히비스커스만 보고 살았는데 보라색 히비스커스도 있음을 아는 것! 작은 혁명이죠. 그런 점에서 문학과 여행은 닮았어요. 다른 삶이 있음을 발견하고 나의 삶도 다르게 상상하게 하니까요.

참,『보라색 히비스커스』를 쓴 소설가 치마만다 응고지 아디치에는『우리는 모두 페미니스트가 되어야 합니다』(창비 2016)라는 책으로 널리 알려진 페미니스트이기도 해요. 아디치에가 들려주는 나이지리아 소녀 이야기가, 글쓰기만이 아니라 "여성학에도 관심이 있는 18세 여성 청소년"이라고 자신을 소개한 당신에게도 영감을 주기를 바랍니다.

해하지 않는 삶

정지우 감독
「4등」,
2016

'폭력'은 글쓰기가 피해 갈 수 없는 주제입니다. 글쓰기 수업에 온 이들은 몸에 새겨진 '멍'부터 글로 빼내려 애쓰죠. 한번은 학창 시절 운동부 출신의 체육과 교수인 학인이 '체육계 폭력문화'라는 제목으로 글을 썼습니다. 운동선수들은 원래 많이 맞는다더라 정도로 막연히 짐작되던 수준을 벗어난, 끔찍한 내용이었죠. 핸드볼에 입문한 초등학교 5학년 추운 겨울날에 체육관 바닥에 엎드려 경찰 진압봉으로 맞은 일, 대학 체육학과에서 "대가리를 하도 박아서 두피에서 비듬처럼 피딱지가 떨어져 나온 일" 등 체육학도의 잔혹

2부 상처와 죽음

사를 생생히 그려냈습니다. 나는 이런 악질적인 관행을 널리 알리고자 신문에 연재 중인 칼럼에 쓰려고 그에게 허락을 구하는 메일을 보냈죠. 답장이 왔습니다.

"이렇게 제 사례를 인용해주신다고 하니 영광입니다. 당연히 쓰셔도 됩니다. 작년인가 같이 운동했던 친구를 만나 새벽까지 술을 마셨는데요. 근데 친구가 술에 취해서 묻더라고요. '야! 우리 도대체 그때 왜 그렇게 맞은 거냐?' 얘가 철학박사예요. 그래서 제가 그랬습니다. '철학박사도 모르는데 그걸 내가 어떻게 아냐.' 그때도 그랬고 예전부터 이 얘기를 글로 풀어보고 싶다는 생각이 있었습니다. 말씀하신 대로 언어로 표현하고, 말할 수 있는 신체가 되기까지 시간이 걸렸습니다. 쓰면서 정리가 되는 부분도 있었고 글로 객관화시키면서 치유가 되는 느낌도 있었습니다."

철학박사도 모르는 폭력의 이유라니. 웃기고 슬프고 고마운 편지였습니다. 글쓰기 수업에서 그가 그 글을 발표했을 때, 다른 남자 학인이 다급하게 손을 들고 말했죠. 자기 경험과 단 한 글자도 다르지 않고 정확히 일치한다고. 그 역시 초등학교 핸드볼부였는데 매일 흠씬 구타를 당했다고요. 5학년 땐 코치에게 심하게 맞아 온몸이 부었고 그 모습을 본 엄마가 기절하여 병원에 입원했던 일화를 들려주었죠. '죽도록 맞았던' 두 사람은 공통으로 증언했습니다. 코치나 감독 등 가해자들의 폭행 근거는 확고했다고 해요. 더 많이 맞을수록 좋은 성적을 낸다!

　영화 「4등」을 보면서 그날 수업과 편지의 기억이 통째로 떠올랐습니다. 영화 「4등」은 재능은 있지만 만년 4등인 수영 선수 준호가 1등에 대한 집착을 버리지 못하는 엄마로 인해 새로운 수영 코치를 만나면서 벌어지는 이야기를 담은 작품이에요. 여기엔 두 명의 수영 선수가 등장해요. 전직 국가대표 코치 광수, 꿈나무 준호. 둘 다 맞으면서 운동을 배워요. 맞아야 정신을 차리고, 그래야 더 좋은 성적이 나오고, 선수로서 메달의 꿈을 이룰 수 있다는 논리로 폭력은 정당화됩니다. 맞으면서 배운 어린이가 커서 코치가 되고, 역시나 때리면서 가르치는 사람이 되는데, 이런 흐름이 영화에선 겨울이 가고 봄이 오는 일처럼 자연스럽게 전개되죠.

그래도 여기까진 경험상 예상 가능한 스토리였고요. 저에게 반전은 엄마의 태도입니다. 아들 준호의 몸에 세계지도처럼 넓게 맺힌 시커먼 피멍을 본 엄마는 크게 놀라지만 이내 고개를 돌려버려요. 처음부터 못 본 사람처럼 침묵하죠. 앞서 소개한 현실처럼 엄마가 기절하는 장면이나 코치와의 한바탕 충돌을 예상했던 저는 착잡했습니다. 폭력의 목격자가 방관자가 되어 동조자가 되기도 한다지만, 그게 하필 엄마라니요. 체벌은 아이를 위한 것이라는 철석같은 믿음을 갖고 있는 엄마가 안타까웠습니다.

누가 준호 엄마를 저렇게 만들었을까. 이 물음은 나라면 어떻게 다르게 대처했을까, 하는 생각으로 이어졌어요. 지금 나는 폭력 코치에겐 아이를 절대 맡기지 않아야 한다고 말하지만 10년 전 즈음의 저라면, 글쎄 모를 일입니다. 초등학교 저학년 아이에게 학습지를 시키고 컴퓨터 사용 시간을 통제하고 승용차로 아이들을 학원에 데려다주는 준호 엄마의 모습은 저와 크게 다르지 않았으니까요. 저도 전업주부일 때 아이에게 그런 방식으로 돈과 시간을 쓰고 헌신했거든요. 그게 엄마 노릇인 줄 알았습니다. 아이가 잘 크기를 바라기만 했지 그 '잘'이 무엇을 위한 것인지 내용도 방향도 없었죠. 그 '잘'을 위해 어디까지 허용해야 하는지에 대한 점검은 물론이고요. 성찰 없는 상태에서 경주마처럼 전력질주 했을 때 폭력인지도 모르고 폭력을 행사할 확률은 얼마든지 있었습니다.

지금 제가 영화 「4등」의 코치나 엄마처럼 아이의 메달을 위해서 폭력을 행하거나 묵인하지 않을 수 있다면, 그건 폭력에 대한 말과 생각이 쌓인 덕분입니다. 체육계 폭력문화를 고발하는 글을 읽고, 아픔에 공감하며 이야기를 나누고, 폭력과 관련한 책과 영화를 보면서 생각할 시간을 갖고 꾸준히 글을 썼던 것, 그것이 내 안의 폭력성과 일상의 폭력에 눈뜨게 해준 것 같습니다.

영화 속 어른들은 그런 기회를 갖지 못했을 뿐이고요. 그들이 체벌=메달=성공의 등식을 의심하고, 다른 방식의 다른 배움과 성장의 이야기를 접할 기회가 있었다면, 자신이 왜 맞았는지 질문할 수 있었다면, 자신이 당한 체육계 폭력의 실상을 하나하나 되짚어서 글을 쓸 수 있었다면, 체벌과 실력이 비례한다는 신앙 같은 믿음을 깰 수 있지 않았을까요.

갖은 폭력과 굴욕을 감내하고 메달을 딴 후 다시 폭력을 낳는 삶, 비메달권인 4등인 채로 좋아하는 운동을 지속하면서 남에게 폭력을 대물림하지 않는 삶, 두가지 경우를 나란히 상정해봅니다. 때로는 (성)취하는 삶보다 해하지 않는 삶을 사는 것도 세상에 기여하는 방법 같습니다.

그녀의 말, 그녀의 노래

김윤아
「Flow」, 『섀도우 오브 유어 스마일』,
2001

아침에 노트북을 켜니 새벽 5시에 보낸 U의 메일이 도착해 있었습니다. 어렸을 때 아빠에게 성폭력을 당한 일을 과제로 썼는데, 지금까지 한번도 입밖에 내본 적 없는 말이고, 그래서 수업에서 읽을 용기가 나질 않는다고, 잠을 설치다가 망설임 끝에 제게 터놓고 얘기한다고 했죠. U가 20년간 키운 마음의 소란이 느껴졌습니다. 가해자가 가족이고 가족인데 가해자다. 피해 자체보다 그 피해를 "누구에게도 이야기할 수 없다"는 점이 괴로웠다며 U는 그동안 말하지 못한 이유를 이렇게 적었어요.

"어떻게 이야기해야 할지 알 수 없었습니다."

실은 다른 지인에게도 편지가 왔습니다. 5년 전 애인에게 감시, 폭행을 당한 그는 작년부터 상담을 시작했고 데이트 폭력 피해를 기록하는 책을 준비한다며 조언을 구했어요. 보복이 두려워 헤어지지 못하다가 '목숨을 건 이별'을 단행 한 후 직장을 그만두고 숨어 지냈답니다. 그런데 가해자는 태연하게 자신이 비극의 주인공인 양 SNS에 이별 소식을 올 렸더라며 "원래 자신을 꾸미는 이야기에 능숙한 사람"이라 고 했습니다.

비슷한 시기에 도착한 두 통의 편지에서 '이야기'라는 단 어가 제 눈길을 끌었습니다. 자기 경험을 이야기하는 방법을 모르는 사람, 자기 이야기를 그럴싸하게 풀어내는 데 익숙 한 사람. 이 서사 구성력의 격차는 어떻게 만들어졌을까요.

붙잡힌 텔레그램 성착취방 운영자 조주빈이 얼굴을 드 러내며 "멈출 수 없었던 악마의 삶을 멈춰줘서 감사하다"고 하자 이 가해자의 말과 행적을 대다수 언론이 대대적으로 보도했죠. 이에 대해 가수 김윤아가 트위터에 글을 올렸습니다. "범죄자에게 서사를 부여하지 마십시오. 범죄자에게 마이크를 쥐여주지 마십시오." 그녀의 음색처럼 뜨겁고 명백한 메시지가 제 물음에 힌트를 주었습니다.

U가 그랬듯이 이젠 성폭력 피해자 모임이 아닌 보통의 글쓰기 수업에서도 '일상 글감'으로 성폭력 사례가 자주 나옵니다. 그리고 글에 등장한 가해자는 괴물, 짐승, 악마가 아니라 거의 친족, 상사, 선배, 이웃이었어요. 성범죄가 일상 공간에서 아는 사람에 의해 가장 많이 일어난다는 것은 미투 사례만 봐도 알 수 있죠. 그런데도 매스컴에선 가해자의 목소리를 중계하며 비정상인이 저지르는 특수한 범죄로 프레임을 만듭니다.

아마 그래서 U를 비롯한 친족 피해자나 데이트폭력 피해자들이 '말문'이 막혔을 것 같아요. 피해자 입장에서 성폭력은 괴물도 악마도 아닌 "성폭력만 빼면" 좋은 아빠, 멀쩡한 동료일 수 있는 사람이 신뢰를 타고 접근해 가하는 폭력이기 때문입니다. 성폭력은 본능적 충동을 못 이겨 저지른 인면수심의 행동이 아니며 힘의 우위와 지배를 확인하는 일

2부 상처와 죽음

상의 정치 행위에 가깝지요.

그날 저는 U에게 답장을 썼어요. 글을 발표하다가 만약에 중단하더라도 하는 데까지 한번 해보는 '기회'를 가졌으면 좋겠다고요. 실패하는 건 배우는 사람의 특권이므로 부담 갖지 않아도 된다고 했죠. 수업 때 다행히도 U는 끝까지 읽어냈습니다. 직접 말해봄으로써 '어떻게 말하는지'를 스스로 깨우쳤습니다. U의 발표를 듣던 그 자리에 있던 다른 학인도 아버지에 의한 성추행을 "생전 처음 말한다"며 털어놓았어요. 말할 기회를 주어 고맙다는 말과 함께요. 서로에게 용기가 되는 아름다운 순간이었죠. 이것이 피해자의 목소리가 더 멀리 들려야 하는 이유겠지요.

김윤아는 솔로앨범 『섀도우 오브 유어 스마일』(2001)에서 「Flow」가 여성으로서 자신을 담아낸 가장 아끼는 곡이라며 설명을 덧붙였어요. "자우림 3집의 「새」는 여성으로서 제가 깊이 상처받았을 때 만든 곡이었는데 그 노래를 만들고 난 후 제가 여성이라는 사실에 새삼 감사했던 기억이 있습니다." 상처받은 사람이 이야기를 하는 순간 더 이상 피해자가

아니라 자기 삶의 창조자가 된다는 걸 김윤아는 알았던 것

같습니다.

약자지만 약한 사람은 아닌

최예원 외
『죽고 싶지만 살고 싶어서』,
글항아리 2021

"저 기억하세요? 쉼터에서 글쓰기 수업 같이했던 예원이에요."

예원은 한번씩 전화를 걸어 활달한 목소리로 안부를 전했어요. 그럼요. 잊지 못하죠. 매주 넘치는 분량의 과제를 제출했고, 내용은 압도적이었으니까요. 그것도 모자라 잠 못드는 새벽에 글을 쓴다며 모서리가 나달나달해진 노트 두권을 내보였습니다. 손으로 눌러 쓴 글자들로 울퉁불퉁해진 종이와, 지면을 빈틈없이 메운 글자들을 보며 여기 이 말들이 머지않아 노트 밖으로 용솟음치겠구나 짐작했답니다.

지난겨울엔 친족 성폭력 생존자들과 같이 글을 쓰고 있다고 오랜만에 전갈을 주었는데 여름에 책이 나왔더군요. 『죽고 싶지만 살고 싶어서』. 책날개에서 열한명의 필자 중 당신의 이름을 찾아내곤 반가웠습니다. 그런데 저자 소개 글이… '미술치료, DBT행동치료, 조울증 약물치료, 집단 심리치료 등을 받고 있다'고 되어 있었죠. 1999년생 여성의 자기소개가 심리치료 이력으로 채워졌을 때, 그것이 단지 개인의 문제일까요. 이보다 더 정치적인 사안이 있을까요.

서문에 몇가지 사실이 제시됩니다. 한국성폭력상담소 상담 통계에서 친족 성폭력은 매년 15퍼센트를 차지하고, 그 중에 예원과 같은 아동·청소년 피해자는 30퍼센트나 됩니다. 친족 성폭력 피해 여성 열명 중 세명이 아동·청소년기에 핏줄로부터 해를 입는다는 것입니다. 즉, 아빠, 오빠, 남동생, 할아버지, 사촌 같은 혈육이 가해자라는 뜻이죠. '집안일'이라는 이름으로 친족 성폭력은 오랜 세월 은폐가 가능했던 것입니다.

그러나 피해자의 경험을 믿지 않는 사회에서 생존자는

고립되죠. 예원이 글에도 썼듯이 엄마는 딸의 편이 되어주지 않았어요. 피해 사실을 털어놓자, 그날 왜 처음부터 말하지 않았냐며 모두 예원의 잘못이라고 했습니다. 다른 필자의 엄마들도 주어진 각본처럼 똑같은 대사를 읊어댔고요. "그래도 가족인데 어떻게 하겠니?" "그래도 아빠인데 어떻게 하겠니?"

저는 예원의 글로 조심스레 들어갔습니다. 어린이영어학원 보조교사로 레스토랑으로 유흥업소로 전전하다가 콜센터로 근무지를 옮겼는데 마치 '사람들의 분노를 받아내는 변기통'이 된 기분이 들어 직장을 나와야 했고 간호조무사 학원을 다니다가 포기하고 다시 유흥업소에서 큰돈을 벌었지만 예상대로 우울증이 찾아왔고 죽을 만큼 외로워 일을 그만두었다며 이렇게 썼습니다.

"사람이 무섭고 어떤 일이든 어렵다는 것은 똑같았다. 사람들은 밤에 일하는 이들을 더럽다고 욕했지만 내가 보기에는 다 비슷했다. 다를 바 없는 사람들끼리 서로 욕하고 경멸하는 모습이 우습게 느껴졌다. 화류계가 오히려 더 낫다고 생각한 부분은 적어도 돈이 되는 여자에게 친절하고 잘 대해준다는 점이었다. 필요에 의해 계산적으로 대한 것이지만 적어도 친절을 느낄 수 있었다."(121~22면)

선의 없는 세상, 기적 같은 생존의 서사 틈에 예원은 지나가듯 털어놓았습니다. 작가가 되고 싶은 꿈도 있었다고요. 자신이 겪은 일이 결코 거짓이 아님을 가족과 다른 생존자들에게 글로 알리고 싶은데, 그러기에는 물질적 토대나 재능이 부족했다고 썼어요. 아, 그 대목을 읽으면서 저는 혼잣말로 중얼거렸어요. 재능 없지 않은데… 많은데… 자신의 상처와 취약함을 직시하는 글은 아무나 쓰지 못하거든요. 그 힘과 용기가 예원은 뛰어났습니다. 그래서 예원의 글은 가부장제의 권력구조를 고발하는 생존자의 탄원서이자 청년노동 잔혹사가 담긴 르포로 읽혔습니다.

『죽고 싶지만 살고 싶어서』에 나오는 다른 글들도 한편 한편 배움이 컸습니다. 당사자의 글을 통해 이제야 성폭력 피해 생존자의 뜻을 제대로 안 느낌입니다. "생존자가 약자일 수는 있지만 약한 사람은 아니다. 단순히 피해자가 아니다. 이 자리에 오기까지 있는 힘을 다해 달려온 전사들이다. (…) 몹쓸 짓을 당한 게 아니라 많은 일을 겪은 것이다. (…) 왜 이런 것을 성적인 것으로만 보려 하나. 누군가가 내 경계를 함부로 침범한 일이다. 나의 자율성을 무시한 행동이다."(62~63면) 정인의 이 말은 잘 외워두었다가 성폭력 피해자라면 동정부터 하는 이들에게 전해주려 합니다.

우리가 처음 봤을 때 예원은 고등학생이었죠. 예원이 쉼터를 나오고 성인이 되었을 때 밖에서 한번 얼굴을 보고 또 이번에 『죽고 싶지만 살고 싶어서』를 핑계로 만남이 성사되었죠. 제가 책에 저자 사인을 청했더니 예원이 이렇게 써주었어요. '따뜻한 마음으로 좋은 인연을 이어가주시는 작가님께'라고. 그리고 작가님은 좋은 사람이라고 말해주었고요. 저는 머쓱해져서 내가 좋은 사람인지 아닌지 어떻게 아느냐며 "원래 사람은 잠깐씩 보면 다 좋아"라고 말했죠. 그랬더니 예원이 담담하게 말했어요. "짧게 봐도 무례한 사람 많아요." 의외의 말에 깜짝 놀라서 눈만 멀뚱거리는 저를 보더니 예원은 "쌤, 제가 중학생 때부터 집을 나와서 쉼터 같은 데서 지내면서 여러 어른들을 만나봤잖아요"라며 짧게 얘기를 들려줬어요. 이상한 어른들의 면면을. 저는 겸손한 척 어른인 척 말한 게 정말이지 너무 부끄러웠습니다.

예원은 매달 마지막 주 토요일 친족 성폭력 공소시효 폐지를 위한 1인 시위에 참여했다고 근황을 전했죠. 11월엔 저도 갔습니다. '친족 성폭력 피해자 생존 기념 축제 — 죽은 자가 돌아왔다'에 생존자 50여명이 모여 발언하고 도심 복판을 활보하며 외쳤습니다. "생존자가 여기 있다." "이상한 정상가족 필요 없다." "이제 그만 죽자, 나와 같이 말하자!" 자기 안의 두려움이 머무는 곳에서 앎의 깊은 원천을 찾아낸 여성은 자기 자신을 바꿈으로써 사회도 바꾼다는 말을, 예원과 생존자들의 삶을 통해 비로소 이해합니다.

한 생존자는 말했습니다. 살아 있는 동안 한번쯤은 정말 편안한 잠을 자고 싶다고요. 맞아요. 예원의 낡은 글쓰기 노트도 불면의 증거였죠. 불면이 글을 낳기도 하지만 어느 순간에 이르면 글이 또 숙면을 준다고 믿어요. 웅얼거리는 복잡한 생각들과 덩어리 감정들이 언어로 정돈되면 문제가 선명하게 드러나고 그러면 우리는 숨을 고를 수 있으니까요. 누구와 어떻게 싸우고 무엇을 지키며 살아갈지는 차차 생각해나가면서요. 우리 잘 자고 잘 먹고 가급적 '덜한 고통' 속에 살다가 또 만납시다.

세상의 무수한 고통

이창동
『시 각본집』,
아를 2021

2017년 3월 평택역에서 처음 뵙고 벌써 다섯번째 봄이 지나고 있습니다. 인터뷰할 때 선생님이 아들 동준이를 잃고 나니 명절, 생일, 어버이날 같은 무슨 날이 싫다고 하셨어요. 해가 갈수록 그 말뜻이 와닿습니다. 봄이 왜 잔인한가. 지천에 아름다운 것들은 생동하는데 같이 보고 나눌 사람이 부재하니까 서럽고 없는 가족의 빈자리가 또렷해지는 '가정의 달'이 있어서 사무치는 것 같습니다.

또 한 가정이 무너졌습니다. 평택항에서 일하던 스물세 살 청년 이선호씨가 300킬로그램이 넘는 컨테이너 날개에

깔려서 숨졌습니다. 같은 작업장에서 근무하는 아버지가 사고 현장을 목격하고 기절했다는 기사를 보곤 먹먹했습니다. 일하다가 사람이 죽었다는 소식이 날씨 예보처럼 매일 뉴스에 나옵니다. 그런데도 화면으로 접할 땐 나와는 무관한 남의 일로 여겨지기만 합니다.

강석경 선생님. 혹시 이창동 감독의 영화 「시」를 보셨나요? 2004년에 밀양에서 일어난 10대 남자아이들의 여중생 집단 성폭행 사건에서 출발한 작품이에요. 영화 도입부에서 병원에 간 미자(윤정희 분)가 TV로 뉴스를 보는 장면이 나와요. 화면에는 자식을 잃은 팔레스타인 어머니가 울부짖고 있고요. 여기에 대해 이창동 감독이 말해요.

"일상에서 그런 장면을 뉴스로 보면 우리와 관계가 없다고 생각해요. 그 뒤의 장면에서 병원을 나오던 미자가 딸을 잃고 정신을 놓은 채 울부짖는 한 여자의 모습을 볼 때도 딱하게는 여기면서도, 자신과 이렇다 할 관계는 없는 일이라고 받아들였을 거예요. 하지만 내 발밑의 물이 연결되어 있듯이, 그게 미자와 결정적으로 관련이 있었던 거

죠."(229~30면)

한번은 우리 동준이 이야기를 담은 책 『알지 못하는 아이의 죽음』(돌베개 2019) 북토크에 온 한 교사가 고민을 털어놓았어요. 양육자들과 하는 독서모임에서 같이 책을 읽었는데, 한 엄마가 소감을 이렇게 말하더래요. "우리 아이는 특성화고를 보내면 안 되겠다는 생각이 들었다"고요. 교사는 예상하지 못한 말에 당황했다면서 이럴 땐 뭐라고 말해주어야 하느냐며 물었습니다.

그 양육자의 말은 안전하지 못한 세상에 자식을 내보내기 두려운 마음에서 나온 일차적인 반응이겠죠. 세월호참사가 일어났을 때 아이를 수학여행에 보내지 않겠다는 보호자들이 있었듯이요. 아마 이선호씨의 죽음을 보면서도 선착장은 위험하구나, 저런 험한 곳엔 내 자식을 보내지 말자고 다짐하는 사람도 있었을 겁니다. 저 낮은 곳에서 멀어지자. 저 지옥은 피하자.

그날 북토크에서 저는 교사에게 말했어요. 내 자식이 특성화고를 가지 않아서 현장실습은 안 하더라도 청년이 되어 아르바이트를 하거나 나중에 직장을 다니며 노동자로 살아간다. 평균수명이 길어져서 정규직으로 일하다가 나이 들어 비정규직으로 재취업을 하기도 한다. 무엇보다 적자 생존으로 돌아가는 경쟁 시스템은 멀쩡하던 사람도 '늘 화가 난 사람'이나 '고통에 무감각한 사람'으로 만들어버리는데, 이렇게 폭력이 만연한 풍토에서 어느 직종이라고 해서, 어떤 스펙으로 무장을 한들, 몇살이라고 해서 안전할 수 있겠느냐고요.

무엇보다 대다수 보호자가 내가 혹은 내 아이가 피해자가 될까봐 걱정하지만 내가 혹은 내 아이가 가해자가 될 수도 있다는 것을 뼈아프게 인정해야만 이런 폭력적인 사회를 바꿀 수 있다고 말했습니다. 동준이 어머니가 자식의 죽음을 걸고 전하고 싶었던 메시지도 우리가 타인의 고통에 둔감해지지 말아야 내 아이도 지킬 수 있다는 호소라고요.

그래서 저는 가해자의 입장에서 이야기를 풀어간 영화 「시」에서 큰 감동을 받았습니다. 제가 좋아하는 장면이 있어요. 미자가 말해요. "할머니가 세상에서 제일 좋아하는 게

뭐라고?" 손자 종욱이가 답하죠. "종욱이 입에 밥 들어가는 거."(80면)

선생님도 그러셨죠. 동준이 밥해줄 때 최고로 행복했다고. 이렇게 내 새끼 기르는 평범한 마음을 가진 주인공이 시적인 행보를 택합니다. "설거지통"(47, 53면) 같은 현실에서 눈을 돌리지 않음으로써 삶이 시가 되죠.

강석경 선생님. 어버이날 긴 하루를 어떻게 보내셨는지, 안부 문자를 드렸을 때 "원하지 않는 눈물 몇방울 떨구고 내가 동준이 엄마임에 감사하는 마음으로 돌아섰다"고 하셨죠. 그러면서 "모두 다 힘들지 않고 잘 늙어가면 좋겠다"는 소망도 덧붙이셨어요. 선생님 말씀을 듣고 '미자'의 마음이 떠올랐어요. 미자는 알츠하이머를 앓고 있어서 단어와 기억을 잃어가지만 그런 자신의 상태를 자각합니다. 그래서 결심해요. "남은 기억을 절망감으로 채우지 않기로, 세상의 수많은 고통에 자신의 것을 더하지 않기로"(182면)요.

저도 미자처럼 살 수 있을까요. 이젠 세상을 이롭게 하기보다 세상에 고통을 더하지 않는 게 훨씬 어렵다는 걸 아는

2부 상처와 죽음

나이가 되었습니다. 나약하고 구멍 많은 인간이라서 잠시라도 성찰을 멈추고 휩쓸려 살다보면 짓는지도 모르고 죄를 짓습니다. 자신을 깊이 들여다보는 게 그만큼 힘든 일이기에 영화에서도 시를 쓴 사람이 미자밖에 없는 것이겠죠. 『시 각본집』을 동준이의 죽음과 이선호씨의 죽음을 포개가며 읽고 났더니 선생님의 말 한마디가 시처럼 다가옵니다.

"우리는 남의 비극이나 고통이 아주 멀리 있는 거라고 생각한다. 그러나 그것은 이토록 가까이 있다!"(176면)고 이창동 감독은 말합니다. 이 통렬한 진실을 이미 삶으로 받아내고 살 저미는 고통을 겪어낸 선생님은 이렇게 말합니다.

"내 옆의 동료나 친구에게 같이 마음 나누어줄 수 있는 사람으로 늙어가길 기원해요."

덕분에 시심 부푸는 봄밤이 깊어갑니다.

연민과 배려 사이

은유
『알지 못하는 아이의 죽음』,
임진실 사진, 돌베개 2019

한동안 SNS 계정에 아이들 사진을 올리지 못했습니다. 두 아이가 초상권 침해를 주장할까봐 눈치가 보였고 그보 단 다른 아이들이 마음에 걸렸죠. 저는 현장실습생으로 일 하다가 목숨을 잃은 고 김동준, 이민호군 이야기를 책으로 썼는데 그 아이들이 내 큰아이 또래고 유가족인 부모들은 나와 나이대가 비슷해요. 인터뷰 작업을 하면서 같이 눈물 콧물 흘리고 집으로 돌아오면 내 자식 밥을 챙기는 일도 어 쩐지 죄스러운 기분이 들었죠.

세상이 이렇게나 불의하고 부실하다고 목청을 높이지만

164

2부 상처와 죽음

그런 세상에서 나는 '아직' 안전하고 안온합니다. 아이에게 영양가 높은 반찬을 먹이고, 하루에 세명이 일하다가 죽는 헬조선에서 아이가 더 나은 지위를 차지하길 바라며 학업을 뒷바라지하고, 가끔이지만 휴가도 가죠. 빤한 일상이지만 그조차 한순간에 빼앗긴 이웃의 생생한 고통을 듣고 나면, 삶의 허리를 베고 들어온 죽음의 실체를 목도하고 나면, 문득 나 사는 일이 어색해집니다.

몇달 전엔 제 큰아이가 졸업전시회를 했어요. 집안 재정 곡선이 최저점에 이르던 시기에 대입을 치른 아이는 내내 아르바이트로 돈을 벌어 학업을 마쳤습니다. 졸업전시회에 다녀오고 나니, 정신없이 슬퍼하고 기뻐하던 날들을 지나 생의 한 단락을 매듭짓는 것 같아 만감이 교차했습니다. 뜻깊은 오늘을 기록하고 싶은 마음에 기념사진을 페이스북에 올렸고요. 그리고 '페친'인 동준이 어머니 강 선생님에게 메시지를 보냈습니다.

어쩔 수 없이 동준이 생각이 났다고, 인터뷰에서 선생님이 들려준, "내 앞에서 쉬쉬하며 애들 얘기를 하지 말라는 게 아니라 눈치 보지 말고 말하고 나도 동준이 얘기를 편안하게 할 수 있으면 좋겠다"는 바람을 떠올리며 아이 사진을 올렸다고 털어놓았습니다. 동준이의 죽음이 헛되지 않도록 안전한 세상을 같이 만들어보자는 비장한 다짐까지 보냈죠. 곧 숫자 1이 사라지고 답이 왔어요.

"잘하셨어요. 일상을 나누지 못하면 친구 하기 어렵잖아요."

아! 아무리 구구하게 풀어내도 설명되지 않던 복잡한 마음이 한줄로 명쾌하게 정리됐습니다. 웃기도 하고 울기도 하며 감정에 최대한 충실하자, 산 자식 얘기하듯 죽은 자식 얘기도 하고 싶다는 것을 머리로는 이해했지만 생활에선 감당하지 못했던 모양입니다. 내 미안함이 미안했습니다. 어설픈 연민을 경계해도 세심한 배려엔 도달하지 못한 채 이렇게 헤맵니다. 공감과 이해는 매뉴얼이 없어서 더 어렵죠. 매 순간 묵묵하고도 아슬아슬한 실천을 시도할밖에요.

동준이의 죽음을 다룬 책 『알지 못하는 아이의 죽음』이 2019년 6월에 나왔고 그해 연말에는 네군데 언론사에서 '올해의 책'으로 뽑혔습니다. 기사가 나온 날이 마침 동준이 어머님 생일이었죠. 아들이 보고 싶을 때마다 기사를 검색한다던 말이 생각나서, '올해의 책' 선정 소식을 담은 따끈한 기사 링크를 선생님께 보내드렸습니다. 마치 새로 찍은 아들 사진처럼 좋은 선물이 되겠다 싶어서요. 다음 날 문자가 왔습니다.

'생일 그게 뭐라고 우리 부부는 생일이 동준이 기일만큼 힘드네요.' 선생님은 동생들 축하에 웃으면서도 가슴이 저몄고 다들 돌아간 후 터져버린 둑이 되어 한참을 우느라 답이 늦었다고 했습니다. 현자같이 의연하던 분이 다친 새처럼 작아져 있었습니다. 그로부터 며칠 후 세월호 유가족이 스스로 목숨을 끊었다는 비보가 들렸습니다. 고인은 아들을 떠나보낸 뒤 남은 가족을 돌보기 위해 공인중개사 자격증을 따기도 했으나 갑작스러운 선택을 했다는 대목에 눈길이 머물렀죠. 괜찮아 보이는 것과 괜찮은 것은 생과 사만큼 다른 일인 것 같습니다.

세월호가 일어난 그해 2014년 1월 20일에 현장실습생 동준이도 세상을 떠났습니다. 곧 기일이 돌아옵니다. 유가족의 달력은 눈물이 마를 새가 없네요. 생일이 지나면 생일만큼 힘든 기일이 오고 기일이 지나면 기일만큼 괴로운 명절이 오고… 내 이웃이 슬픔의 둑이 터지고 무너져내리는데 나는 무엇을 해야 할까요. 일상을 나누는 일상을 고민합니다.

슬픔에 무지한 종족

416세월호참사 작가기록단
『그날이 우리의 창을 두드렸다』,
창비 2019

"애들은 좋은 곳에 갔으니까 이제 마음에 묻어라." "교통 사고다 생각해라." "시간도 흘렀는데, 옛날처럼 같이 산에도 다니고 만나서 술도 한잔 하자." "아이를 잃은 건 슬프지만 너는 그만큼 보상을 받지 않았느냐?" 세월호 유가족이 들었던 말들입니다. 위로하고 싶은 상대의 선의는 의심하지 않으나 받아들일 수 없었다고 합니다.

유가족을 배려하는 행동도 배려가 되진 않았죠. "유가족입니다" 하는 순간에 모든 사람들이 아무것도 안 시킨답니다. 커피 한잔, 물 한잔 마시려고 해도 다들 "앉아 계세요, 제가 타드릴게요" 하고 어딜 가도 유가족 자리는 따로 마련되고요. 지나친 배려는 때론 배제가 되죠. 유가족이 술을 시켜도 되나, 화장은 해도 되나, 여행 간다고 손가락질하면 어쩌나 지레 주눅이 듭니다.

세월호 5주기에 맞춰 발간된 유가족 육성 기록집 『그날이 우리의 창을 두드렸다』에 나온 몇가지 에피소드입니다. 유가족은 자식 잃은 비통함에다가 거친 말들과 고정된 시선까지 감내해야 했죠. 슬픔에 대해 잘 모르는 이들을 용서하는 법을 배우는 것도 슬픔의 일부라는 말이 떠오릅니다. 유가족들은 그래서 모임을 꺼립니다. 광화문 농성장에 모여 있어도 말은 돌죠. 자신들이 울기만 한다고 사람들이 뭐라고 하길래 웃었더니 다시 웃었다고 뭐라고들 하니까, 유가족들은 서로 이렇게 충고합니다. "간간이 울어."

책을 한장 넘길 때마다 고개가 숙여졌어요. 이 나라는 아이들만 구하지 못한 게 아니라 세월호의 슬픔에 빠진 유가족의 손도 잡아주지 못했구나 싶어서요. 저도 찔리는 구석이 있었죠. 유가족의 상처를 건드릴까봐 고인의 이야기는 삼갔고 그게 예의인 줄 알았죠. 근데 아니었어요. 유가족으로서는 17년 키운 자식을 한순간 잃었는데, 갑자기 이름도 불리지 않고 자식의 존재가 싹 지워진다면 그건 너무 쓸쓸한 일일 거예요.

우린 슬픔에 무지한 종족입니다. 세월호 이전에도 슬픔은 허용되는 삶의 모드가 아니었죠. 슬퍼하는 사람은 약자로 분류되고, 약자는 구제의 대상이지 자기 목소리를 내는 권리의 주체로 받아들여지지 않아요. 공적 발언의 장이 주어지지 않고, 슬픔은 각자 삭여야 할 사적 과제로 여겨집니다. 슬픔을 표현하는 말도, 슬픔에 공감하는 말도 공동체에 흐르지 못하니까 슬픔에 관한 언어가 빈곤하죠. 슬픔에 관한 지혜가 모자랍니다.

세월호 가족 이야기가 그래서 좋았습니다. 5년이란 고통의 시간을 견딘 목소리가, 슬픔에 단련된 말들이 쟁쟁하게 빛나는 슬픔의 교과서. 해야 할 말과 해선 안 될 말이 무엇인지 배운 것만으로도 큰 공부였어요. 그리고 좋은 책이 그렇듯 삶과 사람에 대한 이해와 통찰이 담겼고요. 슬픔을 다루는 법이 정신을 단련하는 길로 통합니다.

"이 시간들이 내 정신세계를, 그러니까 중요한 게 뭔지를 판단하는 기준, 세상을 바라보는 시선, 그리고 생각하는 능력을 좀더 성숙하게 만들어놨다"(345면)고 이지민 엄마는 고백해요. 이영만 엄마도 "깊이 공감할 수 있는 능력이 생겼다"면서 "주변 사람들의 아픔도 돌아보게"(340면) 되었으니 이제 어른이 된 것 같다고 하고. 오준영 엄마도 "다 연결되어 있다고. 다 나한테 일어날 수 있는 일들이다"(334면) 말해요. "책임지는 어른의 모습을 나한테 계속 강요"(330면)한다고 말하는 이재욱 엄마는 멋지죠.

죽은 자는 정말 사라지는가. 그렇다고 말할 수 없는 것 같습니다. 세상을 떠난 아이들은 여전히 부모의 곁에 남아 매 순간 그들의 결정에 개입하고 마음을 흔들고 크고 작은 영향을 미칩니다. "집에 들어가면 회의 녹음한 걸 세번, 네번, 어떤 때는 다섯번까지 들어요. 이해를 하려고요. (…) 우리 아들이 옆에서 자꾸 공부를 가르치는 것 같아요."(314면) 호성이 엄마의 이 말이 무척 인상 깊었습니다. 세월호의 시간

5년, 유가족은 주변에서 그토록 권하는 일상으로 돌아간 게 아니라 한 사람의 분별력 있는 시민으로 복귀했습니다. 나만 잘 살면 된다는 각자도생의 삭막한 땅에 슬픔의 눈물을 떨구어 진실의 언어를 심고 있습니다.

애도의 계엄령

김진영
『상처로 숨 쉬는 법』,
한겨레출판 2021

김진영 선생님. 저는 선생님의 철학 강의를 몇년간 들었고 선생님이 쓰는 지성과 슬픔의 언어를 동경하는 독자입니다. 2018년도에 선생님이 세상을 떠나고서야 출간된 선생님의 아도르노^Theodor W. Adorno 강의록 『상처로 숨 쉬는 법』을 한번씩 꺼내봅니다. 가슴이 답답할 땐 표지만 봐도 숨이 쉬어지는 것 같거든요. 755면에 달하는 본문을 상처가 허파가 되리란 기대로 뒤적이곤 합니다.

2022년 10월 29일, 이태원에서 참사가 일어났습니다. 핼러윈 축제를 즐기러 갔던 젊은이들이 골목길에 갇혔고 158명이 길에서 선 채로 압사를 당했습니다. 10만명 넘는 인파가 몰리는데도 사전대책이 없었고 위험을 알리는 최초 신고로부터 네시간이 지나서야 경찰이 출동했습니다. 살릴 수 있었는데, 이번에도 살리지 못했습니다. 정부는 재빠르게 '참사'를 '사고'로 '희생자'를 '사망자'로 쓰도록 지시했고 국가애도기간을 지정했습니다. 지역축제와 공연이 취소되었죠.

이 엄청난 참사 앞에 책임지고 물러나는 행정관료 하나 없이 예술가의 노동만 간단히 중단시켜버리는 저들의 뻔뻔함과 비겁함에 분통이 터졌습니다. 선생님이 살아 계셨다면 뭐라고 말했을까요. 『상처로 숨 쉬는 법』을 보는데 아도르노의 말이 다가왔죠. "문명이 지닌 상처이며 비사회적인 감성인 슬픔은 인간을 목적의 왕국에 종속시키는 일이 온전하게 성공할 수 없음을 보여준다. 때문에 세상은 다른 어떤 것보다 슬픔이나 애도를 온갖 방식으로 치장하고 변질시켜 사회적인 형식으로 만든다."(650~51면)

'애도의 계엄령'이 내려진 여기의 현실을 훤히 보는 듯, 선생님은 아도르노의 철학을 가져와서 슬픔에 대한 관리

통제에 대해 설명해주셨습니다. 사회는 무슨 방식을 쓰든지 슬픔을 관리하려 한다, 사람들이 마음껏 슬퍼하도록 허용하면 대단히 위험할 수 있기에 일정한 처리방식을 따라가도록 한다고요. "사람들이 깊은 슬픔에 빠지게 되면 하나의 인식에 도달하는데, 그 대상은 결코 슬픔의 감상이 아니라 바로 사회적 삶의 조건들에 눈뜨기 쉽다는 것입니다."(659~60면)

고개를 끄덕이며 밑줄을 그었습니다. 슬픔은 위험한 감정입니다. 가족을 뺏긴 유가족들, 일자리를 뺏긴 노동자들, 온갖 사회적 참사 피해자의 글을 통해 세상을 공부한 저도 슬픔이 얼마나 급진적인 감정인지 목격했습니다. 사람이 소중한 것을 잃고 나면 세상이 보이는 사람이 되죠. 슬픔의 렌즈로만 보이는 은폐된 진실을 보았기에 권력자가 가장 두려워하는 존재로 거듭나죠.

이번 참사에는 유가족과 생존자의 목소리가 곧바로 들리지 않았습니다. 유가족은 참사 한달이 다 되어서야 기자회견을 가졌습니다. 내 자식이 "생매장"당했는데도 정부가 제대로 된 책임 규명이나 진정한 사과 없이 보상금부터 제시했다며 오열했지요. 유가족의 말은 슬픔을 통제하고 덮으려는 정부의 처사를 꿰뚫었습니다. 선생님, 진실은 언제나 현장에 있다고 하셨지요. 사고 직후 이태원참사 현장에 갔을 때 하얀 국화꽃과 애도의 말이 쓰인 포스트잇이 낙엽처럼 수북했는데요. 한 청년의 사연은 이랬습니다.

"친구들아 난 너희의 이름도 얼굴도 모르지만 우린 비슷한 시기에 태어나 이제까지 정말 쉼 없이 달려오고 치열하게 살아왔잖아. 못다 이룬 꿈도 있고 하고 싶은 일도 많았을 텐데 너무 빨리 끝나버린 삶이 얼마나 허망할까. 그동안 고생 많았어. 꼭 안아주고 싶다. 다음 생에는 꼭 꿈도 이루고 하고 싶은 일을 다 하며 오래오래 무탈하게 잘 살기를 바랄게. 이번 생도 그랬으니 다음 생에도 내 친구가 되어줘."

그날 참사 희생자의 90퍼센트는 태어나서부터 '쉼 없이 달리는 삶'을 강요받은 20~30대였습니다. 숨통 좀 틔우고 여가를 누리려다가 목숨을 앗겼죠. 남의 일 같지가 않았습니다. 고인 또래의 자식을 두기도 했지만 저도 올해는 기회가 닿는 대로 인파 속에서 놀았거든요. 코로나19로 중단되었던 야외 록페스티벌에 갔습니다. 그곳에는 몸을 부딪치며 슬램을 즐기고 음악에 몸을 흔드는 젊은이들이 다수를 차지하는데, 저 같은 중년의 록마니아도 있고 목발을 짚거나 휠체어를 탄 장애인도 옵니다. 스탠딩석 가장자리에서 젊은 부부가 아이와 손잡고 신나게 몸을 흔들기도 했습니다. 만에 하나 예기치 못한 참사가 일어났다면 어땠을까요. 왜 몸도 성치 않은데 저길 가서, 왜 아줌마가 저길 가서, 왜 애를 데리고 저길 가서, 같은 비난이 쏟아지고도 남았겠지요.

선생님이 누차 강조하던 객관적 권력, 즉 '우리를 지배하는 모든 것, 생의 기쁨을 빼앗아가려는 모든 것, 우리의 자유를 박탈하려는 모든 것'의 정체가 이번 참사로 여지없이 드러났습니다. 슬픔이 통제되고 놀이가 비난받는 이 일그러진 세상에서 시험과 노동에만 복속된 삶을, 우린 왜 누구를 위하여 평생 살아가야 하는 걸까요.

선생님이 강의 때 자주 던진 물음이고, 책에도 남긴 질문을 붙들어봅니다. 도대체 상처 없는 삶이란 무엇일까, 그리

2부 상처와 죽음

고 사람답게 사는 사회란 무엇일까. 그건 이렇게 억울하게 죽은 사람들의 모습을 통해서만 알 수 있다고 선생님은 세월호참사 때 말씀하셨어요. 결국 내가 사람답게 사는 사회에서 살고자 한다면, 억울하게 죽어가는 사람들이 당한 고통을 외면하지 말라는 뜻으로 저는 이해했어요. 사람들은 여전히 묻습니다. 왜 타인의 아픔에 관심을 가져야 하느냐고요. 그럴 때 선생님에게 배운 아도르노의 말을 전합니다.

"나의 상처로부터 해방이 되려면 이 사회적인 상처를 볼 줄 알아야 된다."(753~54면)

투병은 모두의 일

김진영
『아침의 피아노』,
한겨레출판 2018

초여름 장마답게 그날은 종일 비가 내렸지. 창밖엔 밤비가 속살거린다고 노래한 윤동주의 밤, 나는 시인처럼 등불을 밝히지는 않은 채 어둠을 끌어안고 누워 있었어. 투명 이어폰을 낀 것처럼 뜻 없는 빗소리에 귀를 대고 가만히. 눈 떠보니 새벽 5시네. J도 깨어 있을까. 그대는 가끔 이 시간에 SNS에 짧은 글이나 밀린 사진을 올리곤 했지. '벌써 일어남?' 나의 이런 문자에 '아직 안 잤다'거나 '22시간째 깨어 있다' 했어. 원고 쓰느라 밤을 새우곤 하는 그대의 체력이 난 부러웠어. 그대가 한줄도 쉽게 쓰지 않는 사람이라서 좋았지.

그대가 툭 말했어. 건강검진을 했는데 유방암 소견이 나왔다고. 나는 많이 놀랐네. 울지는 않았어. 책에 길들여진 우리는 무슨 일이 생기면 책부터 찾지. 기쁠 때는 놓고 슬플 때는 읽지. 『아침의 피아노』에 손이 갔어. 저자가 간암으로 투병하면서 쓴 단상들을 모은 유고집이야. 내가 그 책에서 질병 서사를 보려던 건 아니야. 그런 내용이 상세히 나오진 않아. 대신 책은 우리로 하여금 삶을 먼산처럼 관조하게 해. "우연히 펼쳤을 때 문장들이 눈을 뜨면서 빛"(47면)나는 책이지.

저자 김진영 선생님은 철학자야. 독일에서 아도르노와 베냐민Walter Benjamin의 철학과 미학을 공부했고, 소설과 사진 비평에도 조예가 깊어. 한국에서 거의 무소속 학자의 삶을 살았어. '철학아카데미' 같은 인문학공동체나 도서관에서 주로 강의를 했어. 덕분에 나 같은 학생 아닌 중생도 철학 강의를 들을 수 있었지. 선생님은 공부와 사유가 깊어서 지성이 흘러넘치고 언어가 유려한데 단독 저서가 없었거든. 왜 책을 안 쓰시냐고 물어보면 가만히 웃기만 하셨어. 아마 '책'

의 기준이 엄격해서 그랬던 거 같아. 한줄도 허투루 쓰지 않는 사람을 나는 원래 좋아했지.

정작 나는 살겠다고 쓰다보니 책을 여러권 냈지만, 그래서 더 선생님을 동경했다. 인생은 살기 어렵다는데 시가 이렇게 쉽게 씌어지는 것은 부끄러운 일이다. 딱 시구처럼 사는 사람. 시적인 삶, 언제나 살고 싶지. 그거 알아? 그대도 다르지 않아. 글에 신중한 고집쟁이. 그런 J를 떠올리며 나는 쓰는 생활에 균형을 잡았어. 혼자 판단이 서지 않을 때는 그대에게 청하기도 했고. 내 글 좀 봐달라고 귀찮게 했지.

나의 문우文友 J. 가까운 친구의 암 발병 소식이 올 상반기에만 세번째야. 인간의 유한한 삶. 질병은 생의 기본값이라서 언제 겪느냐는 시기의 문제라는, 책에서 본 내용을 삶으로 증명할 때가 왔음을 느껴. 『아침의 피아노』에서 배운 표현이 있어. 환자는 병을 앓는 일이 죄를 짓는 일인 듯, 사람들 앞에 서면 어느 사이에 마음이 을의 자세를 취하게 되는데 자신의 당당함을 지켜야 한다고 선생님이 쓴다.

너무 멋진 말이지. 환자의 당당함. 나부터 환자 친구의 당당함을 가져야 그대도 당당한 환자가 되겠지. 존재는 연결돼 있으니까. 김진영 선생님 식으로 말하자면, "나의 삶은 나만의 것이 아니라 타자들의 것이기도 하다. 나의 몸은 타자들의 그것과 분리될 수도 격리될 수도 없는 것이다. 나의 몸은 관계들 속에서 비로소 내 것이기도 하다."(79~80면) 이 문장을 아픔은 너무도 혼자의 일인데 투병은 다행히 모두의 일이다, 나는 이렇게 이해했어.

저번에 봤을 때 그대가 그랬지. 읽었던 책들이 발병 이후 새롭게 보인다고. 형광펜 파티 하고 있다고. 나도 그러네. 『아침의 피아노』에서 좋았던 부분은 여전히 좋은데, 아픈 몸들을 떠올리면 구체적으로 좋아. J에겐 활자의 약효가 가장 빠르다는 것을 아니까 특히 그래. 이 책이 주는 온화함, 다정함, 부드러움 같은 조용한 감정들이 그대의 등을 어루만져줄 거야. 그리고 J를 쓰게 하겠지. 아마도 형광펜이 두툼하게 입혀질 이 문장 때문에.

"글쓰기는 나를 위한 것이 아니라고, 그건 타자를 위한 것이라고 나는 말했다. 병중의 기록들도 마찬가지다. 이 기록들은 나를 위한 것이 아니라 내가 떠나도 남겨질 이들을 위한 것이다. 나만을 지키려고 할 때 나는 나날이 약해진다. 타자를 지키려고 할 때 나는 나날이 확실해진다."(242면)

　글쓰기의 본질은 나눔이라는 것을 이보다 더 아름답게 표현할 수 있을까. 몸이 신음하고 마음 어딘가 작게 부서지는 느낌을 기록하면서 그대는 나날이 확실해지겠지.

한 여자, 여러 목소리

아니 에르노
『한 여자』,
정혜용 옮김, 열린책들 2012

극장에서 영화 「작은 아씨들」을 봤습니다. 개성이 뚜렷한 네 자매 중에 작가 지망생 '조'한테 아무래도 감정이입이 됐지요. 19세기에는 '여성의 이야기는 결혼으로 귀결돼야 한다'는 믿음이 있었으나 조는 시대를 거스르는 선택을 해요. 가정에 예속되지 않고 글 쓰는 단독자로 살기로 마음먹고, 사랑하는 사람의 구애를 거절하죠. 그렇지만 작가로 인정받는 길은 험난해요. 지쳐가던 조는 엄마에게 결심한 듯 말하죠. 그 사람이랑 결혼하겠다고. 엄마는 그건 사랑이 아니라며 딸을 말리는데 조는 엄마에게 무너지듯 안겨 울며 말

한 여자, 여러 목소리   **185**

해요. 외롭다고, 너무 외롭다고.

덩달아 눈물지었네요. 한 여자가 본성대로 자아를 실현하려면 밖으로 물리쳐야 할 것과 안으로 지켜야 할 것이 많아요. 단단해지지 않을 수가 없는데, 어느 순간 자기 무게에 자기가 눌리죠. 조가 센 척했지만 나약한 게 아니라 사람은 누구나 타인에게 기대지 않고 살아갈 만큼 강하지 않음을 조의 눈물 장면에서 느꼈습니다.

실은 스크린 위로 김미숙 선생님 얼굴이 겹쳤어요. 근래 제가 만난 강인한 여성이고, 조처럼 밤을 밝혀 글을 쓰는 사람이라서 그랬겠죠. 지난 연말 시사주간지 『시사IN』에서 '올해의 인물'로 선정된 선생님을 인터뷰할 때 저는 고민이 깊었습니다. 잘 쓰고 싶은 욕심 때문이죠. 잘 쓰려면 빨하게 쓰지 않아야 하고요.

세상 사람들은 김미숙 선생님에게서 전태일의 어머니 이소선을 보려 했습니다. 그만큼 '용균이 엄마'로서 놀라운 활약을 하셨죠. 귀 막고 눈감은 세상에 대고 용균이 같은 청년 노동자들이 죽어가고 있다고 외쳤어요. 비정규직 문제와 안전 노동의 이슈를 끌어냈죠. 자식 잃은 엄마의 고통을 투쟁으로 승화하는 선생님의 이야기는 거의 모든 매체에 소개되었습니다. 우리에게 익숙한 한국적 모성 서사인 대단한 어머니에 초점이 맞춰졌죠. 저는 그와 같이 반복되는 이야기의 틀을 넘어보고 싶었어요. 엄마든 아이든 하나의 단어로만 설명되는 단순한 사람은 아무도 없으니까요.

한 사람에 대한 기록, 그 엄중한 과제 앞에서 도움받은 책이 있어요. 아니 에르노^{Annie Ernaux}의 『한 여자』인데요, 딸이 엄마의 삶과 죽음을 기록한 자전적 소설이죠. "어머니는 농번기인지 아닌지, 병이 난 형제자매가 있는지 없는지에 따라서 들쭉날쭉 학교를 다녔다"(25면)는 문장은 익숙해서 놀라웠죠. '프랑스 사람인 아니 에르노의 엄마도?' 배움의 의자를 빼앗기고 희생의 자리에 배정되는 여자의 삶은 시대나 국경과 무관했습니다.

저자의 어머니는 영화 「작은 아씨들」에 나오는 엄마 같은 자애로움의 화신이 아니에요. 딸에게 불쾌한 계집애라고 폭언을 퍼붓고 딸을 때리며, '그녀의 가장 깊은 욕망은 자신이 누리지 못했던 것 전부를 내게 주는 것이었다'고 딸이 말할 정도로 딸에게 집착해요. 어머니는 체념 어린 투로 말하죠. "나는 내 딸이 행복해지라고 뭐든지 했어. 그런데 그렇다고 해서 걔가 더 행복한 건 아니었지."(102면)

딸은 어머니를 이렇게 기억해요. 정신적으로 고양되려는 의지, 권위, 낭만, 야심, 분노, 의심, 딸에 대한 지지와 질투 등 종잡을 수 없는 감정의 활화산을 품고 있는 사람으로. 때로는 '좋은' 어머니를 때로는 '나쁜' 어머니를 봅니다. "나는 어머니의 폭력, 애정 과잉, 꾸지람을 성격의 개인적인 특색으로 보지 않고 어머니의 개인사, 사회적 신분과 연결해 보려고 한다."(51면)

그래서 이 책이 좋았어요. 엄마를 '내가 태어난 세계와의 마지막 연결고리'이기 이전에 한 사람으로서 손쉬운 선악 이분법으로 갈라서 보지 않고, 그가 처한 사회구조, 모순과 욕망의 지도를 읽어내기를 포기하지 않습니다. 감정의 실핏줄까지 포착한 글들은 사모곡을 넘어선 인간 탐구서가 되거든요.

2부 상처와 죽음

저는 인터뷰에서 선생님을 애끓는 모성을 넘어선 존재로, 글 쓰는 여자의 탄생으로, 노동운동가의 삶으로 들어선 주체적인 모습으로 그리고 싶었는데『한 여자』를 다 읽고 나니 그 또한 미흡했다는 자각이 들었습니다. '여자는 약해도 엄마는 강하다'는 주술이 가려버린 것들, 한 사람의 욕망, 영혼, 외로움, 자아분열 같은 것들까지 이야기가 나아가지는 못했으니까요.

　인터뷰하던 날, 같이 있던 나경희 기자의 손을 잡고 어머니가 말했죠. 용균이 사건이 나고 찾아온 여느 기자들과 달랐다고, 취재하려고 달려들지도 않고 장례식장을 묵묵히 끝까지 지킨 미더운 기자라고요. 그러곤 용균이 생각이 났는지 나경희 기자를 가만히 바라보며 말했습니다. "이런 딸 하나 있으면 얼마나 좋을까…"

　마음이 저릿했습니다. '한 여자'로 하여금 엄마로만 살게 강제하면서도 엄마의 삶을 온전히 살지도 못하게 자식을 빼앗아가버리는 무자비한 세상입니다. 선생님의 아버지가 딸에게 건넨 말씀대로 '무지개보다 예쁜 마음'을 가진 미숙이는 용균이 엄마에서 노동자의 어머니로 불리고 있네요.

이제 '작은 아씨'였던 한 여자의 다성적인 목소리를 지켜내

는 일은 딸들의 몫으로 남았습니다.

로마에서 엄마를 보다

알폰소 쿠아론 감독
「로마」,
2018

영화 「로마」의 주인공은 연애를 하다가 아기를 갖는다. 극장에서 같이 영화를 보던 연인에게 귓속말로 임신 사실을 전한다. 스크린을 등지고 몸을 비틀어 여자의 몸을 탐하던 남자는 그 말을 듣자마자 자세를 고쳐 앉더니, 곧 잠깐 나갔다 오겠다고 한다. 영화도 안 끝났는데 어딜 가느냐고 여자가 묻자, 금방 올 거라며 뭐 사다줄까 묻기까지 하고 나갔다. 남자는 돌아오지 않았고, 완전히 종적을 감췄다. 남자의 행동은 예상대로라서 참담했다.

주인공의 성정은 외유내강하다. 유명한 회화 속 '우유 따르는 여인'처럼 매일매일의 노동을 묵묵히 만삭이 되도록 수행한다. 영화 끝 무렵 딱 한번 감정의 수문을 연다. "아기를 낳고 싶지 않았다"며 목놓아 실컷 운다. 나도 따라 울었다. 남자를 비난했고 여자를 연민했다. 엄살 없이 살아내는 여자를 존경했다. 예나 지금이나 지구촌 어디서나 저래도 되는 남자가 생겨나는 가부장제 시스템에 분개했다.

같은 영화를 본 너는 나처럼 주인공 여성에 감정이입을 하지 않았다. 두 사람 모두 '원치 않았던 아기'의 존재, 단역처럼 스치듯 등장한 신생아를 언급하며 말했다. "어쩌면 나도 태어나지 못했을 수도 있겠구나 싶었어."

너는 엄마의 냄새를 기억하지 못한다고 했다. 말로 다 하지 못한 가족사와 복잡한 심정을 글로 남겼다. 엄마에 대한 정보는 두가지뿐이라고. 아빠와 아빠의 부모에게 가족으로 받아들여지지 못했다는 것. 자신이 생후 100일일 무렵 홀연히 떠났다는 것. 너는 훗날 아이를 낳고 10년 넘게 엄마로 살아낸 지금에야 '떠난 엄마'를 바로 본다며 이렇게 글을 맺었다.

"그건 엄마가 나를 사랑하지 않는다는 의미가 아니었다.

2부 상처와 죽음

엄마 자신의 인생을 포기하지 않은 것뿐이다. (…) 엄마는 나에게 역할이 아닌 주체로 살라고 최초로 보여준 사람이다. 늦었지만 지금이라도 20대 후반의 엄마에게 이야기해주고 싶다. 엄마, 너의 자유로움으로 가."

드라마나 소설 같은 픽션에서 엄마의 부재는 단골 시나리오다. 자식을 버린 여자, 엄마가 되지 못한 엄마는 늘 있었다. 나쁜 년이고 독한 년으로 설정되었다. 그러나 현실에서 그런 사례는 잘 만나지 못했다. 아니, 드러나지 않았다. 정상가족 중심주의 사회에서 엄마 없음은 커다란 결핍이고 모성의 거부는 금기였으니까. 가족은 숨겼고 당사자는 숨었다.

몇 년 전부터 나는 본다. 소위 숭고한 모성의 기준을 이탈하는, 감히 자식을 저버린 엄마의 서사를, 그것을 진술하는 자식의 용감한 목소리를 글쓰기 수업에서 듣는다. 먹먹한 감동이 이는 순간이다. 우리 사회에서 비가시화된 부류, 자리를 할당받지 못한 사람, 모성 없는 (존재로 낙인찍힌) 여자들의 서사가 약자의 자리에서 세상을 보는 법과 언어를 익힌 자식의 몸을 통해 드러나고 있으니 말이다.

영화 「로마」는 시선이 낮고 깊다. 「그래비티」로 잘 알려진 알폰소 쿠아론^Alfonso Cuaron 감독의 자전적 이야기인데 엄마, 누나, 보모 등 자신을 키운 여자들에게 바치는 헌사라고 한다. 그중에서도 보모가 중심 인물이다. 보모의 너그러운 품에서 먹고 자고 놀던 아이가 자라서 50여년 후 자기를 돌봐준 보모의 서사를 영화로 만들었다. 그 50년은 백인 가정에 고용된 원주민-보모-여성이라는, 이중삼중으로 차별받는 불리한 생애 조건에 놓인 한 사람을 역사와 서사 속에서 바라보는 데 걸린 시간이기도 할 것이다.

너도 44년 만에 엄마를 재의미화했다. '엄마는 왜 나를 두고 갔을까'에서 '엄마는 왜 나를 두고 가지 않으면 안 되었을까'로 질문이 나아가기까지 네 온 생애를 바쳤다. 네가 그토록 책을 떠나지 못하고 읽고 쓰고 보고 들은 모든 것은, 있지만 네가 모르는 엄마를 이해하기 위한 노력이었구나 조심스레 짐작해본다. 이해는 그만큼 고도의 지적 작업이다. 한편의 기품 있는 영화가 불러온 너와 엄마의 이야기는 또 다른 삭제된 여자의 서사, 영화보다 더 영화적인 이야기로 이어지겠지.

2부 상처와 죽음

난리 나게 맛있는 공부법

51명의 충청도 할매들
『요리는 감이여』,
창비교육 2019

　최 선생님이 『요리는 감이여』를 들고 활짝 웃는 사진, 잘 보았습니다. S가 "엄마가 너무 좋아한다"며 문자로 보내주었죠. 책은 읽을 만하신지요? 저는 너무 재밌어서 손에서 놓지 못했거든요. 이 책이 저를 이토록 웃기고 울리는 이유를 생각해보니 그건 아무래도 선생님 덕분인 것 같습니다.

　아시겠지만 S는 제가 진행하는 글쓰기 수업에 왔습니다. 첫 과제부터 단정한 문장으로 정직한 글을 써냈지요. 마지막 과제로 '늦깎이 학생이 된 엄마'의 인터뷰 글을 발표했죠. 엄마는 통학하는 시간도 아끼느라 지하철에서 책을 보는데 그게 초등학교 저학년용이라고, "글씨가 너무 크니까 주변 사람들 보기에 창피스럽다"고 터놓고 얘기하는 첫 대목부터 우린 빨려들었습니다.

2년 전 예순다섯 나이에 한글을 배우기 시작했을 때 남들보다 못할까봐 두려웠던 마음, 수업을 마치면 학원 친구들 넷이서 몰려다니면서 남대문시장을 쏘다니며 밥도 사먹고 남산도 올라가고 신나게 노는 이야기, 선생님에게 혼자만 칭찬받아서 으쓱했던 경험, "공부 생각에만 얽매여서" 자유가 없고 머리도 아프다는 하소연, 집에 오면 A4 용지 앞뒤로 넉장씩 채우는 어마어마한 복습 과정, 새벽에 깨서도 쓰고 읽고 "눈만 뜨면 그거 붙들고 사는" 늦깎이 학생의 하루 일과가 맛깔스러운 목소리로 생생하게 전해졌죠.

정말이지 몰랐습니다. '배우는 기쁨'이 이토록 큰 것은 '못배운 설움'도 그만큼 컸기 때문이란 사실을요. 한글을 몰라서 가장 서러웠던 적은 언제냐는 딸의 물음에 최 선생님은 그러셨죠.

"하루하루 매일 서럽지. 상대하고 이야기할 때마다 그게 누구든 내가 무식하다는 것을 들킬까봐 조마조마하고. 모르는 건 딱 티가 나잖아."

아이들 키우면서 학부모 의견란에 직접 글을 쓰지 못했던 일부터 노래방에서 가사를 틀릴까봐 노래 한자락 못했던 일화까지, 한 맺힌 세월을 풀어내느라 엄마는 연신 눈물을 흘렸다는 마무리로 S의 인터뷰 낭독이 끝났을 땐, 여기저기서 훌쩍거리고 코 푸는 소리만 들렸답니다. 그날 우리는 누가 울면 따라 우는 아기같이 깨끗한 마음이 되었습니다. 아마도 한 사람의 배움에 대한 순정한 욕구에 물든 것이겠지요.

그즈음 저는 집에 있던 『요리는 감이여』라는 책을 펼쳤습니다. 요리 레시피를 볼까 싶어서 별 뜻 없이 책장을 넘기는데, 최 선생님처럼 뒤늦게 한글을 배우는 일명 '충청도 할매들' 51명의 이야기가 나오지 뭐예요. 책은 어르신들의 간략한 생애를 소개하고는, 그분들이 순전히 '감'으로 익혀 한평생 밥상에 올린 것들, '난리가 나게 맛있는' 음식의 요리법을 삐뚤빼뚤한 손글씨로 제공합니다. 생애사는 눈물겹고 레시

피는 군침 돌죠.

"아버지가 아들은 학교를 졸업시켜야 하지만 딸은 안 보내도 된다며 싸리문을 잠가버리셔서 4학년 때부터 학교를 못 다니게 되었다"(148면)는 문장은 좀 공포스럽기도 했어요. 거의 1940~50년대생인 다른 '할매들' 사정도 다르지 않아요. 남편 보필하고 자식 키우는 게 여자 할 도리라고 해서, 또 계집애 가르치면 건방져서 못 쓴다는 이유로 학교의 문턱을 넘지 못했죠. 그래서 간판도 못 읽고, 군대 간 아들이 보낸 편지도 못 읽고 살다가 주변 권유로 뒤늦게 한글 배우기에 도전한 이야기입니다.

"글을 배우고 나니 눈앞이 환해지는 것 같다"(정진희)면서 이젠 며느리한테 문자 보낼 수 있다, 밭에다 작물 이름도 써넣을 수 있다며 기뻐하시죠. 오가며 교육원 간판만 보다가 스스로 용기를 냈다는 정철임님은 말합니다. "덕분에 '삶'에 리을이랑 미음이 들어간다는 것도 알았다. 공부란 자신을 위해서 하는 것이고, 중요한 건 하나씩 알아간다는 것이다."

또 "내 말을 내가 제대로 쓰고 싶어서 계속 배우러 다니

2부 상처와 죽음

려 한다"(선우월광) "아무리 어려운 일도 조금씩 조금씩 계속 반복하면 차곡차곡 쌓인다"(주미자) 등등 왜 공부하는가, 어떻게 배우는가를 돌아보고 성찰하게 하는 인생의 금언이 갈피마다 숨어 있습니다. 『요리는 감이여』는 요리책이고 생애사이자 명상록이었습니다.

요리법은 또 어떻게요. 할매들은 통배추겉절이, 닭볶음탕, 손만두, 도넛 만드는 법을 소개하면서도 그 끝은 못 말리게도 온통 영감, 손주, 자식 이야기로 흐릅니다. 남의 입에 밥 넣어주느라 비록 당신은 '가나다라'를 배우지도 못했지만, 원망을 넘어서는 긍지가 우러났죠. 할매들은 하루하루 남의 밥을 책임지는 우주 최고로 대단한 일을 해내면서 당신 삶도 건강하게 지켜낸 것입니다. 돌이켜보니 저도 아이를 키우면서 자기 밥은 스스로 챙겨 먹는 사람이 되었는데요, 남을 먹이는 사람이 자기도 살리는 이치겠지요.

최 선생님. 저는 S에게 조심스레 물었습니다. 엄마가 인터뷰하면서 울었다고 했는데 어떻게 울었느냐고요. 그러니까 눈물을 또르르 흘렸는지, 통곡하듯 엉엉 소리냈는지 궁금했습니다. S는 엉엉이라고 했습니다. "이 이야기만 하면" 왕창 터져나오는 그 눈물로 빚어낸 인생의 깨달음을 저희는 거저 받아먹었네요. 정말 고맙습니다. 선생님은 모르는 게 창피한 게 아니라 배우려 하지 않는 것이, 남을 먹일 음식 하나 할 줄 모르는 게 부끄러운 삶이라는 것을 가르쳐주셨습니다.

페인트 눈물

존 버거
『제7의 인간』,
차미례 옮김, 눈빛 2004

우리집 고양이 무지는 아침마다 1.5미터 높이의 발코니 창틀로 뛰어오릅니다. 아파트 18층 꼭대기는 세상을 관찰하기 좋은 전망대. 저만치 자리잡은 고양이의 의젓한 뒤통수를 저는 책상에서 감상하곤 하죠. 하루는 무지가 이상한 울음소리를 냈습니다. 옆 동 옥상에서 먹잇감인 새를 봤을 때 내는 야생의 소리랑은 또 달랐죠. 무슨 일인가 내다봤더니 건너편 꼭대기에 사람이 매달려 있었습니다. 24년 되어 색이 바랜 아파트의 페인트칠이 시작된 거였어요.

작업자는 밧줄에 매달려 스프레이 페인트를 빠른 손놀

림으로 뿌려댔어요. 공중작업의자의 방석만 한 깔개에 엉덩이를 댄 그는 앉아 있는 게 아니라 떠 있었습니다. 위태롭게 간당간당 흔들리는 사람을 보자 저는 그만 현기증이 났죠. 지상에서는 건물 벽에 붙은 사람이 검은 덩어리나 점으로 보이는데 같은 층 높이에선 인체 형상이 온전히 드러났고, 보기만 해도 너무 무서워서 커튼을 닫았습니다. 발코니의 무지는 꼼짝 않고는 간간이 요상한 소리를 냈죠. 마치 제게 묻는 듯했습니다.

"날개도 없는 닝겐(인간)이 왜 저렇게 높이 매달려 있는 거야?"

저는 인터넷 창을 열고 검색창에 '아파트 외벽 작업'을 넣어봤습니다. 청주시 J씨(62), B씨(35), 의정부시 A씨(78), 수원시 J씨(47), 서울시 김모씨(55), 광주시에 사는 한 50대 남성, 춘천시 인부 B씨, 수원의 러시아인 A씨(25)… 모두가 아파트에서 페인트칠을 하다가 떨어져 사망한 익명의 존재들입니다. 설마설마했는데 '전신 골절'이란 단어가 들어간 관련 기사가 지역신문 단신으로 계속 펼쳐졌습니다.

몇년 전 양산시에서 일어난 사건 기사는 읽은 기억이 났습니다. 도색 작업을 위해 옥상에 설치된 밧줄을 한 아파트 주민이 커터칼로 절단해버리는 바람에 도색노동자가 그대로 떨어져 숨진 기함할 이야기. 고인은 오전 8시쯤 음악을 틀고 일하던 중이었는데 수면에 방해된다며 음악을 끄라고 항의하는 주민에게 변을 당했습니다. 고인은 칠순 노모, 아내, 그리고 열일곱살부터 세살까지의 5남매 등 일곱 식구의 가장이었다고 합니다.

우리 아파트에서 작업하는 분에게는 어떤 사연이 있을까요. 고층 건물 외벽으로 출근하는 심정과 그런 그를 바라보는 불안을 헤아려봅니다. 살다보니 떠밀려간 자리가, 비유가 아니라 실제로 아파트 난간 같은 '벼랑 끝'일 순 있을 것입니다. 그런데 생과 사의 완충지대가 10센티미터도 확보되지 않는 일자리는 있어서는 안 되는 거 아닌가… 살기 위해 일하는 사람이 일하다가 죽도록 내버려두는 이 부조리한 구조는 너무 노골적이라 오히려 가려져 있었습니다.

며칠 후 우리 아파트는 화사한 봄옷으로 갈아입었습니

다. 다행히 사고는 없었으나 도색 기간 동안 무지는 매일 외부의 낯선 소리와 냄새와 움직임에 반응하며 '저기를 보라' 명령했습니다. 저는 고양이를 따라 응시했지요. 한 사람이 외벽 작업을 하는 반나절만이라도 땅 위에다 넓고 두툼한 매트리스 같은 안전장치를 깔아놓으면 제발 좋겠습니다. 주민들이 그를 운수 나쁘면 죽을 수도 있는 도구적 인간이 아니라 어떤 경우라도 살아야 하는 존엄한 사람으로, 동료 시민으로 보도록 말입니다. 그러면 적어도 벽에 붙은 벌레 털어내듯 사람을 떨궈내는 일은 막을 수 있지 않을까요.

이런 내 안전 구상을 이웃 아주머니에게 말했더니 실현 가능성이 없다며 흘려버립니다. 도색노동자의 사망 사고가 줄지 않는 걸로 봐서 도장 업체 대표나 노동자의 안전을 담당하는 관료들은 무신경한 것 같습니다. 아들 용균이의 죽음으로 인간 세상이 365일 팽팽 돌아갈 수 있는 비밀을 알아버린 김미숙씨는 이렇게 한탄했죠. "우리나라는 안전장치를 하는 것보다 목숨값이 쌉니다."

고양이에게 면목 없는 인간 세상입니다. 오늘도 누군가

는 날개도 없이 허공에 매달려 일하겠지요. 그들은 존 버거^{John Berger}가 이주노동자를 빗댄 표현을 빌리자면 불사의 존재, "끊임없이 대체 가능하므로 죽음이란 없는 존재들"(65면)입니다. 죽어도 죽지 않는 이들이 흘린 '페인트 눈물'로 우린 깨끗한 아파트, 쾌적한 도시에 삽니다. 노동자의 죽음과 인간 불평등을 자연적인 것으로 받아들이고 새가 있을 자리에 사람이 있어도 어쩔 수 없다고 여기면서.

'페인트 눈물'은 30년 경력의 도장노동자의 "작업 다음 날, 아침에 일어나면 눈에서 페인트 눈물이 나온다"는 말에서 빌려 왔다.

'응'이라고 말하고 싶어

"무지에게 '응'이라고 말해주고 싶어. 무지는 다 옳으니까."

교복을 입은 수레가 식탁에 앉아 계란프라이를 젓가락으로 들어올리며 잠이 덜 깬 목소리로 중얼거린다. 나는 보리차를 따르다 말고 멈칫했다. 식탁에 시인이 앉아 있나. 고개를 돌려 보니 딸아이가 맞고, 시계를 보니 오전 7시다. 이불에서 10분 전에 빠져나온 아이의 말이 시적이다. 무조건 무지가 옳다고 주장하는 게 아니라 '응'이라는 방석을 우선 내어주는 말. 지극한 존중이 묻어난다. '응'이라는 말이 이렇게 순정하고 온전했던가. 내가 고백을 들은 양 울컥한다.

나는 며칠 후 아껴둔 질문을 아이에게 꺼내놓았다.

"수레야, 왜 무지에게 '응'이라고 말해주고 싶었어?"

"무지가 좋으니까."

"근데 무지는 왜 다 옳아?"

"무지는 거짓말을 못하잖아."

무지에 대한 수레의 애정 세례는 새삼스럽지 않다. 핸드폰 대리점에서 돌보던 길냥이가 낳은 새끼 4남매 중 혼자만 입양이 되지 않고 남아 있던 아기 고양이를 손수 데려온 4년 전부터 시작됐다. 흰색, 갈색, 검은색이 조화롭게 자리 잡은 '삼색이' 무지를 보며 수레는 연신 감탄한다. "무지는 무늬가 너무 예뻐!" 무지도 수레 곁을 충신처럼 지킨다. 수레가 학교에서 돌아오면 슬며시 아이의 방으로 거처를 옮긴다. 수레가 공중에서 휘젓는 낚싯대를 따라 신나게 한판 놀다가, 숙제를 하는 수레 옆에서 잠이 들곤 한다. "무지는 나의 베스트 프렌드"라고 으쓱하며 말하던 수레는, 열네살 땐 '커서 무지랑 결혼하겠다'는 선언으로 날 놀래켰다. 그런 세속적 애정 표현과 달리 이번에는 보다 높은 차원의 사랑으로 나아갔다. 졸음의 바닥에서 주워 올린 말. 선적이고 시적인 말. 그러고 보니 시도 있다. 문정희 시인의 「응」

> 너와 내가 만든
> 아름다운 완성
>
> (…)
> 땅 위에
> 제일 평화롭고
> 뜨거운 대답
> "응"
>
> ─ 문정희 「응」 부분

그때 너 시인 같다는 말이 입 밖으로 나오려 했지만 이를 도로 삼켰다. 시인 같다는 건 시인이 아니라는 전제를 둔 말이니까. 시인과 시인 같은 사람의 경계를 아이에게 주입하고 싶지 않다. 인간과 고양이의 구분을 두지 않고 '결혼'하겠다는 아이니까. 시인이 시를 쓰는 게 아니라 시를 쓴 사람이 시인이다. 살면서 우리는 죄인지도 모르고 죄를 짓듯 시인지도 모르고 시도 짓는다. 잠결의 아이처럼.

수레는 고2가 되니까 문학을 배워서 좋다고 지나가듯 말했다. 어느 밤엔 내 옆에서 자려고 눕더니 묻는다.

"엄마, 정호승 시인의 「슬픔이 기쁨에게」라는 시 알아?"

"응. 알지. 우리 집에 시집도 있을걸. 근데 왜?"

"문학 시간에 배웠는데 그 시가 좋아… '귤값을 깎으면서 기뻐하던 너를 위하여 / 나는 슬픔의 평등한 얼굴을 보여주겠다.'"

수레는 제법 결연한 어투로 시구를 두행 읊더니만 이내 잠이 들었는지 잠잠하다. 아이를 키우면서 엄마는 그 나이를 두번 산다. 나도 열일곱 무렵부터 시가 꽤히 좋았다. 시집 표지가 나달나달해지도록 읽고 노트에 정성스레 베껴 쓰곤 했다. 슬픔, 기쁨, 사랑, 그리움 같은 단어가 만든 감정의 둘레에서 나는 마치 꽃그늘 아래 앉은 것처럼 더없이 안전하다 느꼈다. 아이는 왜 그 시의 그 부분이 좋았을까.

집 곳곳에 책이 있지만 수레는 거의 책을 읽지 않는다. 나도 굳이 아이에게 권하지 않는다. 한때는 책 읽으면 똑똑해진다는 신앙에 얽매이는 엄마였는데, 똑똑한 게 자기답게 사는 데 도움이 되는지 걸림돌이 되는지 언제부턴가 헷갈린다. 그리고 책이 아니더라도 사람은 자기만의 방식으로 세상과 교감하며 느낄 것은 느끼고 배울 것은 배운다는 걸 이젠 안다. 타인들의 삶을 관찰하고, 아이의 성장을 가까이 지켜보며 자연스레 터득했다.

수레에겐 고양이 무지가 책이다. 있는 그대로 존재를 대하는 법을 일러주는 지침서이자, 도도한 상대와 관계 맺는 법을 알려주는 탁월한 심리 에세이, 한번도 같은 장면이 나오지 않는 마술 같은 그림책. 매번 설렘으로 첫 장을 열게 하는 책.

편견과 불평등

섞여 살아야 배운다

김보라 감독
「벌새」,
2018

필라테스 강습 시간에 선생님이 지구만 한 고무공을 건네주며 말했다. "팔을 쫙 펴서 남편분 안듯이 꽈악 끌어안으세요." '네? 아니, 왜요? 그닥 그러고 싶지 않…' 운동기구에 누워 복부 근육에 힘을 주느라 입이 떨어지지 않았지만 순간 공을 놓칠 뻔했지. 나이 든 여성이라도 남편과 자식이 없기도 하잖아. 저 사랑 넘치는 이성애 가족 판타지를 대체할 표현이 없을까. 고양이? 나무? 베개 끌어안듯이? 아니, 그냥 두 팔을 최대치로 늘리라고만 해도 충분했을 거 같아.

소라도 잘 알겠지만, 우리가 무심코 쓰는 일상어에 차별과 배제가 배어 있다. 사람들은 청소년이면 곧 학생이고 고3이면 묻지도 따지지도 않고 '수험생'으로 간주해 "공부하느라 힘들겠다"는 말을 위로로 건네지. 탈학교 청소년, 비진학 학생, 특성화고생은 안중에 없다. 현대사회에서 성인은 결혼-출산이란 이성애 생애주기로 기본값이 설정돼 있고 말야. 실은 나부터도 그랬어. 여성에겐 남자친구 있느냐, 남성에겐 여자친구 있느냐 무람없이 묻곤 했으니까. 지금은 상대의 성정체성을 고려해 꼭 물어야 할 상황이라면 사랑하는 사람이 있는지 묻거나 대체로 호구조사를 삼간다.

이게 다 글쓰기 수업에서 소라와 같은 성소수자 학인들과 깊게 만나면서 이룬 변화야. 특히 소라가 쓴 글의 서두, "나는 서른살 레즈비언입니다. 이 말을 하는 데 30년이 걸렸다"는 첫 문장의 좋은 사례로 언급하곤 해. 연인이 동성이면 바깥에서 손을 잡거나 "자기야" 같은 친밀한 호칭으로 부를 때 눈치를 봐야 한다는 것. 배우자가 아플 때 수술동의서에 사인할 수 없고, 법적 가족이 아니라서 주택자금 대출제도를 이용하지 못한다는 것 등등. 소라가 과제로 쓴 레즈비언 서사는 내가 이성애자로 살면서 한번도 고민한 적 없는 사안들이었다. 우리 사회의 낙후된 인권감수성과 제도, 차별적인 언어와 표현 등 여러 문제의 심각성을 알게 됐지.

우리가 함께한 수업에는 자신을 양성애자로 정체화한 한 학인도 있었다. 글에 등장하는 부모의 몰이해와 탄압은 실로 안타까웠지. 네가 전에는 남자를 사귄 적이 있었으니까 지금 비록 여자를 만나더라도 곧 '정상으로' 돌아올 수 있으리라 믿는다고 딸에게 말했다는 사례가 특히나 그랬어. 물론 부모 입장에서는 태어나서 처음 만나는 성소수자가 자기 딸이라면 혼란과 충격이 크겠지. 성소수자 커플의 일상을 가까이서 본 적이 없으니까 두렵고, 두려움은 판단을 흐린다. 잘 모르면 얘기를 듣고 공부하며 알아가는 게 순리지만 이해는 멀고 분노는 가까워서 대개는 자기 불안을 혐오로 방어하는 것 같아.

소라도 아직 엄마에게 애인을 소개하지 못했다고 했지. 말하고 싶은데 엄두를 못 낸다고. 네가 엄마 문제로 한숨지을 때마다 나도 같이 속상했다. 어머니에게 내가 목격한 진

3부 편견과 불평등

실을 말씀드릴 수 있으면 좋을 텐데. 나는 소라를 비롯한 성소수자 학인들의 글에서 부모가 걱정하는 불행한 미래가 아니라 자기를 속이지 않는 건강함과 현실 돌파의 에너지를 본다. '나는 레즈비언이다' '나는 양성애자다'라는 말이 사회문화적 편견을 뚫고 지면의 활자로 나온 거잖아!

남들 앞에서 자기 서사를 낭독하기까지의 오랜 시간, 생각의 뒤척임, 단어 선택의 어려움, 자기 부정과 인정의 반복을 견뎌냈다. 나란 존재는 어떤 사람인가. 어떤 사랑을 하는가. 얼마나 썼다 지우고 또 써 내려갔을까. 자기를 알아가는 노력은 답도 없고 돈도 안 되고 힘에 부친다. 그러니까 사람들이 종교인이나 전문가에게 사는 법을 문의하겠지. 그런데 소라도 다른 학인도 글쓰기를 통해 자기 힘으로 그 어려운 작업을 해냈다. 어마어마한 능력이라고 생각해.

언젠가 어머니도 소라가 발휘한 힘과 용기, 자기 배려의 의지를 알아차리고는 자랑스러워하겠지. 영화 「벌새」 주인공 은희도 양성애자인데 이것은 자유로운 영혼을 가진 은희에게 매우 자연스러운 일이라고 김보라 감독이 인터뷰에서 말하더라. 모두에게 다양한 성정체성이 자연스레 받아들여지는 날이 머지않아 오겠지. 아직 차별금지법 제정은 요원하고, 곳곳에서 지독하게들 혐오를 조장하지만 더 많은 이들이 꿋꿋하게 사랑을 살아내고 있으니까.

시대는 변하고 있다. 글쓰기 수업 10년을 지나면서 체감한다. 자기소개 시간부터 자신의 성정체성을 서슴없이 밝히는 학인들이 늘고 있지. 예전엔 수업이 끝나면 여자 학인의 '남친'이 밖에서 기다리고 있곤 했는데 최근엔 한 청년이 동성 애인을 내게 소개시켜주었어. 아주 자신만만하게 이런 포부를 전하는 학인도 있었다. "쌤, 저는 돈 많이 모을 거예요. 최초로 커밍아웃한 교사가 될 거예요. 잘릴 때를 대비해서 먹고는 살아야죠."

섞여 살면서 배운다. 사랑도, 용기도, 글쓰기도.

연애의 참고자료

장애여성공감
『어쩌면 이상한 몸』,
오월의봄 2018

가수 에일리의 「첫눈처럼 너에게 가겠다」라는 노래를 들었습니다. "너를 지켜보고 설레고 우습게 질투도 했던 평범한 모든 순간들"이란 가사가 유독 귀에 감겼죠. 어떤 연애가 평범한 걸까요. 한 친구는 수차례 파국을 맞으며 지독한 연애를 했죠. 평소 애인과의 사이가 좋을 때는 소식이 없다가 관계가 틀어지면 제게 즉각 연락이 왔어요. 친구의 입에서는 실망, 상처, 불화의 말들이 눈송이가 아니라 흙먼지처럼 날렸고, 나는 같이 분통을 터뜨리며 말했죠. "당장 헤어져."

당신이 보낸 편지에도 이성애 연애 서사가 담겨 있었습

니다. 첫줄부터 충격적이었어요. "때리거나 욕한 적은 없어서" 임신중단수술을 몇차례 하면서도 수년을 그와 만났다고요. 다행히 지금은 "죽음 앞에서 도망치듯" 헤어졌다고 했습니다. 아, 얼마나 무섭고 외로웠나요. 아마 당신이 친구였다면 저는 또 제발 제발 그만 만나라고 당신을 뜯어말렸겠지요.

혹독한 연애사는 글쓰기 수업에서 드물지 않게 나오는 글감입니다. 데이트폭력이라는 단어가 없던 시대에도 연인 관계에서 정서 착취와 폭력은 있었지요. 욕설, 물리적 가해, 무리한 성관계 요구, 일방적인 연락 두절 등 평범하지 않은 일들이 평범하게 일어나고 있었습니다. 당신도 편지에 썼죠. 미투운동을 보면서 나처럼 피해받고 힘든 사람들이 이렇게나 많다는 사실을 알았다고요. 나만 당하는 일인 줄 알았는데, 나도 당한 일이었음을 알게 되는 것! 주변에서 보고 듣는 게 이렇게나 중요합니다. 자기 경험에 대한 해석을 바꾸어놓으니까요.

우리에겐 인생의 참고자료가 필요합니다. 그래서 요즘

전 어설픈 연애 상담 대신 이 책을 내밉니다. 『어쩌면 이상한 몸』이라고 '장애여성의 노동, 관계, 고통, 쾌락에 대하여' 쓴 책입니다. 여러명의 저자가 쓴 공저인데요, 장애여성이 불굴의 의지로 정상성에 도달한 장애 극복 서사가 아니라, 몸으로 부딪치면서 사회와 제도를 바꾸며 살아온 고분고분하지 않고 위험한 사람들 이야기가 담겼어요.

이름처럼 강렬한 레드를 소개하고 싶어요. 레드는 열살 때 뇌병변장애 1급 판정을 받고 휠체어를 타죠. 9년간 아무 일도 일어나지 않는 일상을 살다가 열아홉에 직업재활원에 가고 스물일곱에 미대에 입학해요. "내가 저지르지 않으면 아무것도, 아무에게도 기대할 수 없다는 것"(66면)을 몸으로 하나씩 체득합니다. 레드는 우연히 장애인을 돕는 TV프로그램에 출연하고 수술과 재활로 상태가 나아져요. 제2의 인생을 살게 된 ○○○씨에게 따뜻한 격려의 박수를 부탁드린다는 말로 그 프로그램은 끝이 나죠. 그런데 필자는 이렇게 말합니다.

"레드는 사실 인생을 잃어버린 적이 없다."(69면) 레드가 앉아서 밥을 먹게 되어 '사람답다'고 했지만 '사람답지 못했던' 시절에도 밥을 먹고 대학에 다니고 아르바이트를 하고 누군가와 섹스를 했다고요. 레드는 자신의 성적 욕망과 경험을 주저 없이 털어놓습니다. "많은 여성들이 그러하듯 레드에게도 성에 관한 첫 기억은 성추행이다"(70면) 라는 말로 한 장애여성의 섹슈얼리티 서사가 전개돼요.

레드의 용기는 글쓰기 수업에서도 영감의 촉매 역할을 합니다. 장애 유무와 무관하게, 책에 언급되는 말대로 "성적 주체가 되지 못하고 몸과 외모의 조건 때문에 자신이 원하는 것을 탐색할 기회를 박탈당한"(78면) 이들의 말문을 자연스럽게 틔워주죠. 여러 이야기가 터져나오고 포개지고 뒤섞이는 걸 보면서 생각했어요. 한 사람이 독립적인 인격체로서 주체적인 연애를 하기 위해선 평소에 자신의 성적 욕망에 대해 깊이 생각하고, 대화하고, 그것을 실행하고, 그 실행에 실패할 기회가 필요하다고요. 레드 말대로 삶에 대한 자신감이 없는데 섹스에 대한 자신감을 가질 수는 없을 테니까요.

　　　　　　　　　　3부 편견과 불평등

이 책의 다른 이야기도 값집니다. 장애여성이 들려주는 양육, 노동, 통증, 나이듦, 활동보조의 경험들은 제가 비장애 인으로 살면서 거의 비장애인 서사만 접하며 쌓아온 기존 의 생각을 흔들어놓았습니다. 특히 이런 대목요. "사람이 태어나서 생을 마감할 때까지 아무런 장애나 아픔을 경험하지 않는 것은 불가능하다. 그럼에도 어떻게 '장애가 없고, 아프지 않은 상태'가 '정상'이 될 수 있을까."(41면)

그러게요. 저도 모르게 아픔 없는 연애를, 아픔 없는 몸을 정상으로 두었더라고요. 아픔 없는 연애는 불가능하겠지요. 그렇다면 이번 아픔을 시행착오 삼아서 다음번엔 덜 아플 궁리를 할밖에요. 당신이 편지 끝에 써놓은 결심도 그런 작업 같아요. 미투운동으로 세상이 떠들썩할 때 고통스러워서 인터넷 뉴스 창을 열지도 못하다가 이제는 '내가 언론 속의 피해자'라는 사실을 알게 됐으니, 모든 경험과 기억을 잘 써보겠다고 했습니다.

당신의 글을 첫눈처럼 기다리겠습니다. 사랑하는 몸들의 다채로운 이야기가 기록될 때 더 많은 몸들이 해방될 것입니다. '어쩌면 이상한 몸'들과 연결된 당신의 서사가 우리로 하여금 솜사탕 같은 유행가가 담지 못하는 사랑의 환부를 직시하게 해주리라 기대합니다.

모호하다는 것의 확실함

박이은실
『양성애』,
여이연 2017

　네가 한국을 떠난 지 벌써 10년이 넘었네. K야, 어떻게 지내니. 세미나 한다고 두툼한 철학서 붙들고 씨름하던 시절이 가끔 생각나. 공부를 하려면 절실한 내적 '동기'만이 아니라 같이 헤매주는 '동지'도 꼭 필요하다는 사실을 알려준 고마운 네가 어느 날 유학을 간다고 깜짝 발표를 했지. 더 놀라운 건 떠나는 이유였어. 늦기 전에 여성을 사랑할 수 있는 가능성을 시도해보고 싶다고 했어. 한국은 사랑에 제약이 너무 많다고.

　와, 선구자다! 난 충격과 감탄으로 입이 딱 벌어졌음에도 반쯤은 농담처럼, 그저 사랑 찾아서 국경을 넘는 용기의 서사로 낭만화했던 거 같아. 이성 애인이 있었는데 동성과의 사랑이 중요해서, 서른둘의 나이에 직장을 관두고 가족과 친구를 떠나 삶의 거처를 옮기는 일이 무엇을 의미하는지 그땐 잘 알지 못했다.

그렇지만 K의 말은 '결혼 싫어' '연애할래' 같은 익숙한 어법과 다르긴 했어. 자신을 짓누르는 현실을 부정하는 감정의 언어가 아니라 내 안에서 일어나는 욕망을 표현하는 감각의 언어였고, 느낀 대로 살려는 사람만 쓸 수 있는 결단의 언어였다.

『양성애』라는 책이 있어. 저자 박이은실은 서문에서 '12년 만에 만난 친구' 이야기를 들려준다. 과거에 여자 애인을 사귀던 친구가 지금은 결혼해 딸을 낳아 키우고 있는데 그때나 지금이나 자신을 '바이'라고 말했대. 저자는 오랜만에 만난 친구의 삶을 이해할 수 있었는데, 바로『양성애』에 나오는 구술자들과 인터뷰를 한 덕분인 거지. 그러면서 이 책이 독자들에게도 '한꺼풀의 편견을 벗고 한층의 이해를 더해

3부 편견과 불평등

서' 관계 맺는 일에 도움이 되길 바란다고 당부해.

참 좋더라. 사람을, 친구를 이해하게 돕는 책이라니.

특히 글쓰기 수업에서 다양한 배경의 사람을 만나는 나는 큰 도움을 받았어. 한번은 자신을 레즈비언으로 정체화한 글을 썼던 학인이 한참 후에 남자친구에 대한 고민을 써왔을 때, 좀 당황했거든. 양성애 가능성에 대해 상상하지 못했기 때문이지. 이 책은 스스로를 양성애자로 정체화한 22세부터 53세까지의 여성의 목소리가 담겨 있다.

그들은 말한다. "여자 애인이 있을 때도 스스로를 레즈비언이라고 정체화하는 데 모자라는 부분이 있었던 거 같은데 오히려 내가 바이섹슈얼이라고 생각했을 때 훨씬 편안해지는 느낌이 있었어요." "회색 자체인 거 같아요, 정말. 내가 남자를 사귀어도 나는 이성애자는 아니고 내가 여자를 사귀어도 나는 레즈비언은 아니다라는 생각." "나는 남자도 아니고 여자도 아니에요. 그렇게 불리는 게 너무 싫고, 하지만 나는 자기를 남자라고 부르는 사람, 여자라고 부르는 사람과 그렇게 다를 바는 없어요."

책을 따라가기가 쉽지는 않았어. 확실히 이렇다가 아니라 계속 확실하지 않다고 말하니까. 이도 저도 아닌 상태는 성적 방종으로 쉽게 치부되고, 양성애에 대해 현실적인 이야기를 해주는 매체도 없다보니, 구술자들도 처음엔 정체성 혼란과 자기 부정의 시기를 겪는대. 그러다가 '이 모순된 것을 모두 자신의 자아상으로 받아들이게 되었다'는 흐름으로 전개된다. 모호하다는 것 자체만 오직 확실한 이들의 섹슈얼리티에 대해 저자는 이론으로 논증하지. 한줄로 요약하면 양성애의 핵심은 파악할 수 없음과 유동성 그 자체에 있다는 것이다.

K야! 어쩌면 내가 이 책에서 깨달은 건 양성애보다 이성애 같아. 우리 사회가, 내가 얼마나 이성애 가족 중심적인 가치관과 일상에 젖은 시공간을 살아가는지, 그리고 '모호성 혐오'에 무감각한지도 알았네. 한국은 이분법적인 사회이고 개인의 몸, 개인의 범위, 영역을 굉장히 침범하는 문화라서 힘들었다는 구술자의 고백에서, 네가 굳이 한국을 떠난 이유를 뒤늦게 제대로 이해한 기분이었어.

3부 편견과 불평등

낭만을 즐기기 위해라기보다 고통을 줄이기 위해서였겠구나. 구술자의 말처럼 그냥 내가 나를 포장하지 않고 있는 그대로 내놓았을 때 그 자체로 보호받고 싶었던 거였다. 남들처럼 살라고 강요하는 사회에서 나대로 살기 위한 결단이었으리라 생각해. 그런 점에서 양성애는 경계가 갖는 폭력성을 폭로하는 방식으로서의 섹슈얼리티라는 저자의 해석에 크게 수긍했다. 이분법의 분류 체계, 너는 어느 쪽이냐를 강요하는 폭력성.

더디지만 한국사회 분위기도 변하고 있어. 얼마 전 친구들과 술을 마셨는데 각각 레즈비언, 양성애자, 오래 짝사랑한 여자친구가 있는 기혼여성이었다. 나만 여자 사랑해본 적 없는 여자였지. 그래서 나는 여성에게도 매력을 느끼는 편인데도 성애적 감정은 안 생긴다고 했더니 친구들이 나 같은 사람을 '뼈테로'(뼛속까지 헤테로)라고 한대. 한참을 웃었네. 그날 대화하면서 알았어. 내가 동성애 경험만 없는 게 아니라 성정체성 자체를 치열하게 고민한 적 없음을.

이 책도 '가부장제와 강제적 이성애화/단성애화'를 비중 있게 다루는데, 나는 어떻게 나를 이성애자라고 믿게 되었는가라는 질문을 안고 다시 한번 읽어보려 해. 훗날 K를 만났을 때 '고민의 레벨'을 맞춘 상태에서 깊은 사랑의 대화를 나누고 싶거든.

이만하면 좋은 부모

김지은 외
『사랑해서 때린다는 말』,
세이브더칠드런 기획, 오월의봄 2018

"엄마 아빠가 대화하자고 좀 안 했으면 좋겠어요. 편하게 말하라고 하시는데 별로 할 말도 없고 앉아 있는 게 힘들어요." 글쓰기 수업에서 스무살 학인이 하는 말을 듣고는 혼란스러웠습니다. '아니, 대화는 관계의 윤활유인데…' 알고 보니 그의 부모가 운동권 출신이랍니다. 어릴 때부터 지속된 소통형 참교육에 피로감이 든다는 겁니다.

일견 이해가 가기도 했습니다. 자식 입장에서 부모는 돈, 힘, 지식을 다 가진 강자죠. 자식의 생사여탈권, 적어도 용돈권을 쥐고 있어요. 그런 비대칭적 관계에서 약자는 자신의 발언의 수위를 검열하게 되고 잠자코 들어야 하는 정서노동을 피하기 어렵습니다. 표면적으로는 대화지만 일방향으로 흐르는 말, 배운 부모의 좋은 부모 코스프레가 되기 쉬운 거죠.

실은 '이만하면 좋은 부모'의 함정에 저 역시 빠져 있었습니다. 아이들이 청소년이 되자 서로 바빠서 대화는커녕 대면 기회 자체가 줄었죠. 그 또한 나쁘지 않았어요. 아이와 밀착하지 않으니 집착도 덜어졌죠. 내가 육아서에 나오는 모범 엄마는 아니지만 그렇다고 자식을 통제하는 극성 엄마도 아니라는 은근한 자부심마저 들었죠. 한번은 명랑한 목소리로 물었어요. "엄마 정도면 괜찮지? 잔소리도 잘 안 하고?" 그랬더니 아이가 심드렁하게 그래요. "엄마도 짬짬이 잔소리 많이 해요."

자기객관화는 실패의 자리에서 가능한가 봅니다. CCTV처럼 나를 가장 가까이 지켜보는 타인, 자식이 참스승이구나 깨달았죠. 그 후로 아이에게 말할 때마다 조심스러웠어요. 이것은 대화인가 훈계인가, 무관심인가 무리수인가. 경계는 늘 알쏭달쏭했습니다. 매번 질문하고 검토하는 수밖에요. 그런데 애써보다가도 기분이 엉망인 날은 슬그머니 짜증이 일었습니다. '내가 자식한테도 눈치보고 쩔쩔매야 돼?'라며, 지금 생각하면 부끄러운 내적 외침을 삼키곤 했네요.

원래 인간관계는 공손이 기본이죠. 그런데 부모라는 이유로 자식한테는 막 해도 된다고 여기는 지극히 폭력적인 양육 관습을 저도 모르게 체화하고 있었습니다. 결정적으로, 인문학으로 본 체벌 이야기인 『사랑해서 때린다는 말』을 읽고 크게 반성했죠. 자식에게 매를 드는 물리적 체벌만 폭력이 아니라, 빈정거림이나 비하 발언도 언어폭력, 방문을 쾅 닫거나 설거지를 할 때 탕탕거리며 불안감을 조성하는 건 정서폭력, '나중에 두고 보자'는 말은 예고폭력이라고 합니다. 한줄 한줄 읽을 때마다 뜨끔한 구석이 있었죠. 책장을 덮고 나자 나 정도면 괜찮은 부모라는 환상에서 벗어났습니다.

일전에 정부가 부모(친권자)의 자녀 체벌을 제재하는 방향으로 민법 개정을 검토한다는 기사가 났을 때 댓글 여론은 험했죠. 보기에도 아까운 자식이지만 사람 만들려면 체벌은 필요하다거나, 교사의 손발을 묶더니 부모의 손도 묶는다고 개탄하는 의견, 내 아이니까 꿀밤 정도는 된다는 주장이 있었죠. 꿀밤은 애정 표현이고 체벌은 폭력이 아니라 불가피한 부모 노릇이라는 믿음이 팽배했습니다.

그런데 '사랑의 매'라는 말은 이중으로 문제적입니다. 상대에 대한 존중이 없다는 점, 폭력을 정당화한다는 점에서요. 우리는 최초의 폭력을 대개 가정에서 경험하죠. 그간 글쓰기 수업에서 만난 어른들은 집과 학교에서 당한 무지막지한 폭력의 기억을 수십 년이 지났어도 그대로 복기하곤 했습니다. 맞고 자라서 사람 됐다는 증언은 어디에도 없었습니다. '사랑의 매'는 때리는 사람의 언어이지 맞는 사람의 언어는 아닌 것입니다.

'미성년'을 신뢰하지 않으면서 좋은 어른, 좋은 양육자가 되긴 어려운 것 같습니다. 자식에 대한 성실한 이해는 귀찮고 빠른 복종을 받아내길 원하는 이들이 '사랑의 매'라는 죽

3부 편견과 불평등

은 문자를 신봉하는 게 아닐까요. 아이들은 대화와 훈계의 차이를 특유의 예민함으로 걸러내고 체벌과 훈육의 차이도 간단히 간파합니다. 가족이든 학교든 회사든 그 조직의 가장 약한 사람은 많은 진실을 알고 있습니다. 아무도 묻지 않으니 말을 안 할 뿐.

마음과 감정의 민주주의

리베카 솔닛
『이것은 이름들의 전쟁이다』,
김명남 옮김, 창비 2018

J 같은 청년 남성 독자에게 '손편지'를 받은 건 처음이었어요. 편지지 두장을 빼곡하게 채운 분량에 또 놀랐고요. '지하철에서 작가님의 책을 보다가 눈물을 터뜨렸다'는 고백에서 한번 더 놀랐습니다. 그대가 보고 울어버린 책 속의 문장은 "한부모 가정 아이는 불행하기보다 예민하다"(『싸울 때마다 투명해진다』)였다고요. J는 이혼가정에서 자라온 자신의 마음을 정확히 표현해주는 문장을 살면서 처음 만난 감격을 이야기했습니다.

맞아요. 자기 마음을 알아주는 문장을 만나면 서럽죠. 혼자서 끙끙 속앓이하던 서러움의 응어리가 건드려지면 눈물이 터지고요. J가 어릴 때 부모님이 크게 다퉜고, 따로 살다가 남이 됐고, 그 후 가족 서사를 말해야 할 때면 말투가 어색해졌다고 했습니다. 하지만 부모가 이혼하니까 용돈을 양쪽에서 받아 전보다 두배가 되는 등 좋은 점도 있었고, 그건 사실인데도 그렇게 말하고 나면 영 찜찜했다며 이렇게 썼습니다. "불쌍하지 않고 불행하지 않다고 해서 아예 아무렇지 않은 건 아니었던 것 같아요."

아무렇지 않은 건 아니었다는 구절을 한참 쳐다보았습니다. 저는 설명되지 않는 것들에 늘 관심이 갑니다. 엉켜 있고 덩어리진 인간 감정의 복잡함을 최대한 명료하게 표현하려는 노력이 작가의 임무일 테니까요. 삶을 짓누르는 바윗덩이 같은 압박감만이 아니라 신발 속에 든 쌀알 같은 거슬림도 사람을 지치게 합니다. 사소해 보이지만 사소하지 않다는 것을 표현할 수 있을 때 우리는 그 감정에서 풀려날 수도 있겠지요.

J의 고민은 낯설지 않습니다. 비슷한 사연을 자주 접해요.

'어머니가 청소노동자예요' '제가 특성화고를 나왔어요' '아버지의 가정폭력이 심했어요' '군대에서 성폭행을 당했습니다' '자궁 수술을 해서 아이를 못 가져요' 등등. 자기 삶의 엄연한 일부이고 이미 일어난 일입니다만 자연스레 말이 되어 나오지 않아서 말하지 못하는 '그것'을 우린 저마다 안고 살아갑니다.

누대로 억압된 '말할 수 없는 것을 말하기'에 대해 영감과 용기를 준 책이 있습니다. 『이것은 이름들의 전쟁이다』입니다. 저자 리베카 솔닛은 국내에서 『남자들은 자꾸 나를 가르치려 든다』(창비 2015)로 유명하죠. 페미니스트로 알려졌습니다만 그는 일찍이 환경과 인권운동에 투신한 활동가이기도 해요. 『이것은 이름들의 전쟁이다』는 미투운동, 기후변화, 국가폭력 등 시대의 위기를 폭넓게 다루고 있는데요, 이들 주제를 관통하는 키워드는 '이야기'입니다.

"이야기를 바꾸는 일, 이름을 바꾸는 일, 새 이름이나 용어나 표현을 지어내고 퍼뜨리는 일은 세상을 바꾸려 할 때 핵심적인 작업이다. (…) 백인 아이들은 그냥 '어울려 노는' 것이지만 흑인 아이들은 '어슬렁거리고' '슬금슬금 돌아다니는' 것이 된다. 언어는 지우고, 왜곡하고, 잘못된 방향을 가리키고, 거짓 미끼를 던지거나 주의를 흩뜨릴 수 있다."(9~12면)

세상을 바꾸는 것이 이야기를 바꾸는 것이라니. 해볼 만하지 않나요. 우린 이야기를 공기처럼 마시며 삽니다. 그중엔 질 나쁜 공기처럼 몸에 해로운 이야기가 있지요. J가 성장기 내내 남성적이라고 일컬어지는 덕목들, 가령 자신감 있어라, 활동적이어야 한다, 같은 것들의 강요에 거부감이 있었지만 또 아빠가 없어서 남자답지 못하다는 말은 듣기 싫었기에 혼란스러웠다고 했던 것처럼요.

솔닛은 세상의 이야기를 바꾸기 위해서는 무엇보다 '말하는 사람'이 되라고 조언합니다. "여러분의 이야기는 세상을 둘러싼 그 물의 일부가 되어, 기존의 이야기들을 훼손하거나 강화할"(289면) 거라고요. 그러니까 부당함에 침묵하지 말자, 반박하고 저항하는 말들이 물처럼 넘치도록 하자는 뜻이겠죠.

요즘 J가 사로잡힌 고민에 대한 답변 같기도 합니다. J는 여자친구가 생기고 관계가 무르익어가면서 부모님의 이혼 이야기를 해야 할지, 한다면 어느 시점에 어떤 어조로 무슨 표정을 지으며 해야 할지 모르겠다고 걱정했죠. 음, 이번처럼 손편지를 써보거나 아님 눈을 보고 덤덤하게 말해보면 어떨까요. 말하는 사람이 되는 거죠. 얼마 전 어느 뮤지션의 공연을 갔는데, 그가 공연 중간에 멘트할 때 그랬죠. "저는 두분의 부모님 아래서 자랐습니다"라고요.

아무렇지 않아서 아무렇지 않게 말하는 건 아니겠지만, 어떤 일은 아무렇지 않게 말함으로써 아무렇지 않은 일이 되기도 하는 것 같아요. 무대에서 자기 아픔을 툭 터놓고 음악으로 승화시키는 그가 큰 사람으로 보였습니다. J도 상대를 믿고 말해보세요. 불행의 내용은 사라지고 불행을 말하는 사람의 당당함이 매력으로 보이지 않을까요. 우리 사회도 어서 "마음과 감정의 민주주의"(47면)가 도래하길 바랍니다. 모쪼록 청춘들이 이런 고민 없이 연애에 집중할 날이 오면 좋겠습니다.

잘 길든 연장

김진숙
『소금꽃 나무』,
후마니타스 2007

"저는 그동안 마치 연예인이나 정치인이 된 것처럼 타인을 의식하며 살았습니다. 너무 많은 사람들이 제 인생에 들어와 주인 행세를 하며 살았습니다. 불우하고 불행했던 어린 시절 엄마에게 착한 딸이 되기 위해 애썼고, 가난을 벗어나고부터는 착한 사람, 유능한 교사를 연기하며 자신을 억눌렀습니다."

마지막 수업 날, 선생님이 제게 건넨 편지는 이렇게 시작했습니다. 속사정을 말해주어 고맙습니다. 그랬던 것 같습니다. 남이 보는 나에 연연하는 삶은 글쓰기에서도 여지없

잘 길든 연장　　　　　　　　　　　　　　　　　　　**239**

이 드러나고 합니다. 글의 내용에 직업이나 가족관계 같은 구체적인 정보가 생략돼 있죠. 그건 글쓴이가 실수로 빠뜨린 게 아니라 일부러 넣지 않거나 쓰지 못한 경우가 대부분이었습니다.

수업시간에 선생님이 발표한 글에도 '그것'이 없었습니다. 제가 물었어요. 글 전체에 동료들 이야기가 나오는데 직업을 명시하지 않은 이유가 있느냐고요. 선생님은 망설이다가 "기간제 교사인데 밝히고 싶지 않았다"고 낮은 음성으로 말했습니다. "임용고시에 번번이 떨어진 게 내가 무능한 탓 같아서 창피하다"고 더 작은 목소리로 설명해주었고요.

저는 안타까운 마음에, 그런 생각을 왜 어떤 계기로 하게 됐는지 글로 찬찬히 써보면 좋겠다고 제안했습니다. 쓰는 과정에서 스스로 진실을 찾아내어 자기 이해에 이르길 바라면서요. 말해놓고도 어려운 숙제를 안겨주었을까 싶어 걱정했는데요, 다행히도 선생님이 거뜬히 받아주셨어요. "기간제 교사라는 사실이 흉터가 아니라 제 상태와 다짐을 드러내기 좋은 글감이 되었다"는 편지의 고백에 저는 안도

했습니다.

아마 처음에는 글이 생각대로 써지지 않을 거예요. 글쓰기는 경험을 재구성하고 재해석하는 작업이죠. 의지보다 기술의 영역이라서 생각을 연마할 연장이 필요하답니다. 내면의 낡은 생각(기간제 교사는 무능하다)을 부수고 새로운 사유(수업을 차질 없이 진행하는데도 기간제 교사는 왜 무능한 것 같고 정교사보다 낮은 보수를 받을까)를 만들어나가는 도구, 이걸 니체Friedrich W. Nietzsche는 '망치'라고 했고, 카프카Franz Kafka는 '도끼'라고 했습니다.

김진숙의 『소금꽃 나무』라는 책을 연장으로 추천드려요. 노동자가 쓴 노동자 이야긴데요, 특별판의 면지에는 이런 문장이 적혀 있어요. "누구에게든 삶이 있듯 내 삶은 그랬던 것뿐이다." 저는 이 암호 같은 문장을 길잡이 삼아 본문을 읽었죠. 자기가 선택하지 않은 삶의 조건인 가난과 불우와 부조리의 상황에서 싸워야 할 일과 싸워가며 살아온 사람의 이야기입니다.

저자가 처음부터 자기 삶을 있는 그대로 수용한 건 아닙니다. 그 역시 노동자인 자기 처지를 부정하는 시기가 있었죠. 그러다가 『전태일 평전』(아름다운전태일 2020)이라는 책을 연장 삼아 세상을 새롭게 보게 되고 다시는 스스로에게 부끄럽지 말자는 약속을 지키는 데 삶을 겁니다. 글 쓰는 노동운동가가 돼요. 전교조 교사를 대상으로 한 연설문 중에 인상적인 대목이 있습니다.

"육아휴직 중이던 선생님의 자리에서 아이들 곁에 머물렀던 기간제 선생님이 그 자리를 떠날 때 어떤 마음일까 헤아리는 일. 급식소에서 온종일 물에 질척거리며 무거운 자루를 옮기고 불가마에서 찜질하는 노동으로 만들어지는 점심에 아이들이 숭고함을 갖게 하는 일. 핏발 선 눈으로 아침에 학교를 나서는 경비 아저씨들의 외롭고 긴장되던 밤을 아이들이 기억하게 하는 일"(214면)을 교사들에게 당부합니다.

학교를 굴러가게 하는 노동자이지만 '보이지 않는 존재들'을 일일이 호명했죠. 사람을 사람으로 보게 하는 말들. 마치 선생님의 마음을 헤아린 듯 어루만지는 이 부분을 읽어주고 싶었어요. 과거엔 노동자를 생산직과 사무직으로 나누었다면 지금은 정규직과 비정규직을 갈라 서로 대립하게 만드는 사회가 되었다고 저자도 말하죠. 힘 있는 자들은 언제나 분리 정책을 썼습니다. 노동자를 쪼개고 위계를 세워서 노동자끼리 대립하게 만들죠. 단결하지 못하게 함으로써 노동 현실의 구조적인 불합리를 유지합니다.

이에 대한 자각이 싸움의 시작인 것 같습니다. 예나 지금이나 정규직이 하던 일을 하면서 절반도 안 되는 첫 월급을 받는 동료가 있음을 알고, 이 부당함에 눈 감지 않고 계속 떠들고 이야기하며, 또 타인의 노동으로 자신의 일상이 굴러가고 있음을 상식으로 인지하는 사람이 많아진다면 사회 분위기는 조금씩 느리게라도 변하리라 생각합니다.

젊은 교사 입장에서는 이 책에 나오는 열사니 투쟁이니 하는 단어가 생경할 것도 같아요. 하지만 『전태일 평전』부터 『소금꽃 나무』까지 동서고금을 막론하고 '좋은 연장'이 전하는 메시지는 명료해요. 일회용 컵 쓰고 버리듯 사람도 쓰고 버리는 비인간적 시스템에 맞서서 자기 존재를 부정하는 자책을 멈추고 목소리를 내라는 것입니다. "나도 인간이에요"라고.

능력이라는 환상

박권일 외
『능력주의와 불평등』,
교육공동체벗 2020

학교에 다녀온 날은 쉬이 잠들지 못합니다. 내내 무표정하다가 잠깐 눈빛이 반짝였던 얼굴이 떠올라서 벅차기도 하지만, 질문에 맞게 답하지 못한 것 같은 후회, 아이들 곤란은 모르고 뜬구름 잡는 얘기만 했나 싶은 자책까지 온갖 상념이 구름떼처럼 몰려오죠. 그래서 강연 소감을 담은 윤아 님의 편지가 반가웠어요. 내 목소리가 어딘가에 착지했구나, '수신 확인'을 한 것 같은 안도랄까요.

그날 온라인 강연에서 한 학생이 물었죠. "수많은 사회문제가 생기고 사라지는 가운데 가장 해결해야 할 문제는 무엇이라고 생각합니까?" 질문의 난이도가 높아서 저는 면접관 앞에 선 수험생처럼 얼어붙을 뻔했는데요. 순발력을 발휘해 마침 옆에 있던 책을 모니터에 내보였습니다. 『능력주의와 불평등』이 책 제목으로 답변을 대신한다며 개요를 설명했습니다. 책 내용을 듣고 윤아님이 불평등한 세상을 바꿔나가는 일에 관심이 생겼다고 하니, 책 이야기를 조금 더 해보고 싶습니다.

능력주의란 단어가 생소할지 몰라도 알고 보면 우리에겐 공기 같은 관념입니다. 더 많이 노력한 사람에게 더 많이 보상하는 원칙을 따르는 자본주의 사회의 분배 규범이죠. 가령 임용고시를 통과한 교사는 기간제 교사보다 높은 임금과 안정된 지위를 보장받죠. 반면에 기간제 교사는 학교에서 똑같이 수업을 하고도 낮은 임금을 받고 불안정한 고용 환경에 놓입니다. 이를 당연하게 여기는 건, 그것이 시험을 통과한 개인의 노력에 따른 정당한 대가라고 보기 때문이죠. 그런데 이러한 능력주의가 과연 공정한가? 우리 사회의 신앙과도 같은 믿음 체계에 대해 질문을 던지는 사람들이 있습니다. 이 책의 공동저자인 사회비평가, 노동운동가, 청소년인권활동가, 교사, 여성학자 등이 다른 의견을 내놓죠.

우선 능력은 개인의 것인가? 저는 교육열이 높은 지역에 20년을 살았어요. 그 동네 아이들은 이유식부터 유기농 재료로 만들어진 균형 잡힌 영양식을 먹어요. 잘 꾸며진 자기 방엔 성장기에 맞는 자극을 주는 책과 교재가 상비되어 있죠. 책상에 엉덩이를 붙이고 앉아 있는 훈련이 된 채 초등학생이 됩니다. 평일엔 질 높은 사교육을 병행하고 주말이면 박물관으로 견학을 가고 방학이면 해외로 연수를 다녀와서 어학 실력을 키우는 등 체계적인 일상 관리가 이루어집니다. 그렇게 학창 시절을 보낸 후 소위 '명문대'에 진학하는 것을 목도했습니다.

이 책에는 현수의 사례가 나와요. 현수는 영구임대아파트에서 여섯 식구가 함께 삽니다. 엄마는 장애가 있고 현수의 교육에 대해 학교와 의사소통이 불가능해요. 현수처럼 적절한 정보와 돌봄을 제공받지 못하는 환경에서 '배움이 느린 학생'으로 자라는 아이들이 사회 곳곳에 있습니다. 이렇게 다른 계급 다른 조건에서 성장한 아이들이 같은 시험지로 같은 날 시험을 치른다고 해서, 그걸 공정한 경쟁이라고 말할 수 있을까요.

한 사람의 '능력'이란 것은 타고난 재능이나 자질보다 가족으로부터 우수한 학업 기회가 꾸준하게 제공되느냐, 행운이 따르느냐 등 비능력적 요인에 의해 많은 것이 좌우됩니다. 그런 점에서 "'부모를 잘 만나지 못한 능력'이 현수의 능력에서 가장 큰 부분을 차지한다"(72면)고 말해도 무리가 없게 됩니다. 저자는 말해요. "능력은 환경적·사회적으로 구성되는 것이며 '온전히 개인에게 속한 능력'이란 환상이다."(21면)

또 하나 중요한 질문이 있습니다. 왜 능력을 꼭 학력과 성적으로만 측정하는가? 즉, 능력을 도대체 누가 평가하느냐의 문제입니다. 이와 관련해 떠오르는 일화가 있어요. 한번은 제 책을 읽은 고등학생이 이런 후기를 남겼어요. "글쓰기를 배우지 않아도 글을 잘 쓸 수 있다는 것을 알게 되었다. 은유 작가님은 글쓰기를 전문적으로 배우지 않았는데도 엄청난 흡입력을 가지며 독자로 하여금 많은 생각을 해보게 만들 수 있다는 사실이 대단하게 느껴졌다."

과분한 칭찬이지만 사실 오류가 있어요. 저는 글쓰기를 배웠거든요. 다만 대학을 다니지 않았고 등단 같은 평가 시스템을 거치지 않아서 '전문적'인 배움이 아닌 것으로 학생은 판단한 것 같아요. 하지만 저는 동서고금의 훌륭한 작가들의 책을 보면서 입학이 없어서 졸업도 없는 공부를 지속적으로 해왔습니다. 저 학생의 후기가 보여주듯 우리는 자신도 모르게 능력주의에 기반해 사고합니다. 그리고 능력주의를 작동시키는 강력한 기제는 바로 시험이고요.

윤아님도 우리나라가 시험공화국이라는 말에 동의할 거예요. 시험은 실력 측정의 도구를 넘어서 모두가 결과를 받아들이도록 만드는 순응의 장치가 되었고, 그래서 평가를 거치지 않은 능력은 무능력으로 보이게 합니다. 예를 들어 비정규직이 현장에서 쌓은 경험과 실력은, 단지 시험 절차를 거치지 않았다는 이유로 의심을 받잖아요. 노동자로서 기본적인 권리조차 주어지지 않는 구실이 됩니다. 일하다가 죽는 사람도 비정규직 비율이 높거든요. 말하는 동안에도 계속 속상하네요. 이 책을 덮을 때도 그랬어요. 공정함의 대명사 같은 능력주의가 실상은 차별과 불평등의 근거가 되는 이 부조리한 현실이 너무 완고하게 느껴졌습니다.

윤아님, 창밖은 싱그러운 햇살이 일렁이는데 묵직한 이야기만 한껏 쏟아냈네요. 하지만 무거운 현실에 압사당하지 않으려면 현실의 무게를 잘 측량한 책이 필요하다고 생각해요. 생존장비니까요. 이 고통에 무심한 세계의 지속에 눈뜬 윤아님의 질문이 갓 말을 배우는 아이처럼 이어지길 바라며, 책에서 외우고 싶은 문장 하나 덧댑니다.

"시험은 능력을 제대로 검증해주는 것이 아니고, 게다가 한번의 시험이 지속적인 차별을 정당화할 근거가 되지도 못한다."(174면) 우리가 의심 없이 행했던 일을 의심하는 순간 이미 해방의 바람은 불어오고 있을 것입니다.

노동자를
노동자로 대접하기

이용덕
『우리가 옳다!』,
숨쉬는책공장 2020

"90년대 초반 즈음 어느 노조에 강의를 갔다. 앞 시간 강사가 노무현이었다. 노조에서 활동 보고 자료집을 주었다. 우연히 회계 보고를 보게 됐는데 그날 강사료까지 미리 집행된 내역이 나와 있었다. 노무현 50만원, 김진숙 10만원. 평소 노조에서 강의를 요청하면 강사료를 묻지 않고 갔다. 그때 처음으로 강사료를 문의했다. 강의 내용이 차이가 났는가? 아니랬다. 그렇다면 변호사와 (해고)노동자라는 직업에 따른 차등 지급이 아닌가. 노조 간부에게 말했다. 노동자도 노동자를 대접하지 않는데 누가 대접하겠습니까? 그날 강사료는 받지 않았다."

　김진숙 지도위원님이 인터뷰 때 들려주신 일화입니다. 이 이야기를 듣고 나니 1987년 노동자대투쟁 이후에 김 지도님과 노무현 전 대통령이 부산에서 노동운동을 같이 했다는 사실이 새삼 상기되었고요, 마지막 말씀의 여운이 컸습니다. '노동자도 노동자를 대접하지 않는데 누가 대접하겠는가.' 곱씹을수록 서러운 말, 쓸쓸한 말. 그러나 그건 노동자로 살아왔고 노동자로 살아가는 사람만이 할 수 있는 긍지의 말이기도 했습니다.

　김 지도님은 지난 35년간 해고된 노동자들이 싸우는 현장에 늦지 않게 달려갔습니다. 삼화고무 노동자, 부산지하철 매표소 비정규직, 쌍용자동차 노동자, KTX 승무원, 영남대병원 노동자 등 투쟁하는 동지들과 함께했죠. 한진중공업에 400명 정리해고를 철회하라며 309일을 크레인에서 싸웠고요. 사측에서 쓰고 버린 '인력'을 노동자로 대접했습니다. 시키는 일만 하는 근로자가 아닌 권리의 주체인 노동자로요. 2018년도에 유방암이 발병하고 나서야 어쩔 수 없이 투쟁 방학에 들어가셨죠. 김 지도님의 회한에 찬 목소리가 생생합니다.

"내가 암 투병 하느라 톨게이트 노동자 싸움이랑 문중원 열사의 싸움을 같이 못한 게 마음에 걸려요."

아마 김 지도님이 아니었다면 저는 이 책을 펴보지 않았을지도 모르겠습니다.

『우리가 옳다!』는 '세상을 뒤흔든 톨게이트 노동자들의 7개월'을 기록한 르포입니다. 2019년 요금수납원 1500명이 집단 해고되었고, 이들이 이에 맞서 서울영업소 캐노피 고공 농성, 한국도로공사 김천 본사 점거 농성에 들어간 굉장한 싸움이었습니다. 저자인 이용덕 활동가는 서문에서 투쟁의 의미를 짚어줍니다.

"그동안 누구도 거들떠보지 않았으나 이 사회를 힘 있게 지탱했던 요금수납원의 존재는 여성, 비정규직, 장애인 노동자가 겪어야 하는 고통스러운 현실과 함께 세상에 알려졌다."(2면)

저도 이런 책을 읽기 전엔 그랬어요. 노동자로 살면서도

노동자를 노동자로 대접하기　　　　　　　　　　　**253**

다른 노동자를 보지 못했죠. 그 보이지 않는 노동자 중에 고속도로 요금수납원이 있었습니다. 이른 출근이 몸에 밴 그들은 농성장에서도 새벽 5시에 일어났대요. 투쟁도 꾀를 부릴 줄 모르죠. 한 여성 노동자는 투쟁에 나서며 말합니다. 누구의 아내로, 며느리로, 엄마로서 살았는데 이제는 나로 한번 살아봐야 하지 않겠냐고.

그리고 무슨 만능 무기처럼 사용되는 레퍼토리, 비정규직이면서 정규직을 날로 먹으려 한다는 세간의 비난에 맞서 김승화 조합원은 자신의 깨달음을 들려줍니다.

"매일 아침 정문 앞에서 선전전을 진행했습니다. 10월 중순 어느 날, 출근하는 한 정규직 직원이 조복자 조합원에게 귓속말로 '시험 보고 들어와'라고 얘기를 합니다. 조복자 조합원은 다시 그 정규직 직원에게 귓속말로 얘기합니다. '그럼 너희는 수납원 일 할 수 있어?' 저는 그 얘기를 전해 듣고 스스로 뉘우치게 되더군요. 노동은 평등하구나. 공부 잘하고 시험 잘 봐 정규직 되는 분들도 대단하지요. 하지만 남들이 하기 싫어하는 일들, 꺼리는 일들을 하는 것도 대단한 거

3부 편견과 불평등

란 걸 새삼 느끼게 되더군요. 세상의 잣대에 제 생각이 길들여진 것이죠. 노동자는 평등한 겁니다."(189면)

저도 모르게 고개를 끄덕였습니다. 시험 잘 보는 것도 대단하지만 남들이 꺼리는 일을 하는 것도 대단하다는 말이 와닿았거든요. 저 역시도 수납원쯤은 '아무나' 할 수 있는 일이라고 여겼던 것 같습니다. 그러니 노동자가 노동자를 대접하기 위해선 노동자의 일을 알아야 하고, 노동자의 일을 알기 위해서는 노동자의 말을 들어야 하는 것이었습니다.

김 지도님은 해고된 이후 숱한 매체와 인터뷰할 때마다 '해고는 남의 일이 아니라 내 일'이라고 하셨죠. 왜냐면 당신이 스물여섯살에 해고돼 눈앞이 캄캄했고 그 절망과 고통을 너무 잘 알기 때문에 다른 해고노동자를 외면하지 못하겠다고요. 그 '외면하지 않는 마음'이 투쟁의 체온을 유지해주는 것 같습니다. 톨게이트 노동자들도 말했어요. "혼자라면 결코 상상도 못했을 싸움을 당신이 있기에 합니다."(184면)

김진숙 지도님은 이제 자신을 위한 복직 싸움에 나섰습

니다. 혹한의 날씨에 희망뚜벅이의 여정을 나섰다는 소식을 들었습니다. '부산에서 청와대까지' 걸어가신다고요. 그 길은 한때 김 지도님 동지들이었던 분들이 먼저 지나간 행로입니다. 두분은 노동인권 변호사의 이름으로 활동하다가 대통령이 되어 부산에서 청와대까지 직행 열차를 타고 가셨습니다. 김 지도님은 최후의 해고자 신분으로 굽이굽이 걸어갑니다. 세 사람이 그 길을 가며 내건 구호도 일치합니다. '사람 사는 세상' '노동 존중 사회'를 만들자. 그런데 가는 풍경도 동행하는 이들의 계급도 다릅니다.

왠지 속상하고 걱정스러운 마음에 저는 희망뚜벅이 8일 차에 합류했습니다. 저만치 앞장서는 김 지도님과 그 뒤를 잇는 '해고는 살인이다'라고 쓰인 몸자보를 걸친 작업복의 행렬을 바라보며 맨 뒤에서 걸었습니다. 정년이 지난 해고 노동자 김 지도님이 '포기하지 않음의 윤리'로 437킬로미터 여정에 임하는 것이 자랑스럽고, 어느 언론에서도 볼 수 없었던 다른 해고노동자들이 희망뚜벅이 행렬에 모였다는 사실에 벅찼습니다. 현장에 다녀오고 나니 '우리가 옳다!'는 믿

3부 편견과 불평등

음이 생깁니다. 김 지도님의 옳은 싸움에 마음을 보탭니다.

김진숙 지도위원은 1986년 한진중공업에서 부당 해고된 이래 해고노동자이자 노동운동가로 살아왔다. 2020년 12월 30일부터 2021년 2월 7일까지 그는 '희망뚜벅이'라는 이름으로 복직을 촉구하며 일터 영도조선소가 있는 부산에서 출발해 청와대까지 걸었다. 이듬해인 2022년 2월, 37년 만에 명예복직했다.

노동자를 노동자로 대접하기

이야기를 새로 쓰기

리베카 솔닛
『이것은 누구의 이야기인가』,
노지양 옮김, 창비 2021

"엄마, 요새 사람들은 남의 일에 관심이 없어요. 잠깐 그냥 보고 '아, 그랬구나⋯' 하고 넘어가요. 그러니까 후회 없이 하세요."

영화 「미싱 타는 여자들」(2022)은 1970년대 평화시장에서 일한 여공들의 과거와 현재를 다룬 다큐멘터리입니다. 주인공 임미경씨는 처음에 영화 출연을 망설였는데 딸의 저 말에 용기를 내어 나왔다고 고백합니다.

예로부터 아들은 공부시켜도 딸은 가르치지 않았죠. 집안의 노동력으로 삼았습니다. 임미경씨도 또래의 여공들처럼 '여자아이라서' 배움의 기회가 차단되었어요. 초등학교를 마친 뒤 곧장 평화시장에서 일했죠. 낮에는 미싱 타고 밤에는 청계피복노조가 운영하는 노동교실을 다녔습니다. 그런데 '삶의 숨통' 같았던 노동교실이 폐쇄의 위기를 맞아요. '여공' 임미경은 가만히 있을 수가 없어서 권력에 맞서 저항하다 감옥까지 끌려갑니다. 겨우 열네살 때요. 이런 과거사를 자식들이 대학에 갈 때까지 숨겼습니다. "애들 출셋길에 지장 있을까봐"서요.

그가 수십년을 가슴에 묻어둔 이야기가 스크린에 펼쳐집니다. 이토록 엄청난 활약을 왜 감춰야 했는지 보는 내내 안타까웠습니다. 환경운동의 아이콘이 된 그레타 툰베리Greta Thunberg처럼 그는 자랑스러운 10대 투사였는데 말입니다. 또 1970~80년대에 노동운동을 하다가 감옥에 간 이력은 이름깨나 알려진 정치인들에겐 훈장이죠. 누구에겐 출셋길이 열리는 일이 누구에겐 자식의 출셋길까지 막히는 일이 되다니요!

영화의 또 다른 주인공 신순애씨는 『전태일 평전』의 실제 모델입니다.『전태일 평전』에서는 열세살 시다를 언급하며 "집안이 가난하지 않았더라면 아마도 한창 부모에게 어리광을 부리며 중학교 1학년쯤에 다니고 있을 나이"(107면)라고 씁니다. 그 아이는 '7번 시다' '1번 오야 미싱사'로만 불리다가 노동교실에서 처음으로 자기 이름을 써보았다고 중년이 되어 증언해요. 여공들이 노동교실을 목숨 걸고 지켜야 했던 이유겠지요. 노동교실은 유일하게 자신을 사람대접해주는 곳이었으니까요.

여성 노동자의 배움과 저항과 열망이 깃든 '미싱 타는 여자들' 이야기는 극장을 나와서도 오래토록 크나큰 울림을 남겼습니다. 저는『전태일 평전』을 아마 열번도 넘게 읽었는데요, 책에서 '평화시장 시다'로 뭉뚱그려진 여공들, 그러니까 청소녀 노동자들, 조연처럼 언급된 그들의 존재를 고유한 개인으로 상상하지 못했음을 이번에야 알았습니다. 가만한 물음이 올라왔죠. 내가 그간 열심히 보고, 듣고, 기린 것들은 누구의 이야기였을까.

제가 좋아하는 작가 리베카 솔닛은 늘 주장하죠. 우리 시

3부 편견과 불평등

대의 이야기를 누구의 목소리로 써 내려갈 것인지는 대단히 정치적인 문제라고. 그리고 백인 남성의 시각에서 벗어나 여성, 비백인, 비이성애자 등의 관점에서 다시 말하려는 열띤 투쟁과 변화를 『이것은 누구의 이야기인가』라는 책에서 집중적으로 파고들어요. 그중에 뉴욕의 지도책을 만드는 작업이 있어요. 솔닛이 조사해본 바에 따르면 거리, 건축물, 공원, 광장, 대학교, 기업, 은행에 거의 남자의 이름이 붙어 있다고 합니다.

"내가 만약 청소년기에 도로명이나 건물명이 여성인 도시를 거닐었다면, 기념물 다수가 존경을 한몸에 받는 강하고 성공한 여성의 이름이었다면 나 자신과 나의 가능성에 대해 어떤 인식을 품었을까?"(224면)

솔닛의 물음이 곧장 영화로 포개졌습니다. 만약 길거리 동상과 역사책 인물이 남자가 표준값인 사회가 아니었다면, 버지니아 울프 말대로 '수세기 동안 여성이 남성을 실제 크기보다 두배 더 크게 보이게 해주는 달콤한 마법의 거울'로 존재해온 역사가 아니었다면, 임미경씨는 자신의 과거를 자식들에게 더 당당하게 말할 수 있지 않았을까 상상해봅니다. 열네살의 나이에 감옥에 누워 손바닥만 한 창살 사이로 별도 보고 눈도 보는 깊은 감성과 내면을 가진 그 아이는 자신의 가능성에 대해 더 과감하게 틀을 깰 수 있었을지도 모르겠습니다.

저도 임미경씨 딸의 말에 동의합니다. 사람들은 각자 살기 바빠서 타인의 삶에 무관심하죠. 그러나 흘려들은 줄 알았던 이야기가 씨앗처럼 몸에 남고, 스치듯 본 영상이나 조형물이 미세플라스틱처럼 정신에 묻어 의식으로 다져집니다. 그 미세한 것들이 쌓여서 "우리 상상력의 소재가 되고 과거를 보는 시각을 형성하며 어떤 미래를 선택해야 하고 현재 누구를 높이 평가하고 누구의 말을 경청해야 하는지 결정하는 데"(261면)에 막대한 영향을 미치게 되고요.

그래서 저는 청소년이나 대학생 필독서로 『전태일 평전』이 꼽힐 때 영화 「미싱 타는 여자들」이 같이 언급되길 희망합니다. 솔닛은 그레타 툰베리라는 훌륭한 여성이 등장하기까지 "변화를 뒷받침했지만 공이 돌아가지 않은 사람들이 수천수만에 달할 것"(237면)이라며 영웅주의를 정중히 비판하기도 하는데요. 저도 이 영화 덕분에 한 개인을 영웅화하고 상찬하는 방식을 넘어, 목소리를 소거당해온 이들을 서사의 주인공으로 새롭게 명명하는 일의 필요와 가치를 알았습니다. 세상에 없던 영화 「미싱 타는 여자들」로 세상을 넓혀준 김정영·이혁래 두분 감독님께 고마운 마음 전합니다.

우리들의 해방일지

황정은
『계속해보겠습니다』,
창비 2014

「나의 해방일지」(2022)라는 드라마가 인기리에 방영되는 동안 우리도 '해방일지'를 썼습니다. 아름, 그리고 푸름. 우리는 한국성폭력상담소 부설 열림터 글쓰기 수업에서 만나 봄을 함께 보냈지요. 혹시 눈치챘을지도 모르겠어요. 청소년들과 10회 연속으로 진행하는 수업이 처음이라서 저는 긴장을 잔뜩 했답니다. 만약에 둘 다 글을 쓰기 싫다고 하면 어쩌지? 잘 이끌 수 있을까? 걱정을 그림자처럼 달고 강의실에 도착하곤 했습니다. 그런데 수업이 시작되면 근심은 스르르 사라졌어요. 거기다가 매 차시마다 예기치 못한 감정

264   3부 편견과 불평등

과 감동에 풍덩 빠져버렸죠.

아름은 초등학교 4학년 때 기억을 꺼냈어요. 상담교사가 아름이 가정폭력 당하는 사정을 듣고 "불쌍한 아이네. 겉으로 봤을 땐 밝아 보였는데"라고 동정했다고요. 그때 마음이 어땠는지 묻자 아름이 그랬죠. "폭풍이 지나간 인생이지만 내 자신을 한번도 불쌍하다고 생각한 적은 없어요. 그저 버티고 생존해온 저 자신이 대견하고 기특할 뿐이죠. 남들이 나를 어떻게 생각하든 중요하지 않아요. 나만 나를 아끼고 나를 아껴주는 사람을 곁에 두면 돼요."

와, 저는 조용히 환호했죠. 타인의 말에 휘둘리지 않고 자기 삶의 해석권을 가져오는 낭랑 15세, 최고다! 옆에 있던 푸름도 동조했습니다. "남들은 내가 열심히 살아도 평생 힘들 거라고 말했죠. (왜요?) 부모의 뒷받침이 없으니까요. 그런데 아니에요. 아픔과 상처를 견디는 거지만 살아내고 있는 건 잘하는 것 같아요." 그러더니 무심하게 말했어요.

"나는 내 상처를 공유할 수 있어서 행복하다. 내 아픔을 말할 수 있어서 행복하다. 나를 숨기지 않을 수 있어서 행복하다.”

마치 만세삼창 같은 행복 삼창이 비눗방울처럼 허공에 날리었고요, 그 아름다운 발언이 터질세라 사라질세라 저는 빠르게 받아 적었습니다. 내 상처를 공유할 수 있어서 행복하다. 내 아픔을 말할 수 있어서 행복하다. 나를 숨기지 않을 수 있어서 행복하다… 문장 옆에 별 세개를 후다닥 쳤죠. 책을 읽거나 인터뷰하다가 핵심 문장을 만났을 때 나오는 저의 오랜 습관이에요. 아니, 글쓰기의 기쁨과 참뜻을 이토록 시적이고 간결하게 짚어내다니 천재 아닌가, 정말 짜릿했습니다.

우리의 글쓰기는 탄력이 붙었죠. 특히 책상에 한시간 이상 앉아 있는 걸 힘들어하던 아름은 몰입했습니다. “글쓰기 이 새끼 쓸데없이 매력 있네”라고 혼잣말을 해가면서요. 어떤 게 그리 좋으냐고 넌지시 물어보니까 글로 자신의 마음을 표현하는 게 재밌다고 했습니다. 아름과 푸름은 서로에게 편지를 쓰기도 하고, 또 섭식장애, 아르바이트, 비혼모에 대한 글을 읽고 토론한 다음 바로 떠오르는 생각과 자기 경험을 적었습니다. 한번은 30분이나 지각을 해서 저를 애태 웠지만 늦더라도 수업에 꼭 참여했고 글을 어떻게든 완성 했으며 마침내 문집으로 묶을 수 있었습니다.

아름, 푸름. 제가 좋아하는 글쓰기 명언이 있어요. "글쓰 기는 생을 사랑하는 첫번째 작업이다." 이번에 '우리들의 해 방일지'를 보며 실감했습니다. 그래서 화제의 드라마가 끝 나고 우리들의 수업도 끝났지만 아름과 푸름이 이후에도 읽고 쓰길 바랐습니다. 마침 열림터 선생님들이 글쓰기에 흥미를 느낀 아이들을 위해 책을 추천해달라기에 고심 끝 에 한권 골랐죠. 바로 황정은의 소설 『계속해보겠습니다』 를요.

이 소설은 아름과 푸름의 삶이 떠오르게 해요. 주인공이 소라, 나나, 나기 세 사람이죠. 소라와 나나의 엄마는 남편을 산업재해로 비참하게 잃은 후 자식을 돌보지 못해요. 엄마 의 삶은 슬픔의 권리와 양육의 의무가 충돌할 때가 있죠. 언 제나 모성이 이기는 건 아니므로 저는 이해가 되었어요. 다 행히 나기의 엄마가 '새끼를 먹여본 손맛'으로 옆집 아이들인 소라와 나나 몫까지 도시락과 끼니를 챙깁니다. 밥은 피보다 진한가봐요. 세 사람은 같은 공간에서 같이 밥을 먹고 시시콜콜 일상을 나누며, 푸름과 아름처럼 식구食口로 살아요. 무사히 어른이 됩니다.

아름이 수업에서 '언젠가 나는 좋은 엄마가 되고 싶다'는 내용의 글을 썼죠. 아이를 보석보다도 귀하게 키우고 싶다, 아빠 없는 아이로 키우고 싶지 않다고요. 그런데 『계속해보겠습니다』에서는 다른 선택의 사례가 나와요. 나나는 임신을 했는데 좋은 엄마가 되기 위해서 아빠의 자리를 치우기로 결심해요. 그러니까 아빠 없는 아이로 키우기로 한 거예요. 왜냐하면 그동안 남자와 가족이 신뢰를 주지 못했거든요.

그런 결정이 좋다거나 나쁘다고 소설은 주장하지 않아요. 다만 세상에는 다른 관계, 다른 가족, 다른 사랑이 있다는 걸 보여줍니다. 그리고 글쓰기 수업에서 아름이 불행하지 않은 삶의 조건으로 제시했듯이, 소설은 '나를 아껴주는 사람을 곁에 두고' 살아가는 모습을 그립니다. 서로가 서로에게 성실한 인연이 되어주죠. 책의 마지막엔 이런 대목이 나와요.

"목숨이란 하찮게 중단되게 마련이고 죽고 나면 사람의 일생이란 그뿐이라고 그녀는 말하고 나나는 대체로 동의합니다. 인간이란 덧없고 하찮습니다. 하지만 그 때문에 사랑스럽다고 나나는 생각합니다.

그 하찮음으로 어떻게든 살아가고 있으니까.

즐거워하거나 슬퍼하거나 하며, 버텨가고 있으니까."(227면)

저는 사람이 싫고 마음이 황폐했을 때 이 소설을 읽었어요. 나를 포함한 인간의 하찮음, 나약함이 사랑이나 인연을 중단할 이유가 아니라 지속할 이유가 된다는 말이 즉각 이해되지는 않았거든요. 때로 인간의 나약함은 고장난 무기가 되어 가까운 타인에게 상처를 내기도 하니까요. 정리하는 일과 계속하는 일의 판단을 언제 어떻게 내려야 하는가, 그게 너무 어렵고 그런 지혜가 내겐 부족하다는 생각이 들었습니다. 그래서 다 읽고도 곁에 두었죠. 그랬더니 소설 제목대로 고민을 안고 계속해볼 힘이 나기도 했습니다. 아름과 푸름도 책꽂이에 예쁘게 꽂아두어보아요. 아마 '제목 독

서'의 효과가 나타나서 무엇이든 계속해보고 싶어질 거예

요. 내가 아는 두 사람은 천재니까. 글쓰기도, 삶도.

비빌 언덕이 필요해

브래디 미카코
『아이들의 계급투쟁』,
노수경 옮김, 사계절 2019

지자체 교육청에서 주최한 고등학생 토론대회에 갔을 때였습니다. 그대가 손을 번쩍 들고 질문했죠. "저는 대학에 진학할 뜻이 없습니다. 학교를 졸업하고 나면 소속이 없어지는데 누구랑 책을 같이 읽고 토론을 해야 할까요?" 순간 귀를 의심했습니다. 그간 고등학교 여러곳에 강연을 다녔지만 대학에 안 간다는 학생도 처음, 제도교육 바깥의 공동체에 대한 고민을 제기한 학생도 처음 봤거든요.

통통 튀는 심장 박동을 느끼며 저는 당장 떠오르는 대로 말했습니다. 관심 있는 시민단체나 정당에서 청년모임 활

동을 하거나 가까운 동네책방을 찾아가보면 어떻겠느냐고
요. 저는 강연을 마치고 나서도 그대의 물음에 대한 나은 답
변을 계속 생각해보는 중입니다. 혹시, 어디 마음 붙일 곳을
찾았는지요?

저도 대학을 가지 않았어요. 혼자 이런저런 책을 보는 청
소년에서 청년이 되었고 회사에 들어가서 노동조합을 알게
됐죠. 거기서 책을 같이 읽을 사람들, 독서 생활의 길동무이
자 길잡이가 되어줄 동지들을 만났어요. 노조는 좋은 공동
체였습니다. 그럼에도 학번 없는 신분에 불편을 겪다보니
대학 진학을 한번씩 고민했죠. 그때 한 선배가 해준 말이 기
억이 나요.

"대학 가도 어차피 지금처럼 책 읽고 세미나 하고 하는
일은 똑같아."

제가 직장을 다니기 시작한 1989년도만 해도 대학이나
사회 분위기가 지금과는 많이 달랐죠. 노동자문학회나 글
쓰기, 풍물패 같은 모임들, 지역과 직장을 기반으로 한 배움
과 친교의 장의 선택지가 꽤 있었어요. 요즘 일터는 그대의

말대로 유령처럼 가서 일당만 충전하고 오는 곳이 대부분입니다. 말이 섞이고 관계가 자라는 삶터는 아니게 됐어요. 세상의 이치를 배우고 한 사람의 고유함을 진득하게 알아갈 수 있는 '일상의 시간과 장소'가 거의 남아 있지 않은 사회가 된 것입니다.

"없어진 것, 그것이야말로 그곳에 있었던 것이다."(323면) 『아이들의 계급투쟁』이란 책을 읽다가 번개처럼 다가온 문장입니다. 저자 브래디 미카코 Brady Mikako가 영국의 가장 가난한 지역에 있는 무료 탁아소에서 보육사로 일하며 쓴 책인데요. 저자는 복지제도가 밑바닥 사회를 어느 정도 지탱해주던 '저변 시대'와 생활을 위한 지원금이 모두 끊긴 '긴축 시대'의 경험을 비교하며 이야기를 전개해요. 긴축 시대가 되자 탁아소가 폐쇄되고 그 공간이 푸드뱅크로 변해버립니다. 그걸 본 저자가 낙담하며 바로 저 말을 해요. "거기서 없어진 것이 무엇인지 분명히 알게 되었다. (…) 그것은 (…) '존엄성'이었다."(323면)

저는 탁아소를 인간 대 자본의 투쟁이 일어나는 최전방

의 상징으로 읽었어요. 가장 낮은 자리에 있기에 제일 먼저 타격을 입고 가장 약한 이들이 모여 있기에 사회 모순이 가장 적나라하게 드러나는 곳. 탁아소가 쉽게 폐쇄되는 사회에서 청년들이라고 안전하지 않습니다. 저자는 "긴축은 사람들을 흩어지게, 고독하게, 그리고 의기소침하게 만들었다"(70면)며 "'오늘보다 내일이 더 나쁠 것이 분명하다'는 어두운 전망을 품는 젊은이를 양산했다"(67면)고 지적해요.

'집도 절도 없다'는 말을 그대도 들어보았을 거예요. 집과 절은 인간 생활을 떠받치는 두 중심 거점을 뜻하는 거 같아요. 사람이 살아가는 데는 집도 중요하지만 절이라는 출구가 없으면 집은 따뜻한 감옥일지도 몰라요. 의식주가 해결된다고 존엄이 보장되진 않으니까요. 저만 해도 사람답게 살아갈 힘과 배움을 얻은 곳은 노조나 인문공동체 같은 '절'이었어요. 그대가 찾는 곳도 비빌 언덕이 되는 '절'이겠고요.

'대학을 나와야 사람대접받는다'는 말이 안타깝게도 한국사회에 아직 통용됩니다. 대학이 학위를 파는 곳이자 취업자 양성소로 전락했다는 비판이 나온 지 오래지만, 그나

마 대학에서 절의 사회적 기능이 미약하게나마 이뤄지는 게 또 현실이죠. '절'로 대변되는 공동체에 대한 논의는 없고 너도나도 내 '집'을 공공연하게 욕망하는 시절이기에 '절'을 찾는 그대의 질문이 더욱 반가웠습니다.

그곳이 어디든지 성별, 나이, 직업, 종교, 성적 지향 등 사회적 조건이 나와 다른 사람들이 모이는 곳, 더 나은 세상을 그려보는 말들이 흘러들고 경합하는 곳이 '좋은 공동체'가 아닐까 싶습니다.

아마 갈 곳을 찾지 못해 다시 대학으로 들어갈 수도 있 겠죠. 그래도 순순히 타협하지 않고 방황하고 다른 삶의 자리를 모색하는 시간이, 그 결기가 당신의 존엄을 지켜줄 것입니다. "하나의 커뮤니티에서 담담하게 시작되는 변혁"(109면)을 들려주면서도 그러나 "지름길이란 없다"(109면)고 말하는 저자의 조언을 전하며, 인간다운 삶을 모색하는 그대의 계급투쟁을 지지합니다.

계모임과 책모임

추석 무렵 글쓰기 수업에서 한 30대 여성은 명절과 제사 때 시가에 가지 않는다고 썼어요. 이유는 이랬죠. "가족이라고 모인 사람들이 오히려 가족 단위로 다시 뭉쳐 또 다른 가족들에게 상처를 준다." 이 이상한 전통이 자기 선에서 끝나길 바라는 마음에 내린 결정이며, 편가르기와 뒷담화의 자리를 대신해 부모님을 따로 찾아뵙거나 같이 여행을 가는 식으로 효행을 실천한다고 했습니다.

이 과정에서 '나쁜 며느리'라는 친척들의 냉담한 시선을 감수하는 이행기를 거쳤음은 물론이고요. 저는 알고 싶었

3부 편견과 불평등

죠. 대대손손 내려온 질긴 명절 관습을 그가 끊어낼 수 있었던 용기와 언어의 원천이 무엇인지를. 합평 시간에 물어보았더니, 엄마의 당부랍니다. 대가족의 장손과 결혼하는 딸에게 일찍이 조언을 했대요. '완벽하려고 애쓰지 말아라. 길게 봐야 하는 사람들이니까 네가 감당할 수 있는 수준에서 조율하라'고.

두가지 생각이 들었죠. 하나는 나보다 집단이 우선인 가족주의 체제에서 가장 약자인 며느리의 자리로 들어가는 딸에게 '나를 지키는 법', 즉 '다르게 사는 법'을 알려주는 엄마는 참 멋지구나, 또 하나는 우리가 듣고 쓰는 말은 참 정치적이구나 하는 것입니다. 한 사람의 세계를 구성하는 건 결국 그가 접하는 말과 행위죠. 사회적 관계망을 통해 몸에 흘러든 말들이 세계관을 형성하고 그것을 준거 삼아 우리는 자기 경험을 해석하고 행동을 결정합니다. 행 혹은 불행을 느낍니다.

사실 명절급 뒷담화와 잔소리가 상시 생산되는 장은 따로 있습니다. 계모임이죠. 한 30대 비혼여성은 평소 멀쩡한 엄마가 친척이나 친구들 계모임만 다녀오면 심란한 얼굴이 된다고 하소연했어요. 남들의 자식 자랑 후손 자랑을 듣고는 위축돼 온다며, 속상한 엄마를 보는 게 속상하다고 했죠. 저도 속상해서 말했네요. 어머니께서 계모임만 안 나가도 심간이 편안하실 텐데!

저는 아이가 어린이집에 가면서부터 엄마들 모임에 자연스레 합류하게 됐지요. 초보들끼리 육아 정보와 양육의 고충을 나누니 좋았어요. 그런데 아이들이 자라면서 대화 내용이 달라졌죠. 먹이고 놀리고 재우는 일에 관한 논의에서 사교육과 입시 대책으로요. 저는 직진만 있는 그 욕망의 진도가 버거웠고, 엄마들을 만나고 오면 나만 잘못 살고 있는 건가, 내가 부모로서 직무 유기를 하나 싶어 속이 시끄러웠습니다.

약도 없는 원인 모를 두통 같은 불안은 책읽기나 글쓰기 모임을 시작하며 사라졌어요. 어느새 주변은 대학 진학, 취업, 결혼, 출산, 내 집 마련 같은 생애 기획을 무조건 따르기보다 자기 좋아하는 것에 맞게 선별하는 이들의 비율이 높

3부 편견과 불평등

아졌죠. 단지 그들과 섞이는 것만으로도, 같이 읽고 쓰며 사는 얘기를 하는 것만으로도 양육자로서의 혼란이 잦아들었어요. 참 신기하죠. 자기 기질과 속도대로 자라는 아이를 존중해주어야 한다는 생각이 자연스레 생겼으니까요.

그래서 앞의 비혼여성의 어머니께도 계모임 말고 책모임을 권하고 싶었습니다. 요즘은 도서관이나 동네서점을 거점으로 읽고 쓰는 모임이 제법 많아요. 그런 곳에선 비혼 상태를 동정하기보다 결혼을 왜 꼭 해야 하는지 질문하는 사람을 만날 가능성이 있습니다. 비혼만이 옳다는 게 아니고요. 삶에는 정답이 없음을, 남에게 좋은 게 나에겐 맞지 않을 수도 있음을 알기 위해서는 자기 경험을 다른 맥락 속에 넣어볼 수 있는 공적 관계가 필요하다는 뜻입니다. 사는 방식이 여러 갈래라는 걸 아는 게 해방이죠.

불과 몇년 전만 해도 젊은 기혼여성들이 명절에 시가에 안 간다고 하면 저도 모르게 흠칫했습니다. 이론은 알아도 감각이 낡아서 그랬겠죠. '결혼하고 20년 동안 명절에 한번도 친정에 못 갔다'고 말하는 할머니를 볼 때도 입이 벌어지긴 마찬가지였죠. 맙소사! 그러고 어떻게 사셨냐고 여쭤보면 이구동성으로 "그땐 다 그랬다"고 말하십니다. 당연한 걸 당연하게 여기지 않는 이들로 세상은 달라지는 것 같습니다. 변화는 어슷비슷한 욕망의 재생산이 이뤄지는 집단이 아니라 상식과 규범을 의심하고 질문하는 장에서 일어나겠지요. 어느 모임이든 헤어질 때 발걸음이 가벼운 곳으로 갑시다. 우리 삶에 이로운 곳은 몸이 알려줄 테니까요.

3부 편견과 불평등

밥 먹으러 오라는 말

"밥 먹으러 올래?" 텃밭에서 딴 호박이랑 가지로 무친 나물, 열무김치, 시래깃국까지 끝내주는 반찬이 생겼는데 혼자 먹기엔 양이 많으니 놀러 오라고 선배가 호출했습니다. 말만 들어도 침이 고였으나 시간이 안 맞아서 못 갔어요. 다음 날 지역 강연을 마치고 상경하는데 해가 떨어지자 제대로 된 밥 생각이 간절하데요. 만족스러운 집밥을 차려줄 집-사람은 나뿐이기에, 핸드폰을 켜고 역 근처 식당을 검색했죠.

내겐 배고픈 채로 집에 들어가지 않는다는 '삶의 대원칙'

이 있습니다. 배고프면 나도 모르게 짜증이 올라와서 애들한테도 말이 곱게 안 나오고 생을 비관하게 되죠. 자비는 탄수화물에서 나온다는 말대로, 저한테도 평상심 회복에 밥만 한 게 없습니다. 음식점 리스트를 이것저것 눌러보다가 검색창을 닫고 선배한테 급히 문자를 넣었죠. "반찬 아직 있어?"

현관문을 여니 갈색 도기의 정갈한 칠첩반상이 눈에 듭니다. 선배는 세끼 연속 같은 반찬이라고 해요. 물리겠다는 나의 말에 고개를 젓더니만, "누구랑 같이 먹으면 또 맛이 달라" 합니다. 맞아, 맞아! 나는 맞장구를 쳤죠. 선배는 주말부부인데 이번 주엔 배우자가 오지 못했습니다. 일요일 밤의 스산함과 혼자라는 적적함은 마음을 처지게 하므로 이렇게 얼굴 보고 먹길 잘했다 싶었어요. 사람을 외롭게 하는 건 배고프게 하는 것만큼 죄니까요.

밥 한끼로 우주적 평온을 경험한 순간, 화두처럼 물음 하나가 떠올랐습니다. '나의 불행을 타인에게 드러내는 것이 관계 개선에 도움이 될까' 지난여름 청소년 비경쟁 토론대

3부 편견과 불평등

회에서 학생들이 만든 질문거리였죠. 나는 토론 테이블에서 저만치 떨어져서 아이들을 지켜봤어요. 토론을 위해선 '자기 불행'을 사례로 들어야 하는데 주저하는 것 같아 보였어요. 모호하고 두루뭉술하게 이어지던 토론은 다른 질문을 낳았죠. '관계 개선에 실패했다면 해결 방안은?'

그날 이후 난 '불행 말하기에 따른 관계 개선을 일상에서 논증하기'를 소일거리 삼았습니다. 우선 내가 토론대회에 초대받은 것도 불행을 드러낸 덕분이었어요. 삭여지지 않는 불행의 기록이 산문집을 낳았고 그 책을 매개로 아이들과 만났죠. 저자와 독자라는 관계가 발생했습니다. 일요일 밤 선배와의 밥 회동도 그렇죠. 선배는 적적함을 나는 허기짐을 표현했어요. 물론 그건 불행보단 불편에 가까운 상태지만 일상의 자질구레한 불만족이 쌓여 우울감으로 번진다고 생각하면 사소하지 않기도 합니다. 어쨌든 각자의 결핍으로 서로를 위무했고, 관계가 돈독해졌습니다.

며칠 전 모처럼 전화를 한 친구는 대뜸 '나 지금 암 진단을 받고 병원을 나오는 길'이라고 했습니다. 그때 나는 생선을 굽고 시금치를 데쳐 조물조물 나물을 무치며 저녁밥을 짓고 있었는데, 친구를 집으로 불러 같이 밥을 먹었습니다. 선배가 북돋아준 '밥심의 기억'으로 친구에게 밥상을 내어 줬지요. 개선된 관계를 모방했습니다.

불행의 스펙트럼은 넓습니다. 허기, 권태, 불안 같은 일시적 상태부터 가난, 불화, 폭력, 질병, 낙인 같은 구조적 고통까지. 우리가 이를 드러냈을 때 사람이 다가오기도 달아나기도 하죠. 그럼에도 저는 불행은 말하는 것이 좋다는 입장입니다. 내 불행을 나부터 숨기고 부정한다면 상황을 남에게 이해받기도 그리고 바꾸어내기도 어려워요. 또 불행을 털어놓아보아야 '불행을 말해도 되는 안전한 관계'로 자기 주변의 인간관계를 구축할 수 있겠죠.

약한 존재들이 기대어 사는 작품을 만드는 일본의 영화감독 고레에다 히로카즈是枝裕和는 이렇게 말했습니다. "이를 악무는 것이 아니라 금방 다른 사람을 찾아 나서는 나약함이 필요하다." 찾아 나서는 행위 자체가 나약함이 아니라 강인함에서 나온다는 말입니다. 동의합니다. 사는 동안 불행

상태가 해소되는 순간은 짧고, 지치고 불행한 채로 사는 시기가 더 길죠. 그렇다면 우리에게 필요한 것은 불행의 해결사가 아니라 불행을 말해도 좋을 관계, 일단 밥이나 먹자고 할 사람이 아닐까요.

배움과 아이들

아침 꽃 저녁에 줍다

루쉰
『아침 꽃 저녁에 줍다』,
김하림 옮김, 그린비 2011

　감색 재킷을 입은 그는 첫날부터 눈에 띄었습니다. 원래 남성이 드문 글쓰기 수업에서 개량한복을 입은 이는 있었어도 각 잡힌 양복 차림은 처음이었죠. 직업은 회사원. 기성복에 길들여진 몸처럼 사고도 기성의 규범을 따를 수 있기에 저는 마음이 쓰였습니다. 그가 과제를 발표했죠. 업무 효율이 떨어지고 근무가 태만한 동료와 일하는 고충에 관한 글인데, 몸이 불편한 동료라서 더 선의를 갖고 대했지만 역시 장애인은 힘들더라는 결론으로 끝났습니다.

　몇몇이 반론을 폈죠. "이런 업무 구멍은 비장애인에게도 흔한데요?" "일 못하고 회식 다음 날 늦는 상사는 어디나 있지만 그렇다고 '이래서 비장애인은 안 된다'고 하진 않아요." 또 다른 학인은 자신의 오빠가 시각장애인인데 특진했다며, 장애인을 무능력한 존재로 일반화하기엔 사례와 논거가 약하다는 의견을 냈습니다.

글쓰기는 문장 쓰기가 아니라 관점 만들기를 배우는 일입니다. 비문 없이 정확한 문장들, 문학적인 수사를 곁들인 서사가 아무리 매끄럽게 전개되어도, 혐오와 차별 표현이 있는 글이라면 공적인 글로서 가치를 잃죠. 저는 이 부분을 분명히 짚었습니다. 교재로 읽은 책에도 나왔듯이 장애인, 여성, 이주민 같은 소수자의 경우 개인이 잘못해도 집단이 매도당한다, 그래서 사회적 약자다, 글 쓸 땐 혹시 편견과 통념을 반복하고 있지는 않은지, 자기 생각을 의심하고 책 내용을 내 일상으로 가져와 검토하자고요.

가끔 겪는 일입니다. 세월호참사를 내 자식의 안위를 챙기는 방편으로 삼는 글도 있었고, 실없이 여성 동료의 외모를 평가하며 성희롱 발언을 일삼고도 칭찬이 뭐가 나쁘냐며 우기는 사례도 있었고요. 무심결에 성소수자 혐오 발언을 뱉기도 하죠. 그런데 이처럼 '정치적 올바름'에 어긋나는 언행에 대해, 정확해서 신랄하게 느껴지는 비판을 받은 이들은, 거의 이후 수업에 불참했습니다.

이 예견된 실패가 제 오랜 근심이자 숙제입니다. 수업에는 워낙 다양한 삶의 배경과 궤적을 가진 이들이 모이는데, 이러한 생각과 인식의 격차 속에서 어떻게 어울려 공부하고 살아갈까. 자식을 키울 때도 느끼지만 옳은 말은 구체적 정황 앞에서 힘을 잃습니다. 변화를 일으키기는커녕 마음의 거리를 만들죠. 이게 옳아. 그건 혐오야. 이런 말은 발언자에게는 정의감을 주지만 상대에겐 일단 무안함을 한 바가지 안깁니다. 한쪽이 당황해서 입다물면 대화가 단절됩니다.

내 고민을 듣고 한 학인이 그러더군요. "샘, 생각이 다른데 피곤하게 꼭 같이 배워야 돼요?" 맘 편히 말 통하는 사람끼리 공부하자고요. 그 논리대로 저는 질문했어요. 비슷한 정보량과 익숙한 가치관을 가진 사람끼리 왜 굳이 모여서 공부해야 하느냐고요. 그건 독백이지 토론이 아니라고요. 함께 공부를 해도 심기에 거슬리는 게 없고 이전과 달라지는 게 없으면 서로에게 좋은 공부가 아닐 가능성이 있어요. 사유는 마찰에서 싹틉니다.

양복 입은 그를 비롯해 떠나간 이들이 가끔 떠오릅니다. 쓸쓸한 마음이 들면서도 내 역량 밖의 일이라며 고개를 돌렸어요. 그런데 요즘은 다른 쪽으로 생각해보게 돼요. '사람 쉽게 안 변한다'는 말이 타인과 부딪치기를 꺼리는 게으름에 대한 자기정당화는 아닐까. 또 누구나 처음은 있는 법인데, 배우려고 온 사람이 배울 기회를 누리지 못하는 건 당사자의 용기 부족이라는 원인도 있지만 공동체의 무능 때문이 아닐까, 하고요.

사회 안팎으로 구성원의 욕망과 개성이 다양해짐을 느낍니다. 서로의 삶에 대한 무지에서 나오는 혐오 문제는 상수로 존재할 것 같아요. 이를 타개할 묘안은 안 떠오릅니다. 그저 루쉰魯迅의 산문 제목대로 '아침 꽃 저녁에 줍는' 마음으로, 만사에 즉각 반응하기보다 한 호흡 고르고 신중할밖에요. 모른다는 것이 배움을 중단하는 계기가 아니라 배움을 이어나갈 동력이 되려면 지혜를 모을 시간이 필요하겠지요. 다 배운 사람이 아니라 배우는 중이라서 우리가 모였다는 사실을 잊지 않기로 합니다.

4부 배움과 아이들

넌 항상

김승일 외
『교실의 시』,
돌베개 2019

　지난여름 한 국어교사에게서 메일이 왔습니다. 한 학기 한권 읽기 도서로 『알지 못하는 아이의 죽음』을 읽고 있다며 아이들에게 선물을 주는 마음으로 저자를 초대한다고 했죠. 저는 '전교생 18명인 작은 시골 학교'라는 소개에 이미 끌렸습니다. 보통 학교 강연에 나가면 전교생 중 책 좀 읽고 공부 좀 하는 아이들을 위주로 만나왔고 그게 늘 마음에 걸렸는데, 이번엔 전교생이 공평하게 빠짐없이 참여하는 자리라니 가보고 싶었습니다.

　강원 홍천군에 자리한 내면고등학교는 서울에서 승용차

로 세시간 반 거리죠. 가파른 재를 두번 넘어 학교에 도착한 시간이 오후 1시 반. 근데 정문 앞에 웬 남학생 셋이 멀뚱하게 서 있었습니다. 저를 알아본 한 아이가 "샘이 작가님 모시고 오랬어요"라며 쑥스러운지 눈도 못 마주친 채 앞장섰습니다. 사실 좀 놀랐어요. '이 아이들이 언제부터 나를 기다리고 있었을까…' 30분 이상은 기꺼이 내어주는 '마중'이란 의례를 받는 게 오랜만이라서 가슴이 콩닥거렸습니다. 그때 알아챘죠. 이번 강연은 아이들이 아니라 나에게 선물 같은 시간이 되겠구나.

창밖으로 운동장 너머 산이 보이는 교실에서 행사가 시작됐습니다. 한 사람도 소외되지 않고 전원 참석이 가능한 단란한 규모, 서로의 눈빛을 볼 수 있는 둥근 책상 배치, 강사가 복음을 설파하듯 일방향으로 전달하는 게 아니라 학생도 준비한 독후감을 읽고, 강연 내용 중 인상 깊은 단어를 돌아가며 발표하는 알찬 프로그램까지, 흡족한 두시간이 금방 지나갔죠. 담당 선생님이 아이들을 위해 얼마나 정성과 공을 들였는지 느껴져서 뭉클했습니다.

마지막 반전은 깜짝 시상식! 여러분이 저에게 상을 주었습니다. 한 학생이 교장 선생님처럼 남색 하드커버 상장을 펴자, 저는 저도 모르게 두 손이 다소곳하게 모아졌어요. 상 이름이 '넌 항상'. 학생은 상장 내용을 낭독했습니다.

"위 작가는 『알지 못하는 아이의 죽음』 『있지만 없는 아이들』(창비 2021)을 쓰며 사회에서 쉽게 꺼내지 못하는 이야기를 해주었고, 사회 약자들의 편에 서주었으며 항상 이 자리에 있기를 바라는 마음으로 이 상을 드립니다. 2021년 9월 24일 내면고등학교 학생 일동."

실은 제가 학창 시절부터 지금까지 시선을 한몸에 받는 시상식 자리에 서본 게 이때가 처음입니다. 생애 첫 상이 '넌 항상'이라니요. 상 이름이 너무 예쁘고 빛나서 울 것 같았습니다. 학생 때 못 받은 상을 어른이 되어 학생에게 받는다는 건 상상도 못 할 일이에요. 게다가 최연소 수상자가 아니라 최연소 시상자가 나섬으로써 상의 의미를 간단히 바꿔놓았습니다. 보통은 힘을 가진 이가 임의로 기준을 정해 상을 수여하고 그 수상 이력이 다시 권력의 발판이 되곤 하는데, '넌 항상'은 권력의 자리를 무화시키는 힘센 상이었어요. 주는 이도 받는 이도 으쓱해지는 신나는 상이었습니다.

여러분에게는 강연이 어떤 시간으로 남았을까요.

저는 서울에 와서도 한동안 내면을 떠나지 못했습니다. '내면까지 와주셔서 고맙다'는 손편지들이 고마워서 읽고 또 읽었지요. 한 학생이 발표한 글도 잊히질 않았습니다. "나는 중학교 때 특성화고를 희망했다. 돈이 많이 필요했다. 사실 돈이라기보다는 일을 빨리 하고 싶었으며, 내면이라는 지역을 떠나고 싶었다. 도시로 나가고 싶었다. 더 멋진 세상으로 사회로 나가고 싶었다"라는 대목이요.

내면內面이라는 지명은 왜 이리 시적인가요. 도시인에겐 허파 같은 산이, 나고 자란 사람에겐 담으로 여겨지기도 한다는 것. 그 또한 시적 사유겠지요.

『교실의 시』라는 책이 있어요. 저도 나이가 들어서야 그날 내면고 교실에서 지극한 행복을 경험했잖아요. 사실 많은 어른들에게 교실은 불안함, 외로움, 수치심으로 기억되는 곳이죠. 그때 그 장소를 떠나지 못하는 12명의 시인이 '비성년'의 학창 시절과 시의 탄생에 관해 쓴 산문집입니다.

배수연 시인은 씁니다. "어째서일까? 교실에서 왜 그렇게 친구를 만들고 싶어했을까? 혼자 있는 순간을 왜 그토록 부끄러워했을까? (…) 어른이 된 나는 직장에서 혼자 밥을 먹고 싶어서, 혼자 양치를 하고 싶어서, 혼자 집에 가고 싶어서 늘 궁리를 하고 있어."(33면)

그땐 힘들어도 지나고 나니 추억이라는 빤한 서사가 아니라 과거는 사라지지 않고 회귀한다는 것, 같은 일도 해석이 달라진다는 것, 그러니까 우리가 위태로운 순간들을 부여잡고 '자기 자신을 견디면서 지금-여기까지 왔다는 것은 기적이거나 악몽'이라는 이야기를 한결같이 들려줍니다. "시를 쓰게 되면서 나는 내 슬픔에 대해 충분히 응대하고 항의하고 끌어안으려고 하는 사람이 되었다"(52면)고 서윤후 시인이 말합니다.

여러분들에게 시인들이 10대 시절에서 길어 올린 이야기를 들려주고 싶어요. 지혜로운 말씀이라서가 아니라 뒤척이는 목소리이기 때문이죠. "우리를 구하거나 보호하거나 책임지는 어른이 도착하지 않는 이 악몽 같은 현실"(양효실 「발문」, 213면)에서 나를 지키기 위해선 '목소리'가 필요하다는 것, 이건 그날 강연에서 여러분이 한 현장실습생의 죽음에 관한 이야기에서 도출한 핵심 주제이기도 했습니다.

우리 오래 간직하기로 해요. 각자 1인분씩 말의 지분을 행사하는 자리에서 느낀 의젓한 사람이 된 기분, 사람을 맞이하고 스스로도 환대받는 간지러운 기분, 갑갑한 현실에서 복받치고 치미는 기분, 한마디로 사람답게 사는 기분. 그것이면 족합니다. 여러분 덕분에 저는 고귀하고 아름다운 '교실의 시' 속편을 썼습니다. 여러분이 쓰게 될 교실의 시를 기다립니다.

4부 배움과 아이들

자기 발로 가는 사람

헨리 데이빗 소로우
『월든』,
강승영 옮김, 은행나무 2011

저는 여러분과 사회과제 연구 수업에서 '학술 에세이' 합평을 함께했던 은유입니다. 담당 교사인 문순창 선생님이 초대 메일을 보내주셨어요. 한 학기 동안 아이들이 공들여 쓴 글을 발표하는 자리에 와달라고요. 그 편지는 스무명 제자들에 대한 애정, 자신(의 일)에 대한 열정, 저에 대한 신뢰까지 22인분의 사랑으로 묵직했습니다. 저는 아이들이 사회과제 연구로 어떤 글을 쓰는지 궁금했죠. 새해 첫 일정으로 운산고를 택했습니다.

당일엔 새벽부터 눈이 떠졌어요. 합평은 여럿이 모여 의견을 주고받는 일이죠. 글은 삶에서 나오는지라, 자칫 글에 대한 의견이 삶에 대한 평가처럼 되기 쉽습니다. 그래서 합평은 언제나 겁나는 일입니다. 조심스럽죠. 게다가 학생의 글이라니 더욱 긴장이 됐고요. 새벽에 눈이 떠져서『월든』을 폈는데, 무슨 계시처럼 이런 문장이 나타났습니다.

"인간성의 가장 훌륭한 면들은 마치 과일 껍질에 붙어 있는 과분果粉처럼 아주 조심스럽게 다루어야만 보존될 수 있다. 그러나 우리는 자기 자신이나 다른 사람들을 그렇게 부드럽게 다루지는 않는다."(20면)

무척 신기했습니다. 좋은 책엔 인생에 당장 필요한 양식이 다 들어 있죠. 저는 '부드럽게 말과 글을 다루어야 한다'는 비장의 문장을 품고 준비를 단단히 해서 여러분을 만났습니다. 그런데 막상 합평회를 마치고 나오는 길엔 눈에 밟히는 얼굴이 있었습니다. 한 학생이 쓴 글의 귀한 부분을 잘 다루지 못했다는 후회가 밀려왔지요.

학생이 알베르 카뮈Albert Camus의 『이방인』을 읽고 부조리란 개념을 한국사회의 문제로 풀어낸 글이었습니다. '사회

부조리'로 역사교과서의 편협성, 집단주의 문화의 폐해, 청년 고독사 등을 다뤘고요. 저는 여러 쟁점들이 논리 공백 없이 설득력 있어야 한다는 생각에, 각각의 문장이 어떤 뜻과 맥락으로 들어간 것인지를 물어보았는데, 마치 글의 오류를 지적하는 것처럼 여겨졌을 것 같아요.

그렇지 않습니다. 문제없는 글이 없다면 미덕 없는 글도 없지요. '부조리'라는 철학적이고 까다로운 개념을 포기하지 않고 기어코 자기가 발붙인 사회의 현실에 적용해 해석해보려는 시도와 노력에서 저는 글쓰기에서 가장 중요한 점인 '좋은 삶과 세상에 대한 열망'을 보았습니다. '모든 개인이 다르게 존재하는 이방인이다'라는 글의 마지막 문장은 다른 학생이 멋진 구절로 꼽았듯이 저도 밑줄을 그었고요. 빛나는 부분들이 있었는데, 그만 수업을 마치는 종이 치는 바람에 두루 언급하지 못하고 부랴부랴 합평을 마쳤습니다.

『이방인』에 대한 저의 해석도 하나의 의견일 따름일진대, 혹여 모범답안으로 여겨지면 어쩌나 뒤늦게 두려운 생각이 들었습니다. 초조한 마음을 다잡는 데는 역시 책이죠. 집으로 돌아온 저는 합평에 관한 금과옥조 같은 지침을 주었던 책, 헨리 데이비드 소로Henry David Thoreau의『월든』을 다시 폈습니다. 어머나, 이번에도 제 참회를 꿰뚫는 듯한 문장이 딱 나오지 뭡니까.

"나이 많음이 젊음보다도 더 나은 선생이 될 수 없고 어쩌면 그보다 못하다고도 할 수 있는 것은 나이 먹는 과정에서 얻는 것보다 잃는 것이 더 많기 때문이다."(24면)

소로는 "실제로 늙은이들은 젊은이들에게 줄 만한 중요한 충고의 말을 갖지 못하고 있다"(24면)고 단언합니다. 그들의 경험은 '부분적인 것'에 지나지 않기 때문이라는 거죠. 동의합니다. 어떤 분야의 직업인이나 전문가라고 해도 한 분야에만 몰입하는 데서 오는 사고의 빈틈이 있겠고요. 학생 입장에서는 기죽을 일도 아닙니다. 사실 제가 여러분의 글을 읽고 싶었던 것도, 이 부조리한 세상에서 살아남다보니 나날이 탁해져가고 둔감해져가는 나의 정신에 젊은 언어를 부어주려는 본능적인 발걸음이었음을 고백합니다.

『월든』이라는 대작을 쓴 소로는 남다른 이력을 가졌습니다. 소위 명문 대학을 졸업했으나 남들처럼 부와 명성을 좇아 안정된 직업을 갖지 않고 목수일 등으로 생계를 유지하며 저술가로 살았어요. "'자발적인 빈곤'이라는 이름의 유리한 고지에 오르지 않고서는 인간 생활의 공정하고도 현명한 관찰자가 될 수 없다"(32면)는 자기만의 소신에 따른 선택이었다고 해요.

글쓰기는 궁극적으로 '어떻게 살 것인가' '내가 놓인 이 세계는 어떻게 굴러가고 있는가'라는 사유를 멈추지 않을 때라야 가능한 일이죠. 그런 점에서 합평회에서 읽은 세편의 글, 「반려동물의 죽음과 시선의 무게」(오도훈) 「내가 교회를 떠난 까닭, 교회의 변화를 바라는 이유」(최여진) 「이방인의 시선으로」(조유인)는 생명의 존엄과 자주적인 삶을 이야기하는 『월든』의 가치와 닿아 있는 글이었다고 생각합니다.

저는 『월든』에서 "빠른 여행자란 자기 발로 가는 사람"(85면)이라는 구절을 가장 좋아합니다. 서두르기보다 공들이는 마음으로 우리가 진득하게 글을 써나간다면 삶의 여행자인 여러분과 저는 어디선가 또다시 마주치겠지요.

자기 발로 가는 사람

고2 생활 끝자락에 성사된 만남이 소중히 기억되길 바라며, 저도 여러분과 나눈 대화에서 멀어지지 않도록 정신 바짝 차리고 삶의 방향을 잡아가겠습니다.

아이는 졸음, 선생님은 눈물

한 중학교에 오전 강연을 갔다가 급식을 먹었어요. 점심 시간이 12시도 아니고 12시 반. 아이들이 얼마나 배고플까 싶었죠. 수시로 허기가 올라와 2, 3교시 마치고 도시락을 까 먹고도 점심시간엔 매점을 배회하던 학창 시절의 제가 떠올랐습니다. 그래서 아이들에게 말했죠. "배고픔을 참고 강연을 듣느라 힘들었겠어요." 그랬더니 한 아이가 정말 잘 듣고 싶었는데 잠깐 졸았다고 죄송하다더니 이렇게 말해요.

"근데 원래 1, 2교시엔 아침잠이 덜 깨서 졸려요. 3, 4교시엔 배고파서 힘들고요. 5, 6교시엔 점심 먹고 난 뒤라 비몽사

몽이고, 7교시엔 좀만 있으면 학교 끝난다는 생각에 들떠서 또 집중이 안 되긴 해요."

너무도 솔직한 아이의 말에 웃음이 빵 터졌습니다. 이내 짠해졌죠. 약간의 과장이 더해졌겠지만 결국 학교에서 '살아 있는 시간'은 점심시간뿐인가! 옆에 있던 아이는 "생리까지 하면 배도 아프고 책상에 앉아 있는 게 더 힘들다"고 거들었죠. 여학생들은 한달에 일주일은 생리 중이잖아요. 지친 몸으로 장시간 학습노동에 속박된 학교생활. 그런데도 아이들은 어른들에게 "해주는 밥 먹고 공부만 하는 그때가 제일 속 편한 줄 알라"는 충고를 듣네요.

사실 제가 학교 다닐 땐 아이들이 이렇게 단체로 맹렬히 졸진 않았어요. 사교육이 덜했죠. 요즘처럼 집-학교-학원이 정규 코스가 아니었거든요. 그날 저와 대화를 나눈 아이들은 밤 9시까지 학원에 있는다고 했죠. 아직 중학생인데 직장인으로 치면 매일 야근인 셈이죠. 실제로 아르바이트를 하는 학생도 있고요. 이러니 책상이 침대로 변할 수밖에요. 한창 배움과 활동의 에너지가 넘치는 시기에 반수면 상태

4부 배움과 아이들

로 하루하루를 버틴다는 사실은 가까이서 봐도 비극, 멀리서 봐도 비극입니다.

교사의 자리에 서봅니다. 저는 강연할 때 어쩌다가 조는 사람들만 봐도 의기소침해지거든요. 내 얘기가 재미없나, 지루한가, 뭐가 잘못됐나 하는 자책감이 엄습해요. 그 무안하고 쓸쓸한 기분이 감당이 안 돼서 비자발적 청중이 모인 자리는 가급적 피합니다. 그래서 궁금했어요. 학교에서 일하는 교사들은 아이들이 벼이삭처럼 일제히 고개를 숙이거나 철퍼덕 엎드려 자는 그 처연한 졸음의 풍경을 어떻게 날마다 견디는 걸까요.

한 고등학교 교사들 책모임에 초대된 적이 있습니다. 자퇴하는 아이들이 그런대요. 학교에 와봤자 잠만 자고 하는 일도 없어서 그만둔다고. 그런데 그 하는 일 없는 학교의 복판에 자기가 있다고 한 선생님이 웃음 띤 슬픈 눈으로 말했죠. 다른 교사는 글을 써 왔어요. "떠나가거나 무너져버린 친구들. 그 와중에 나는 직업인으로서 교사가 되지도 못하면서 그렇게 되지 못함을 한탄하는 교사인데, 때로는 온종일 엎드려 있는 학생처럼 아무것도 하지 않은 채 정지하고 싶다며 속으로 울기도 하는 것이다."

한 페이지 분량의 글을 그가 울먹울먹 읽어 내려가는 사이 다른 교사들의 눈자위도 붉어졌죠. 교실에서 눈물 흘리는 (학생이 아니라) 교사의 모습은 낯설었는데 묘하게 아름다웠습니다. 아이들은 알까요. 선생님도 이토록 마음이 아프다는 걸요, 너희와 잘해보고 싶은데 방법을 모른다는 걸요, 매 순간 무력감에 주저앉는 자신을 일으켜 교탁에 선다는 걸요. 선생님의 눈물이 아이들의 지친 마음에 가닿는 장면을 상상하자 잠깐 마음이 환해졌습니다.

서로 밀고 밀치며 욕망의 사다리를 기어오르는 일부 교사, 양육자, 학생 들이 언론을 장식하고 도드라져 보이는 세상. 그러나 우리 사회 곳곳에는 졸음을 물리치고 눈물을 훔쳐가며 때로 한권의 책에 의지해 말문을 틔우고 고민을 나누며, 그러니까 제 가진 생명력을 총동원하여 매일의 생존을 도모하는 것으로, 답 없는 공교육의 뿌리를 지탱하는 보이지 않는 존재들이 있습니다.

잠재적 가해자 취급에 관한 문의

러네이 엥겔른
『거울 앞에서 너무 많은 시간을 보냈다』,
김문주 옮김, 웅진지식하우스 2017

아들 둘 키우는 엄마는 고민입니다. 스무살인 큰아이가 페미니즘 이슈에 부쩍 민감한 모습을 보이더니 "내가 왜 남자라는 이유만으로 잠재적 가해자 취급을 받아야 해요? 나는 여자들 괴롭힌 적도 없거든요"라고 했다며, 이럴 때 뭐라고 말해야 할지 난감하다고 했죠. 같은 자리에 있던 20대 여성이 답했어요. 남자는 설령 잠재적 가해자로 몰리더라도 자기가 나쁜 짓을 하지 않으면 그만이지만, 잠재적 피해자는 제 의지와 상관없이 다치거나 죽을 수도 있다고.

'잠재적 가해자의 억울함에 관한 문의'는 여학교 강연에서도 곧잘 나옵니다. 어떻게 반박해야 하느냐고 아이들이 묻죠. 나는 저 20대 여성의 언어로 답합니다. "남자는 잠재적 가해자라서 억울하지만 여자는 잠재적 피해자이기에 위험하잖아요. 억울하면 바꾸자고 말해봐요." 다같이 깔깔깔, 울 일인데 일단 웃어요. 웃음 끝은 쓰죠. 아이들에게 생각거리를 마저 던집니다. 여성들은 자신의 신체 안전이 위협받는 상황에서도 왜 상대의 억울함을 이해시키는 임무까지 맡아야 하는지, 우리 논의해보자고.

한 여자 대학생도 고민을 털어놓습니다. 생애 최초로 커트머리를 했더니 세상 가뿐하더랍니다. 샴푸도 절약되고 외출 준비 시간도 단축되고요. 한 남자 선배가 헤어스타일의 변화를 알아보길래, 그냥 호기심에 잘라봤다고 근데 이 편한 걸 그동안 남자들만 했느냐고 심상하게 말했더니, 남자 선배가 누가 언제 머리 못 자르게 했냐고 받아치더래요. 안부에서 출발한 대화가 서먹해진 거죠. 여자 대학생은 그날 일이 마음에 걸린다며 남자들과 불편하지 않게 대화하는 법을 물었습니다.

글 잘 쓰는 법처럼 답이 없는 문제입니다. 머리 길이가 여성의 경험을 근본적으로 바꿔놓을 수 있다는 것을 남자에게 10분 안에 이해시키는 건 불가능하죠. 인격체 이전에 관상용으로 취급받는 건 여성 공통의 사회적 경험입니다. 그리고 좋은 대화에 불편함은 따르기 마련이고, 생각의 결을 맞추는 일은 통증을 수반하죠.

그보다 저의 궁금증은 이거예요. 그 남자 선배도 이 일로 뒤척였을까. 주변 사람에게 여자 후배가 '페미니즘을 공부하더니' 예민해져서 말하기가 조심스러운데 대화하는 방법을 찾고 싶다며 조언을 구했을까. 그랬을 수 있죠. 그런데 주변에서 이러한 일상의 말 한마디나 에피소드 하나를 두고 상황을 복기하고, 반성하고, 더 나은 관계를 모색하기 위해 고민하는 남성의 목소리는 드물었습니다.

목마른 자가 샘 파는 이치 같아요. 여자로 사는 일은 상대를 이해시키는 일이죠. 밤에 다니는 것도, 혼자 여행을 가는 것도, 직업을 택하는 것도, 화장부터 결혼까지 하는 것도 안 하는 것도, 한글 떼기부터 페미니즘까지 공부하는 이유도… 이 세상 '아버지들'에게 설명의 통행료를 지불해야 합니다. 그래야만 삶의 통로가 겨우 확보됐죠. 여성 특유의 섬세함과 공감력이란 게 있다면 이 자기 증명의 혹독한 훈련 덕분일 것입니다.

인류를 둘로 나눠봅니다. 사사건건 자기 존재와 사정을 남에게 설명해야 했던 사람, 굳이 남에게 자신을 설명하지 않아도 사는 데 지장이 없었던 사람. 페미니스트에 반감을 가진 아들을 둔 엄마도, 걸 페미니스트도, 어긋난 대화로 고민하는 커트머리 여학생도 태어나서부터 전자의 삶을 산 경우겠지요. 남(자)의 기분을 헤아려 조심스럽게 말하고 이해시키는 건 여자의 임무라고 배웠으니까요.

저도 감정노동을 소통으로 알고 살았습니다. 설명되지 않은 것을 설명하는 지적·정서적·감정적 노동을 한쪽에서 오래 전담했습니다. 이 관계의 불균형이 공감 능력의 양극화를 낳고 있겠지요. 사실 잠재적 가해자의 억울함은 그가 잠재적 피해자의 고통을 알면 사라질 감정이라고 생각합니다. 자기 몸을 돌려 타인의 입장으로 건너가보는 일은 지구

4부 배움과 아이들

를 반대로 돌리는 일처럼 불가능한 게 아니라는 게 희망입니다.

차리는 손과 먹는 입

이라영
『정치적인 식탁』,
동녘 2019

봄바람에 들떠 얇은 재킷을 꺼냈습니다. 내내 추워서 엄두를 내지 못하다가 입어볼까 싶으면 더워서 못 입는, 1년에 한두번 걸치는 애매한 두께의 옷이지요. 모처럼 앞코가 뾰족한 검정 구두까지 갖춰 신었더니 코로나19 칩거로 쪼그라든 몸이 발끝부터 펴지는 듯했습니다. 주머니에 손을 넣었는데 웬 종이가 만져지네요. 그것은 지폐가 아니라 포스트잇. 지난해 이 재킷을 입고 간 강연에서 질문 보드에 붙어 있던 것을 챙겨 왔나봅니다. 저들끼리 몸을 붙이고 있는 열한개의 질문 중 하나는 이랬습니다.

314

4부 배움과 아이들

"여자의 적은 여자라는 말을 하며, 미묘하고 복잡한 관계의 어려움을 호소하는 엄마들에게 이야기를 해준다면?" 이 것은 단골 질문입니다. 다른 북토크 때도 비슷한 사정을 토로하는 분이 있었죠. 서비스업종에서 일하는 여성 독자분인데요, 한번은 여자 고객이 무리한 요구를 하길래 규정상 어렵다고 했더니 대뜸 그럼 남자 직원을 불러달라고 하더랍니다. 그 독자분은 같은 여자끼리 대놓고 불신하는 상황에 개탄하며 '여자의 적은 여자' 같다고 하셨죠.

짐작 가는 상황이고 마음이었습니다. 저도 증권회사에 다닐 때 창구에서 일하는 '여직원'이었어요. 업무 규정에 따라 안 되는 걸 안 된다고 말하면 제 말은 무시하고 "지점장 나와라" 소리치는 고객들이 꼭 있었죠. 남녀 어르신이 고루 그랬어요. 그렇지만 해결사로 등장하는 지점장은 어김없이 남성이었고요. 당시만 해도 '여직원'은 결혼·출산·육아로 회사를 다니기 어려웠기 때문에 대리 이상인 여성 관리자가 드물었답니다.

30년 전이나 지금이나 '남자랑 대화하겠다'는 고객이

출현하는 건 왜일까요. 왜 남녀 불문하고 여성을 이등시민 취급할까요. 그날의 북토크에서 저는 이런 맥락의 의견을 드렸습니다. 가부장제 역사에서 여성에게는 집안일 외에 '바깥 일'의 기회가 잘 주어지지 않았고 주어지더라도 권한이 없는 구석 자리만 할당되었죠. 권력의 자리에는 늘 남자가 앉아 있고요. 그래서 문제를 해결하려면 남자가 나서야 한다는 믿음이 생긴 것 같다고요. 실상은 책임자의 힘 행사에 따른 뒤치다꺼리는 다 실무자에게 전가되는데도 말입니다.

그런데 문득 궁금했습니다. '미묘하고 복잡한 관계'의 현실을 해석하는 만능 프레임이 된 '여자의 적은 여자'라는 말은 애당초 어떻게 생겨났을까요. 제 의문의 물꼬를 터준 책은 이라영의 『정치적인 식탁』입니다. 저자는 예술사회학을 공부한 연구자예요. 밥과 말이 오가는 식탁이 얼마나 정치적인 공간인지, 즉 누구의 목소리가 진리 행세를 하고 누구의 입장이 배제되는지를 일상의 사례로 제시합니다.

'여자의 적은 여자'라는 말은 속칭 '고부갈등' 맥락에서 가

4부 배움과 아이들

장 빈번하게 쓰이지요. 저자는 '고부갈등'이란 말이 얼마나 기만적인지부터 짚어요. 정리하면, 여성은 결혼을 하는 순간 인간관계가 남성을 중심으로 재배치된다. 이 과정에서 자연스럽게 여성은 (결혼 전의) 힘의 고리가 끊어지고 집안에서 각종 권력관계에 참여한다. 시어머니는 며느리, 맏며느리는 손아래 동서들에게로. 반면에 자신의 일을 통해 사회적 지위를 가지는 남성들은 '시아버지 되기'에 상대적으로 관심이 덜할 수밖에 없다는 겁니다. 즉, "집안 문제를 여성이 담당하니까 당연히 '갈등'의 당사자는 여성의 얼굴로 나타난다"(72면)고 진단합니다.

전통적으로 기혼 여성의 위치는 "아들 키운 보상을 며느리에게 받으려는 시어머니"(73면)와 "고생한 엄마에 대한 보상을 자기 아내에게 시키는 아들"(73면) 사이에 놓이죠. 이들은 행여라도 맡은 일을 원활히 수행하지 못하면 '여자의 적은 여자야' '하여튼 여자들은(쯧쯧)' '집안에 여자가 잘 들어와야 한다' 같은 말을 듣습니다. 드라마에서도 나오는 대사이고, 실제로 명절 밥상에서도 어르신들 대화에서 육성으로 들리죠. 지금 생각하면 여성들이 부엌이란 폐쇄된 공간에서 힘들고 지루한 노동을 반복하느라 쌓인 화와 억압을 풀 곳이 없어서, 자기보다 약자로 눈앞에 보이는 만만한 대상에게 전가한 게 아닌가 싶습니다.

저자 이라영의 분석대로, 여자 고객이 여자 직원을 무시하거나 여자 상사가 여자 후배를 질투하는 일은 가부장제의 약자들, 즉 '여성이 겪는 문제'(결과)이지 '여성이 만든 문제'(원인)는 아닙니다. 결과를 원인으로 바꾸지만 않아도 우리는 정확하게 미워하고 온전하게 사랑할 수 있으리라 생각해요.

노란 포스트잇에 남겨주신 질문이 사계절을 지나 다시 피는 개나리처럼, 한해가 지나서 제게 온 것이 운명 같습니다. 그사이 저는 『정치적인 식탁』에서 멋진 말을 하나 배웠으니까요. 바로 '여자는 여자가 돕는다'는 명제죠. 그렇게 세상을 보니 또 다르게 보이더라고요. 현실의 복잡하고 미묘한 문제들 때문에 화가 나지만 누구를 향해 화를 내야 할지 모르겠을 때 척 하면 척 알아듣고 하소연을 들어주고 같이

4부 배움과 아이들

싸워주는 여성들도 주위에 많았습니다. 이 편지도 '여돕여'의 증표가 되면 좋겠습니다.

현재의 것이 잘 있으므로

월트 휘트먼
『풀잎』,
허현숙 옮김, 열린책들 2011

글쓰기 수업을 준비하면서 매주 읽을 책 열권 정도를 정합니다. 교재 목록을 뽑는 일은 언제나 설레죠. 귀한 손님을 초대해 밥상을 내는 느낌인데요, 엄선한 메뉴에서 시집은 필수 요리입니다. 보기도 좋고 맛도 있지만 번거로워서 혼자는 잘 안 해 먹는 특식 같다고 할까요. 이왕이면 단번에 안 읽히는 시집으로 작정하고 고릅니다. 술술 읽히는 시집은 혼자서 봐도 되니까요. 말은 이렇게 하지만 번번이 회피 본능이 올라와요. 더 수월한 시집으로 할까? 그래도 '어려워야 공부지!' 싶어서 고른 게 이번에는 271면짜리 두툼한 시집입니다. 월트 휘트먼^{Walt Whitman}의 『풀잎』이죠.

글쓰기 수업 첫날, 교재 선정의 변을 말했더니 당신이 손을 들었습니다.

"지금이라도 바꾸죠. 세상에 읽어야 될 책이 얼마나 많은데 하필 안 읽히는 책을 읽나요?" 당신의 말은 익숙한 내면의 소리였기에 저는 대답했어요. "안 읽히니까 읽어야죠. 읽힐 때까지 읽는 게 시집 독서의 묘미입니다."

『풀잎』의 시인 월트 휘트먼은 1819년생으로 미국 사람이에요. 1818년생 독일 사상가 마르크스^{Karl Marx}랑 또래더라고요. 마르크스가 '만국의 노동자여 단결하라'며 계급 철폐를 외치고 인간의 평등을 주장했듯이 휘트먼도 만물에 위계를 두지 않고 "동등한 관계로써 오라"(22면)라고 노래했어요. 영웅이 아니라 보통 사람들을 자신의 시에 주인공으로 등장시켰기에 후대에 혁명적인 인물로 남았죠. "위대한 시는 여러 세월에 대해, 모든 계층과 피부색, 모든 부문과 분파에 대해, 남자와 마찬가지로 여자에 대해, 여자와 마찬가지로 남자에 대해 공통적이다."(38면)

그가 서문에 쓴 시론입니다. 세상을 보는 공명정대한 관점도 훌륭하지만 제가 휘트먼에게 반한 지점은 자기 글에 대한 지긋한 애정이에요. 서른여섯살에 자비로 『풀잎』을 출간하고 1891년에 임종판까지, 그는 평생토록 원고를 수정합니다. 무려 36년간 시를 매만지다니 집념이 대단하죠. 단어가 바뀌고 배열이 달라질 때마다 주름이 미세하게 늘어갔을 시인의 손을 떠올려봅니다. 생을 바친 한권의 책. 한 시인이 어루만진 온 우주.

유독 몸이 늘어지는 날엔 침대에 누워 『풀잎』을 펼쳐요. "나는 나 자신을 찬양한다"(43면)로 시작하는 시는 자신에 대한 긍지로 넘쳐납니다. 제목 없이 52번까지 이어지는 시편들에는 온갖 것들이 딸려 나오죠. 추수기의 마른풀들, 선원들, 조개잡이들, 도망친 노예, 푸줏간 소년, 야생 거위, 흉내지빠귀, 집 문턱의 고양이, 박새… 휘트먼은 모든 타자를 자신처럼 예찬하거든요. 만물이 제각각 존재를 드러내고 내 안으로 들어오면 '나'가 확장되고 내가 가진 고민이 적어지곤 하죠. 시의 마법입니다.

『풀잎』에서 제일 좋아하는 시구가 있어요. 프리랜서는 일거리가 보장되지 않는 불안정노동자라서 불안에 빠지기 쉽거든요. 그럴 때마다 저는 '오늘 살았으니까 내일도 살 수 있을 거야' 스스로 다독이곤 했어요. 같은 이야기를 휘트먼은 이렇게 노래하죠.

앞으로 일어날 것은 잘될 것이다 — 왜냐하면 현재의 것이 잘 있으므로,

—「시간에 대해 생각하기 6」부분

근거 없는 낙관은 공허하기 마련인데 이 문장은 제 경험 때문에 바로 몸에 붙었어요. 휘트먼은 생계유지를 위해 인쇄공, 교사, 소설가, 목수 등 온갖 직업을 전전했다니까 아마도 자기 삶에서 우러난 시구인 거겠죠.

그동안 시 수업을 할 때마다 느낀 건데요, 학인들은 시가 모르는 외국어처럼 안 읽혀서 혼났다고 말면서도 낯선 언어의 숲을 파헤치고 자기랑 꼭 닮은 시 한편을 잘도 골라 옵

니다. 삶이 가진 직관의 힘이겠죠. 이번 시 수업도 그랬습니다. 매달 유기동물보호소에 봉사를 나가고 매일 길냥이 밥을 챙기는 채식주의자 학인은 이런 시를 낭독했어요.

나는 돌아서서 동물들과 잠시 살 수 있을 것 같다… 그들은 무척이나 차분하고 자립적이다,
나는 가끔 선 채로 반나절 가까이 그들을 바라본다.

그들은 자신들의 처지 때문에 땀 흘리지 않으며 투덜대지도 않는다,
(…)
어느 누구도 불만족스러워하지 않으며… 어느 누구도 사물에 대한 소유욕으로 미치지 않는다,

—「나 자신의 노래 32」부분

두 페이지에 걸친 이 시를 읽은 학인은, 휘트먼이 진짜로 반나절 가까이 동물을 지켜보고 쓴 시 같다고 말해 우리는

다 같이 웃었습니다. 몸으로 겪은 글엔 거짓이 없죠. 100년 후에도 살아남을 생명의 언어, 그 비결은 진실함이었습니다.

세상에 읽을 책도 많은데 왜 안 읽히는 시를 읽어야 하냐는 물음만 남기고 사라진 당신에게 수업 이야기를 들려주고 싶었습니다. 낯선 문체, 다른 어법, 논리의 모순과 비약으로 다가오는 운문 형식의 글은 '어렵게' 느껴지지만 생각보다 어렵지는 않아요. 말의 리듬을 타면 심지어 재미도 있습니다. 난코스를 통과하면서 느껴지는 은근한 쾌감이죠.

영화 「죽은 시인의 사회」에서 키팅 선생님은 학생들에게 말합니다. "시는 멋지다고 읽거나 쓰는 게 아니야. 시를 읽거나 쓰는 건 우리가 인류의 구성원이기 때문이지." 의미를 고정하는 행위를 거역하고, 익숙한 어법을 교란시키면서 숨어 있는 존재를 드러내는 게 시의 역할이라서 시를 읽노라면 언어의 품도 넓어집니다. 글 쓰는 사람에게 필요하고 '인류애' 증진에 유익하죠. 이번엔 아쉽게 기회가 닿지 못했지만, 다음엔 당신도 같이 읽었으면 좋겠어요. 남이 해주는 밥이 맛있듯이 남이 읽어주는 시도 참 달거든요.

기득권도 고통받는다는 말

노동환경건강연구소 기획
『고통에 이름을 붙이는 사람들』,
포도밭출판사 2021

이과생 대상으로 하는 대학 강연이 오랜만이었습니다. 담당 교수가 '세상의 고통을 글로 쓰는 이유'를 들려달라며 초대했고, 저는 그간 쓴 책을 중심으로 나·타인의 고통에 대한 공감이 글이 되기까지를 이야기했습니다. 질문 시간이 되었을 때, 모니터의 정적을 뚫고 한 학생이 손을 들었죠.

"작가님께서는 소수자들이 겪는 차별에 대해 주로 말씀해주셨습니다. 그런데 기득권자들이 상대적으로 받는 차별도 있지 않을까요? 너는 이만큼 가졌으니 그만큼 기여해야 한다는 압박이 클 수도 있으니까요. 그 점에 대해서는 어떻게 생각하시는지 의견을 듣고 싶습니다."

기득권자도 차별을 받는다는 내용이었죠. 저는 '그렇게 느낄 수도 있겠네요'라며 의견을 말했습니다. "장애인은 이동권이 없어서 학교나 직장에 다니지 못하죠. 휠체어로 지하철을 타다가 추락사를 당하기도 합니다. 성소수자는 존재 자체를 부정당하고 특히 청소년 성소수자는 자살률이 높아요. 난민, 이주민이라는 이유로 인간으로서 갖는 기본적인 권리를 제약받고요. 그러니까 장애인, 여성, 성소수자, 이주민 같은 사회적 약자가 받는 차별은 '죽고 사는' 생존의 문제와 직결돼 있습니다. 그걸 '심적 압박'의 문제와 균등하게 놓고 차별이라고 말하는 건 무리가 있다고 봅니다."

모니터 화면으로 학생이 고개를 끄덕이는 모습이 보이기에 저는 안도했습니다. 실은 조마조마했거든요. 다른 의견을 가진 사람을 몰아세우지 않으면서 대화하는 건 언제나 어렵습니다. 반대 의견이 너무 강해도 너무 약해도 말길이 끊기죠. 말들이 순환하지 않으면 배움이 일어나지 않습니다. 강연자도 청중도 각자 '자기 옳음'만 확인하고 간다면 우리가 모이는 자리의 의미는 퇴색될 거예요.

그래서 자기 생각을 드러내준 학생의 용기가 고마웠습니다. 덕분에 저는 내게 당연한 게 남에게도 당연하지 않다는 걸 알았고요, 대중과 소통할 때 어디서부터 이야기를 시작하면 좋을지 배웠습니다. 무사히 강연을 마쳤지만, 여러 상념들이 솟아올랐습니다. 지금과 같은 입시 위주의 제도교육에서는 시험지 너머로 '나'를 확장할 시간이 허락되지 않습니다. 일전에 인터뷰한 의대 교수가 "요즘은 사춘기를 앓는 아이들은 의대에 들어오기 어렵다고 교수들끼리 말한다"고 했죠.

물론 일반화할 순 없겠지만요. 잠시라도 두리번거리면 궤도에서 이탈하는 살벌한 경쟁 시스템에서 내 한몸 챙기기도 버거운 마당에, 먼 이웃의 고통을 알기란 구조적으로 요원한 일이 되어버린 듯합니다. 계층 간에 소득 수준만 벌어지는 게 아니라 이야기의 순환 통로도 끊어져버린 사회에서 학생의 질문이 나왔다는 생각이 들었습니다. 이 지성의 공백을 메우고 공감 격차를 줄이기 위해 교수님도 강연

자리를 마련한 것일 테고요.

『고통에 이름 붙이는 사람들』이란 책을 소개해드리고 싶습니다. 그날 강연에서 약자에게 차별은 목숨이 달린 문제라고만 말했지 얼마나 어떻게 그러한지 말하지 못했는데요. 이 책은 차별이 어떻게 노동자의 생명을 위협하는지, 에어컨 설치 기사, 플랫폼 노동자, 학교급식 조리원 등 우리 일상을 떠받치는 25개 직업 사례를 들어 상세히 보여줍니다. 이를테면 이런 사례.

"비정규직이 정규직보다 많이 죽는 거나 발암물질에 더 많이 노출되는 상황은 차별이 낳은 것이다. 우리나라에서 일하는 외국인 이주노동자의 자살률이 높은 것도 마찬가지다. 왜냐하면 차별은 일의 위험을 받아들이라는 강요이기 때문이다. 노동자는 차별에 적응하면서 위험을 감수하려고 애쓰다가 병들고 다친다."(9면)

환경미화원이 사고가 많은 이유 중 하나가 밤에 작업하기 때문이라고 합니다. "지자체는 낮에 쓰레기를 치우는 모습을 보이지 않고 싶어한다. 과소비를 유지하려면 쓰레기에 대한 부끄러움을 제거해야 하기 때문"(207면)이다. 야간노동이 2급 발암물질이라는 사실도 저는 처음 알았는데요, 그런데도 밤 작업이 이뤄지는 현실이 끔찍했습니다. "일이 위험해서 다치는 것이 아니다, 아무리 위험한 일도 안전한 방식으로 일하면 다치지 않는다"는 책 뒤표지 문장은 우리가 '차별이 아닌 존중'을 선택해야 할 이유를 잘 요약해줍니다.

이 책은 제가 진행하는 글쓰기 수업에서도 읽었습니다. 목공 일을 하는 학인은 예술가에게도 해당되는 재해가 많아서 놀랐다며 나무 먼지의 위험성을 간과하여 응급실에 갔던 경험을 털어놓기도 했습니다. 너도나도 말하다보니 안전한 직업은 없어 보이더라고요. 아마 대기업 자본가도 대통령도 직무에 따르는 고통이 있겠지요. 그렇다고 "세상에 안 힘든 일은 없어"라고 일반화하는 논리는 절실한 문제를 가려버립니다. 발밑에 안전 매트리스 하나 없이 30층 빌딩에 매달려 일하는 도색노동자의 위험과 전문직의 고단함이 같은 층위일 수는 없을 테니까요. 그래서 잘 보이지 않는 존재들이 처한 현실을 저는 기회가 닿는 대로 말하고 다닙니다.

저도 스무살 무렵에는 도대체 여자가 무슨 차별을 받는 다는 건가 생각했었어요. 그런데 결혼과 출산을 거치고, 또 글 쓰는 일을 하며 다른 삶의 배경을 가진 여성들을 만나면 서 그런 생각이 깨졌습니다. 사람은 변합니다. 변화란 거저 오는 것이 아니라 애써서 만드는 것이라고 하죠. 비난으로 는 변하지 않고 애씀으로 변하는 것 같아요. 누군가 애써 글 을 쓰고, 누군가 애써 글을 읽고 애써 소개하고요. 남의 말에 귀를 열고 질문하고 영향을 받는 것도 애씀이지요.

이 느리지만 단단하게 이어지는 각성과 변화의 흐름을 보았기에 저는 '애씀 공동체'를 키워나가는 일이 직업이 되 었습니다. 다양한 존재들과 만나서 읽고 쓰고 말하기를 멈 추지 않으며 같이 애쓰고 있지요. 요즘엔 장애인 예산 권리 확보 시위 관련한 글을 읽으며 그간 우리 사회가 누린 속도 와 편의가 장애인 같은 교통약자가 배제된 채 설계된 것이 었음을 배웠습니다. 나를 변화시킨 이들의 바통을 이어받 아 조금 더 애써보고 싶은 마음이 들어 편지를 띄웁니다.

존재를 부수는 말들

이라영
『말을 부수는 말』,
한겨레출판 2022

강연에서 돌아오자마자 편지부터 열어 보았습니다. 도톰한 봉투를 들고 오는 동안 기분이 얼마나 좋던지요. 두 장에 걸친 빼곡한 사연의 대략은 이랬습니다. 제가 쓴 책을 보고 '읽기'가 삶의 어려움을 극복하는 데 도움이 되는 경험을 했다, 그래서 아이들과 독서토론 수업을 하고 있는데, 현실은 그대로인 것 같아 힘이 빠진다, 우리 아이들이 앞으로 겪게 될 아픈 경험들이 먼저 보여서 마음이 힘들다… 긴 고백 끝에 선생님은 물었죠. 작가님은 이런 무력감을 어떻게 극복하셨나요?

사실 '무력감'과 관련한 질문은 강연에서 꽤 자주 나옵니다. 독자들이 묻죠. 읽거나 쓴다고 해도 현실은 쉽게 달라지지 않는 것 같은데 이런 작업을 지속시켜주는 동력이 무엇이냐고요. 그럴 때 저는 답합니다. "세상은 안 바뀌는 거 같지만 제가 바뀌었거든요. 저도 세상의 일부이고 적어도 제 몫만큼은 변했잖아요. 조급하게 생각하지 않고 제가 지금 할 수 있는 일에 집중하고 있습니다."

내가 말해놓고도 꽤 적절한 답변 같아서 뿌듯했습니다. 그런데 요즘엔 저 말이 그럴듯한 자기 위안은 아닌지 스스로 의심이 듭니다. 세상은 크고 나는 작아서 어쩔 수 없다며 역할에 한계를 긋고 비참한 세속에서 한발 물러나 있기 위한 말은 아닐까 돌아봅니다. 그러다가 청년이 일하다가 죽었다는 뉴스를 한번씩 접하면 마음이 부대끼고, '느린 살인'이라 할 수 있는 차별과 혐오의 언어들로 인해 고통받는 존재가 눈앞에 나타나면 정신이 번쩍 듭니다.

한 지인의 이야기를 들었습니다. 열살 즈음, 아빠와 자주 싸우던 엄마가 집을 나갑니다. 남겨진 아이는 조부모 손에 맡겨지죠. 그런데 아빠도, 엄마도, 할머니도, 할아버지도 아이에게 자초지종을 설명하지 않아요. 느닷없는 대혼란의 상황에서 고립과 공포를 느낀 아이는 사람을 피하기 시작하죠. 그렇게 청소년기를 보내고 성인이 됩니다. 끈질기게 일상에 개입하기에 과거가 될 수 없는 현재진행형 이야기를, 그는 서른이 되어서야 털어놓습니다.

"그때만 해도 이혼가정이란 말은 들어보지도 못했고 주변에서 부모가 이혼한 사람을 본 적이 없었어요. 나에게 일어난 일이 무엇인지 몰라서 두려웠죠." 그러니까 아이 입장에서는 '주 양육자의 부재'만도 충격인데 자신의 고통에 무심하고 무감각한 '어른들의 침묵'이 더해지니 고통이 걷잡을 수 없이 커져버린 겁니다.

선생님, 아마 이와 비슷한 이유로 고통받는 아이가 지금도 교실에 있겠지요. 그런 생각에 이르면 저는 마음이 아프다가도, 어서 해야 할 일이 있다는 생각에 힘이 나기도 합니다. 제 할 일이란 나쁜 말들을 영구 폐기시켜야 한다는 임무입니다. 가령, '애들은 몰라도 돼' 같은 기성세대의 언어요.

4부 배움과 아이들

지인의 사례가 말해주듯, 애들은 몰라도 되는 문제의 가장 큰 피해는 늘 죄 없는 애들에게 돌아갑니다.

그리고 '결혼 언제 할 거냐?' 같은 말 대신 '아직 이혼 안 했어요?'라는 말이 상용구로 쓰이는 세상을 상상하곤 합니다. 기본값이 '결혼'으로 설정된 정상가족 이데올로기가 힘을 잃는다면 다양한 생활 반려 공동체가 생겨날 것이고, 또 이혼은 이사 같은 일이 되지 않을까요. 좋을 수도 안 좋을 수도 있는 일, 선택하고 받아들이는 사람의 일, 집안에서 고통받던 약자에게 출구가 생기는 어쩌면 대단한 일이요.

쓰다보니 선명해지네요. 선생님, 저는 이럴 때 무력감에서 벗어납니다. 존재의 숨통을 죄는 낡고 오랜 악당 같은 말들을 물리치고, 존재의 숨길을 열어주는 해방의 언어를 유포하고 싶다는 열망에 사로잡힐 때요. 그래서 글을 쓰는 일이 직업이 되었나봐요. 써서 뭐하나 싶다가 뭐라도 쓰자며 혼자 마음이 바빠져요. 이라영의 『말을 부수는 말』은 좋은 교본입니다. 처음엔 웬 제목이 이리도 과격한가 싶어 멈칫했는데, 완독하고 나니까 과격한 건 제목이 아니라 약한 존재를 부수는 거친 말들이고 그 말이 상식 행세를 하는 비뚤어진 현실이었습니다.

"남녀노소 누구에게나 인생에서 가장 많이 하는 후회가 뭐냐고 물으면 '공부 좀 할걸'이라고 한다. 한국처럼 열심히 공부하는 사회도 드문데 모두들 공부를 안 했다는 후회를 한다. 그리고 과잉 노동과 저임금을 공부 안 한 '내 탓'이라고 받아들이는 정서를 일상에서 어렵지 않게 마주친다."(33면)

저자는 노동 환경의 많은 문제점은 사회적 의제가 되기보다 '능력 없는' 개인이 당연히 짊어져야 할 짐이 되었다고 분석해요. 맞는 말이죠. 산재 사망 사고가 나면, 나는 혹은 내 아이는 공부해서 저런 위험한 일자리는 피하자는 게 일반적인 산재공화국 시민으로 사는 대처법입니다. 구조의 문제를 은폐한다는 점에서 "공부 좀 할걸"도 권력의 언어였습니다. 공동체에서 시급히 추방되어야 하는 언어에 등재되어야 할 말이더라고요.

선생님이 편지 말미에 쓰셨죠. "우리 아이들을 덜 다치게 하기 위해 앞으로 어떤 이야기를 해줄 수 있을까요." 선생님

4부 배움과 아이들

의 마음이 전해져와 혼자 울컥했습니다. '덜' 다치게 하는 방도로 예방주사 같은 이야기를 고민하시다니요. 몇줄 문장으로는 아이들이 겪을 별의별 문제에 대비하기 어려울 거예요. 잘게 쪼개서 삶의 면면을 지켜야죠. 『말을 부수는 말』목차에 나오는 대로 시간, 퀴어, 나이 듦, 동물, 몸, 지방, 아름다움 등 19가지 화두를 가지고 아이들과 하나씩 이야기를 풀어가면 어떨까요.

자신을 해치는 말의 문제점을 인식하고 자신을 지키는 말을 찾아가는 여정이라면 흥미롭지 않을까요. 아이들과 함께 '부수고 싶은 말들의 목록'을 만들어봐도 재밌겠고요. 티끌같이 흩뿌려져 있지만 태산 같은 힘을 행사하는 권력의 언어를 저항의 언어로 바꾸어낼 아이들과, 아이들 곁에 선 선생님이 있는 교실, 다정하고 살벌한 말들의 풍경을 그려봅니다.

다른 아이들은요?

성태숙
『변방의 아이들』,
민들레 2015

김 선생님도 아시다시피 저는 주로 학교로 강연을 갑니다. 아이들이 강연에 앞서 책을 읽고 토론을 하는데요, 결과물이 대단해요. 한권의 책을 능숙하게 착즙해낸 소감과 질문 목록을 보노라면 저는 입이 딱 벌어지곤 합니다. 어느 학교에서는 제가 당시 노동 현안을 말하려고 "SPC그룹 노조가"라고 입을 떼자 "임종린이요"라며 노조위원장 이름으로 받아치는 학생도 있었죠. 청소년은 이미 정치적 주체라는 사실이 실감나고, 이런 아이들이 있는 세상이라니 희망차구나 싶어 흥분이 됩니다. 그런데 강연을 마치고 텅 빈 운동장을 가로질러 교문을 나오는 길엔 한껏 고양된 감정이 또, 그만, 거짓말처럼 가라앉아버리고 맙니다.

나머지 아이들의 존재 때문입니다. 이 커다란 학교에서 제가 만난 아이들은 한줌의 우등생이라는 것, 두시간을 꼼짝 않고 집중하는 게 가뿐한 훈련된 몸들이라는 것, 그리고 오늘날 대입 위주의 공교육 체제에선 저 똘똘이들에게 기회와 혜택이 쏠린다는 사실을 저도 모르지 않아서겠지요. 하다못해 소시지빵과 탄산수 같은 간식이 강연을 들은 아이들에게만 지급되는 것마저 괜스레 속상할 때가 있습니다.

여기 없는 아이들은 어디 있을까요. 언젠가 스치듯 본 것도 같습니다. 한번은 성공회 신부님이 운영하는 동네책방에서 북토크를 마치고, 밤 10시 즈음 책방 옆 골목길을 지나는 한 무리의 청소년을 만났죠. 신부님은 자신이 돌보는 아이들이라며 말하셨죠. "우리 애들이 집에서 혼자 자야 하는 아이들이 많아요." 부모가 야간노동을 하거나, 부모가 아예 없는 아이들도 있다고 하셨죠. 저는 가슴이 철렁했지만 아이들의 '혼자 남은 밤'이 잘 그려지지 않았습니다. 현관이 없는 집처럼요.

김 선생님. 제가 SNS에 넋두리처럼 중·고생 대상 강연의 즐거움 끝에 번번이 따라오는 뒤숭숭함을 꺼내놓았을 때 선생님이 공감해주어 반가웠습니다. 김 선생님도 강연에서 주로 명문고 아이들을 만나다보니 비슷한 고민이 생긴다며 이런 댓글을 달았죠. '그 아이들과의 시간이 소중한 것은 틀림없지만 내가 한정된 시간을 분배한다면, 어디로 갔어야 하는가.'

아이들을 만날 때 화두로 품어야 할 중요한 물음이라고 생각합니다. 그런데 학업성적이 낮거나 사회적 배려 대상자인 아이들을 만날 기회는 왜 아예 안 생기는지, 누가 어떻게 만들 수 있는지, 한편으로는 모든 아이들에게 책이나 강연이 꼭 필요하다는 생각이 오만함은 아닌지… 온갖 회의와 상념에 빠져 있는 제 앞에 무슨 신처럼 책이 한권 나타났습니다.

이 책은 서문 얘기부터 해야 합니다. 저자는 서문을 쓰는 게 어려워 한달째 붙들고 있다가 하도 답답해서 주변에 조언을 구했답니다. 그랬더니 누가 말하더래요. 밖에서 집 안으로 들어가기 전에 마음의 준비를 할 수 있게 해주는 현관 같은 게 서문이라고요. 그 설명을 들은 저자는 더 당황했다며 이렇게 씁니다. "내가 아는 집은 현관이 거의 없다. 문을 열면 그냥 바로 방이다."(6면)

우리가 무심코 쓰는 비유는 자신이 처한 계급적·문화적 조건을 드러내죠. 저자 성태숙 선생님은 공부방 교사예요. 구로동에서 자랐고 구로동에서 파랑새지역아동센터를 십수 년 꾸려왔죠. 그간의 이야기를 글로 묶어내며 자신의 책은 '단칸방'이라고, 남에게 별로 보이고 싶지 않은 일상의 비루함이 고스란히 보인다고 미리 예고합니다. '학교는 어쩌다 가는 곳'이라고 생각하는 아이들이 주인공인 책, 『변방의 아이들』입니다.

"다른 아이들은 타고나면서부터 아무렇지도 않게 하는 일들, 예의도 좀 차리고 체면도 있고, 적당히 욕심부리고, 사랑하고 사랑받으며, 잘못하면 꾸중들을 줄도 알고, 용서를 빌고 뉘우치며 다시 노력하고, 되돌아보고 후회도 하며, 잘

해보고 싶다 마음도 먹어보는 그 모든 일들이 이 아이들에게는 짜증날 만큼 어렵게 배워야 하는 일들이다."(16면)

성태숙 선생님으로서는 울화통이 터져 죽거나 어처구니가 없어 죽을 것 같은 상황이 날마다 일어나는데요, 죽지 않고 아이들과 함께 죽을힘을 다해 살려고 노력하는 이야기를 극사실주의로 기록합니다. "말은 어른스럽지만 자기보다 훨씬 어린 학년 공부도 힘겨워하는 건, 다른 걸 생각할 일이 많아 공부는 뒷전이었기 때문일 거다."(76면) 이런 담담한 문장은 저를 그 아이의 자리에 머물게 해주었죠. 어설픈 동정의 감정은 존중의 감정으로 변했습니다.

그렇습니다. 저자가 독자를 '단칸방'으로 초대한 이유는 가난한 아이들의 불행을 전시하려는 게 아니라 이 아이들이 가난 속에서도 성장한다는 걸 보여주기 위해서예요. 서문을 요약해보면 이렇습니다. 우리 사회에서 아이들의 성장은 어느 틈엔가 중심을 향한 질주로 바꿔치기되었다. 그런데 영양이 풍부한 땅에서 햇볕을 충분히 받으며 자라는 나무들도 있지만 바위틈에서 자라는 나무도 있다. 그들의 성장을 하나의 잣대로 잴 수는 없는 노릇이다. 그리고 저자는 사람은 이렇게라도 자라려고 애쓴다는 것을 들려주고 싶어서 쓴 글이라고 말합니다.

역시나 책은 절실한 '자기 질문'이 있을 때라야 자기 것이 되는 것 같습니다. 2015년에 나온 『변방의 아이들』을, 저는 이번에 김 선생님이 던진 물음 덕분에 다시 만났습니다. 강연장에서 보이지 않는 아이들, "더 험하게 사는 아이들, 더 억울한 아이들, 스스로 삶을 일구어가야 하는 아이들"(166면)의 면면을 책으로나마 이해할 수 있었습니다. 그리고 독서와 토론을 성장의 만능 척도처럼 여기던 좁은 생각이 흔들렸으니까 저도 조금은 성장한 거겠죠. '어디로 가야 하는지' 여전히 어렵지만, 질문이 답을 주진 않아도 헤매게 해주고, 그렇게 길을 잃는 동안 다른 삶을 목격할 수도 있다는 사실이 힘이 됩니다.

썩지 않으려면

최승자
『이 시대의 사랑』,
문학과지성사 1981

    지난봄 '여성의 날' 때 일입니다. 한 서점에서 '여성을 위한 책'을 추천해달라는 청을 받았지요. 저는 시인님의 첫 시집 『이 시대의 사랑』을 주저 없이 골랐습니다. 제 방의 큰 책꽂이를 꽉 채우는, 정신없이 밑줄을 그으며 읽었던 국내외 페미니즘 도서를 제치고 왜 『이 시대의 사랑』이 제일 먼저 떠올랐을까요.

    저는 저의 성별이 무엇인지 나이가 몇살인지 크게 생각하지 않고 살아왔습니다. 아이를 낳고 집안 형편이 기울어 일을 갖게 되고 그러는 동안 못하는 것과 안 되는 것과 안 통

                                                  4부 배움과 아이들

하는 것이 생겨났죠. 삶에 제약이 가해지면서 사방에서 조여오는 압력을 통해 '나'를 실감하게 되었습니다. 나는 사람이 아니고 여자라는 돌연한 자각. 그것이 최초의 자기 인식이었습니다.

제 감정과 느낌을 설명하는 언어를 찾아가던 중 시인님의 『이 시대의 사랑』을 만났어요. 첫 시, 첫 행부터 강렬했습니다. "일찍이 나는 아무것도 아니었다."(「일찍이 나는」) 이 도저한 자기 부정의 선언은 거대한 긍정의 주술이었습니다. 아무것도 아니라서 나는 '곰팡이'도 '오줌 자국'도 '구더기'도 '시체'도 되었죠. "개 같은 가을이 쳐들어온다"(「개 같은 가을이」)니 가슴이 후련했더랬습니다. 이토록 어둡고 괴팍한 언어로 도배된 책은, 누런 고름 같은 시어가 흘러나오는 시편들은 본 적이 없었지만 그렇기 때문에 시인님의 시는 삶의 난폭함을, 사는 일의 구질구질함을 규명할 언어의 젖줄이 되어주었습니다.

저는 말문이 트인 아이처럼 글을 쏟아냈는데요, 제 첫 산문집 표지에 부제처럼 시인님의 문장을 새겨넣었습니다.

'상처받고 응시하고 꿈꾼다.' 누군가 이 문장을 한마디씩 끊어가며 발음하더니 그러더군요. "상처받고, 응시하고, 꿈꾼다… 삶의 전부가 들어 있네요." 그러게요. 우리가 아등바등 요란하게 살면서 평생 하는 일이 바로 이거였지 싶었습니다.

시인님. 저는 2012년도부터 성폭력 피해 여성들과 글쓰기 치유 워크숍을 진행했습니다. '미투'운동이 일어나기 서너해 전이지요. 여성들의 말하기는 꽤 오래전부터 준비되었습니다. 한번도 언어화되어보지 못했던 일들을 꺼내어놓는 대대적인 작업의 '도구 상자'로 저는 이 시집을 택했어요. "아픔과 상처를 응시하는 '지극히 개인적인' 부정의 거울"(뒤표지 '시인의 말')이 되어주는 시를 돌아가며 낭독했고, 시에 전염된 참가자들이 "단단한 슬픔의 이빨"(「북」)로 하나둘 이야기를 풀어놓았어요. "어머니 북이나 실컷 쳐났으면요"(「북」)라는 시구대로 삶을 마구 쳐댔고요, "오래 멈춰 있던 / 현을 고르"(「비오는 날의 재회」)듯 자기 경험을 해석할 언어를 골랐어요. 그때 피해 여성들이 쓴 글을 모은 문집을 만

4부 배움과 아이들

들었어요. 참가자들이 직접 지은 제목이 '굿바이 회전목마'
예요. 갔나 싶으면 또 오는 고통과 제발 안녕하자는 간절함
이 서려 있죠. 시인님의 지독한 시 덕분에 현실의 지독함을
무사히 담아냈습니다.

　그때 이후 오랜만에『이 시대의 사랑』을 제가 진행하는
글쓰기 수업에서 다시 읽었습니다. '여성의 날'에 추천해놓
고 나니 요즘 젊은 분들은 이 시집을 어떻게 읽을지 궁금했
죠. 한 20대 학인은「다시 태어나기 위하여」를 읽더군요.

　　어머니 어두운 뱃속에서 꿈꾸는

　　먼 나라의 햇빛 투명한 비명

　　그러나 짓밟기 잘하는 아버지의 두 발이

　　들어와 내 몸에 말뚝 뿌리로 박히고

　　나는 감긴 철사줄 같은 잠에서 깨어나려 꿈틀거렸다

　　　　　　　　　　　　　　—「다시 태어나기 위하여」부분

매일 술에 취해 집에 들어온 아버지. 엄마의 말투가 조금

이라도 마음에 들지 않는 날에는 무참히 폭력을 휘두르고, 방에서 조용히 웅크리고 태풍이 지나가길 기다리던 유년의 형과 나. 그는 시집을 읽다가 몸에 말뚝 뿌리로 박힌 아버지—폭력의 기억이 올라와서 너무 많이 울었다고 했습니다.

"하늘에서 푸른 물의 상처가 내린다. / 떠도는 스물넷의 이마 위에, / (…) / 내가 마지막 눕는 꿈 위에"라는 시구가 있는 시 「비·꽃·상처」를 고른 이는 예순이 되어가는 학인입니다. 스물넷에 결혼해 배우자의 상습적 음주와 폭력, 시집살이로 점철된 시간들, 결국 분가했지만 위층엔 시누이가, 아래엔 시숙이 사는 집에 살게 된 사연. 그가 "나는 독 안에 든 쥐 / 독 안에 든 쥐라고 생각하는 쥐"였다고 쓴 대목에서 한 편의 시는 고스란히 그의 삶으로 포개어졌습니다.

시인님에게 보여주고 싶었어요. 1981년에 초쇄를 찍고 40년 세월을 견딘 시집, 슬픔의 난민들에겐 국보 같은 이것을 한권씩 들고 '줌' 화면에 모인 네모네모 얼굴들을요. 각자 고른 시를 암송하고 시에 감응한 글을 발표하는 2021년도 『이 시대의 사랑』 풍경을요. 시인님이 뒤표지 '시인의 말'

에 쓰셨죠. 시로써는 아무것도 할 수가 없다고. 다만 다른 사람들이 배고파 울 때 같이 운다든가, 다른 사람들이 울지 않을 때에 그럼에도 불구하고 과감히 울어버릴 수 있다는 것뿐이라고요. 그런 것 같습니다. 아이처럼 우는 사람이 아이처럼 웃을 수도 있겠지요. 자기 부정의 시간을 통과하고 나면 "온몸에서 슬픔이란 슬픔"(『수면제』)이 모조리 새어 나오고 생의 의지가 차오르는 것을 봅니다.

계절의 특권이겠지요. 이번 수업에서 가장 인기 있는 시는 「올여름의 인생공부」였습니다.

그러므로, 썩지 않으려면

다르게 기도하는 법을 배워야 했다.

다르게 사랑하는 법

감추는 법 건너뛰는 법 부정하는 법.

—「올여름의 인생공부」 부분

살면서도 사는 법을 몰라 헤매는 사람들, 삶에 대한 사랑을 포기하지 않는 사람들에게 시인님이 얼마나 큰 힘이 되는지 꼭 말씀드리고 싶었습니다.

세상을 향한 "울음의 통로"(「부질없는 물음」)를 만들어주셔서 고맙습니다. 이름도 승리의 깃발 같은 최승자 시인님!

사람 물리치지 않는 사람들

김동원 감독
「내 친구 정일우」,
2017

괴산시외버스터미널 대합실에 갔더니 연탄난로가 서 있습니다. 학창 시절 교실에서 보곤 처음이었죠. 동창이라도 만난 듯 다가갔습니다. 불 꺼진 난로 옆에 연탄 여덟개가 대기 중입니다. 어릴 적 엄마랑 외출했을 때 엄마는 연탄불이 꺼질까봐 늘 발을 동동거렸죠. 연탄구멍 사이로 엄마의 초조한 눈빛이 보입니다. 너는 누구를 위해 한번이라도 연탄을 갈아봤느냐, 유명한 시구를 내 맘대로 고쳐 써봅니다. 대합실 벽면엔 '축 발전'이라고 쓰인 거울이 걸려 있고요. 서울에서 고작 두시간 이동했는데 다른 시간대에 떨어진 영화

사람 물리치지 않는 사람들   **351**

주인공처럼 나는 두리번거립니다.

괴산 솔맹이마을에 글쓰기 강연을 왔습니다. 섭외 제안이 연애편지 같았죠. 진즉에 초대하고 싶었는데 못하다가 사업비가 생겨서 부른다는 사연. 가난한 그리움이 묻어났습니다. 괴산이라서 더 그랬을까요. 괴산은 빈민운동가 정일우 신부가 88올림픽을 앞두고 상계동 판자촌이 철거되자 터를 잡은 곳으로 신부님은 이곳에서 땅을 살리는 유기농법 전파에 힘을 쏟았죠. 그에 관한 다큐멘터리 「내 친구 정일우」에서 이런 대사가 나옵니다. "더 가난해졌으니까 잘된 것이다. 가난해야 천국에 가깝다." 이 말 뜻을 이해하고 싶어서 괴산에 가보고 싶었습니다.

강연을 주선한 엄 선생님이 터미널에 마중을 나왔습니다. 차를 얻어 타고 가는데 엄 선생님이 점심을 먹자고 하네요. 식사 초대는 매번 딜레마입니다. 강연 전에 낯선 사람과 식사를 하면 아무래도 기운을 뺏기게 되고, 강연 후엔 기운이 소진돼 밥이 잘 안 넘어가거든요. 그래서 식사 제안이 오면 사정을 말하고 정중히 사양하곤 해요. 그날은 때마침 시

4부 배움과 아이들

간도 빠듯하니 핑계도 적당했죠. 그런데 웬걸. 엄 선생님은 대수롭지 않게 말했습니다. "강연에 좀 늦어도 돼요. 밥 먹고 갈 테니까 차 마시면서 기다리라고 했어요."

메뉴는 김치찜. 윤기가 반들반들 흐르는 묵은지를 보자 침이 고입니다. 반찬으로 나온 계란말이도 특별했어요. 흰자와 노른자를 분리한 조리법인데, 노란 테두리에 하얀 속살 사이사이 오색 채소가 박힌 도톰한 계란말이는 젓가락 대기도 아깝게 고왔죠. 제가 계란말이에 대한 찬사를 건네자 음식점 주인이 "계란말이만 7년을 연구했어요" 합니다. 그 말이 제겐 '이 원고는 퇴고만 7년 했어요'로 들렸습니다. 평소 농담처럼 말하지만 글은 밥과 경쟁합니다. 밥 한그릇만큼 필요를 채워주고 만족을 주는 글을 쓰기란 생각보다 어렵죠.

예정대로 지각. 밥 먹느라 10분 정도 늦었습니다. 강연에 늦고도 이토록 속 편한 것도, 수도가 꽝꽝 얼어서 화장실을 쓰지 못하는 강연장도, 마을회관 같은 강연장의 오붓함도 다 처음이었어요. 암막 커튼이 없고 햇살이 눈부셔서 스크린이 희미하게 보였지만 별다른 지장이 없었죠. 두시간이 태평하게 흘렀습니다. 강연료가 적어서 미안하다며 엄 선생님이 꾸러미를 건네셨어요. 직접 농사지은 쌀로 만든 누룽지, 딸기잼, 블루베리잼, 계란, 술이 한보따리였습니다.

"산이 참 깊네요." 들어올 때 안 보이던 풍경이 나갈 때야 보였습니다. 울울창창한 산림에 감탄하는 제게 엄 선생님이 말해요. "저 아랫마을에 사는 할머니들은 산에서 내려온 호랑이를 봤다고 해요. 호랑이가 사람을 잡아먹으면 머리는 남기고 몸통만 먹는대요. 멧돼지는 머리까지 다 먹고요." 무슨 전래동화처럼 믿기지 않는 이야기에 저는 눈이 동그래졌고요. 하지만 본 적 없는 공룡도 믿는데 할머니가 본 호랑이를 못 믿을 건 무언가요. 괴산에서 보낸 반나절 동안 시간 엄수, 근거 확립, 신속 정확 같은 도시의 감각에서 잠시 놓여나니 마음이 들녘처럼 넉넉해집니다.

「내 친구 정일우」의 원래 제목은 '사람 물리치지 않는 정신부'였다고 합니다. 사람 물리치지 않는 사람을 품은 고장에서, 그가 말하곤 했던 사람 물리치지 않는 주문을 되뇌어

4부 배움과 아이들

봅니다. "사람은 누구나 깨진 꽃병이다. 이렇게 막고 저렇게 막고 해봤자 깨진 걸 숨길 수 없다." 저는 연탄난로와 깨진 꽃병의 마음이 있는 그곳이 천국이었구나 느끼면서 서울로 향합니다.

독서의 보물지도

히트곡이 하나뿐인 가수는 전국을 다니면서 맨날 같은 노래만 하고 살 텐데 얼마나 지루하고 쓸쓸할까라는 저의 말을 듣던 선배가 그랬습니다. 그게 뭐 어떠니. 어차피 청중은 처음 듣는 노래일 거고 가수는 자기 노래로 거기 온 사람들에게 힘을 주었으니 그거면 가수로서 본분을 다한 거지. 선배의 말에 뜨끔했죠. 당시 제 나이 서른 즈음이었는데요, 잘 알지도 못하면서 남의 삶을 함부로 말했구나 싶어 급히 반성을 하면서도 선배의 말이 이상하게 위로가 되었습니다.

그날의 대화가 한번씩 떠오릅니다. 히트곡이 많은 유명

가수가 되는 건 고사하고 평생 노래하자면 체력이 뒷받침
돼야 하고, 누구나 아는 내세울 노래 하나쯤은 필수인 데다
가, 또 자기를 기억하고 불러주는 사람도 지상에 존재해야
하는데, 이 모든 게 당연하지 않다는 걸 한 20년쯤 흘러서 알
게 됐네요. 우리는 대부분 주인공보다 무명 가수에 가까운
삶을 살아가며, 그것조차 쉬운 일이 아니고 그리 비관할 일
도 아님을요.

제가 몸담은 출판계라고 다를까요. 책이 나와도 언론과
대중의 주목을 받는 경우는 일부죠. 출판사가 모든 책에 마
케팅 비용을 들이진 못해요. 적지 않은 책들이 시한부 운명
이 예비된 채 태어납니다. 2012년에 나온 제 첫 산문집도 판
매가 부진해 3년 만에 절판됐죠. 초보 저자는 어리둥절한 채
낙담했으나 다행히 그 책을 아끼는 동네책방 '비엥'에서 '절
판기념회' 자리를 열어준 덕분에 슬픔은 얼마 안 가 기쁨이
되었고요, 그 슬픔과 기쁨은 다시 글이 되었습니다.

한번은 친구의 책이 나왔을 때, 출판사가 마련한 공식 행
사가 없다는 말을 듣고 '그럼 우리가 하자'며 의기투합했죠.

카페를 빌리고 문장카드를 만들고 꽃시장에서 꽃을 사서 장식하고는 척척 북토크를 열었습니다. 신나는 일이었죠. 앞으로도 책이 나오면 우리끼리 품앗이로 이렇게 놀기로 약속했어요. 이처럼 책은 출판사에서 펴내지만 계속 쓸 힘은 동료들에게 나오기도 했습니다.

삶에서 무엇을 왜 추구하고 어떻게 지키고 살아야 하는지, 차근히 하나씩 배워가는 중입니다. '주인공의 자리'를 지키는 게 아니라 '사람의 온도'를 유지하는 게 행복이구나 깨닫습니다. 책과 친구의 도움 없이 그것이 가능하지 않다는 사실도 알게 됐습니다. 가치에 대한 질문이 희박해지고 환영받지 못하는 시대에 나와 놀아주는 유일한 두 존재가 바로 친구와 책입니다.

문학평론가 박혜진은 『이제 그것을 보았어』(난다 2022)에서 책을 통해 대비할 수 있는 일이란 없고 벌어질 일은 벌어지고 만다면서도 그럼에도 불구하고 "어떤 밤에는 문학만이 나를 살려두었다"(326면)고 고백했는데요. 제게도 '나를 살려둔' 책들의 목록이 있습니다. 불운을 대비할 수도 없고 스펙이 되지도 않는 책, 그깟 배부르지도 않은 책, 그러나 도통 무용해서 나를 억압하지 않는 책. 먼저 그것을 보았던 사람들의 깨침의 언어들이 담긴 책, 한 사람을 살려둔 책들의 목록과 이야기가 담긴 '독서의 보물지도'를 여러분 생의 윗목에 두고 갑니다. 나를 살린 책들이라면 남도 살릴 수 있으리라는 간곡한 마음으로요.

그간 열두권의 책을 내면서 각기 다른 출판사 다른 편집자와 일했습니다. 의도한 바는 아닌데 공교롭게도 그리됐죠. 이번에 처음으로 같은 동료와 두번째 책을 만들었네요. 『있지만 없는 아이들』을 만든 최지수 편집자가 『해방의 밤』의 책임 편집을 맡아주었습니다. 흔히 동료와의 협업을 '호흡을 맞추다'라고 말하는데, 적절한 표현 같습니다. 일의 속도와 욕망의 강도가 다르면 호흡이 틀어지고 그런 상태로 나란히 걷긴 어려울 테니까요.

이번 책은 2019년부터 2022년까지 4년간 신문과 잡지 등에 쓴 글을 토대로 작업했습니다. 원고 취합부터 제작까지,

359

책의 꼴을 구상하고 글의 흐름을 정하고 의견을 교환하는 긴 여정을 최지수 편집자와 같이했습니다. 곁에 있는 것만으로도 위안과 용기가 되어주었죠. 호흡이 맞는 동료와 일하는 안정과 기쁨을 선물해준 최지수 편집자에게 고마운 마음 전합니다.

『해방의 밤』에 긴 숨을 불어넣어준 독자에게도 애정을 보냅니다.

2024년 새해에

은유

부록

해방의 목록

리베카 솔닛 『세상에 없는 나의 기억들』, 김명남 옮김, 창비 2022

미셸 바렛·메리 맥킨토시 『반사회적 가족』, 김혜경·배은경 옮김, 나름북스 2019

데버라 리비 『살림 비용』, 이예원 옮김, 플레이타임 2021

캐럴라인 냅 『욕구들』, 정지인 옮김, 북하우스 2021

캐럴라인 줍 『버지니아 울프의 정원』, 메이 옮김, 봄날의책 2020

알랭 바디우 『사랑 예찬』, 조재룡 옮김, 길 2010

김수우·김민정 『나를 지켜준 편지』, 열매하나 2019

윤이형 『붕대 감기』, 작가정신 2020

아룬다티 로이 『9월이여, 오라』, 박혜영 옮김, 녹색평론사 2011

라이너 쿤체 『나와 마주하는 시간』, 전영애·박세인 옮김, 봄날의책 2019

보후밀 흐라발 『너무 시끄러운 고독』, 이창실 옮김, 문학동네 2016

버지니아 울프 『파도』, 박희진 옮김, 솔 2019

레프 니꼴라예비치 똘스또이 『이반 일리치의 죽음』, 이강은 옮김, 창비 2012

한정원 『시와 산책』, 시간의흐름 2020

모이라 데이비 엮음 『분노와 애정』, 김하현 옮김, 시대의창 2018

켄 로치 감독 「미안해요, 리키」, 2019

치마만다 응고지 아디치에 『보라색 히비스커스』, 황가한 옮김, 민음사 2019

정지우 감독 「4등」, 2016

김윤아 「Flow」, 『섀도우 오브 유어 스마일』, 2001

최예원 외 『죽고 싶지만 살고 싶어서』, 글항아리 2021

이창동 『시 각본집』, 아를 2021

은유 『알지 못하는 아이의 죽음』, 임진실 사진, 돌베개 2019

416세월호참사 작가기록단 『그날이 우리의 창을 두드렸다』, 창비 2019

김진영 『상처로 숨 쉬는 법』, 한겨레출판 2021

김진영 『아침의 피아노』, 한겨레출판 2018

아니 에르노 『한 여자』, 정혜용 옮김, 열린책들 2012

알폰소 쿠아론 감독 「로마」, 2018

51명의 충청도 할매들 『요리는 감이여』, 창비교육 2019

존 버거 『제7의 인간』, 차미례 옮김, 눈빛 2004

김보라 감독 「벌새」, 2018

장애여성공감 『어쩌면 이상한 몸』, 오월의봄 2018

박이은실 『양성애』, 여이연 2017

김지은 외 지음 『사랑해서 때린다는 말』, 세이브더칠드런 기획, 오월의봄 2018

리베카 솔닛 『이것은 이름들의 전쟁이다』, 김명남 옮김, 창비 2018

김진숙 『소금꽃 나무』, 후마니타스 2007

박권일 외 『능력주의와 불평등』, 교육공동체벗 2020

이용덕 『우리가 옳다!』, 숨쉬는책공장 2020

리베카 솔닛 『이것은 누구의 이야기인가』, 노지양 옮김, 창비 2021

황정은 『계속해보겠습니다』, 창비 2014

브래디 미카코 『아이들의 계급투쟁』, 노수경 옮김, 사계절 2019

루쉰 『아침 꽃 저녁에 줍다』, 김하림 옮김, 그린비 2011

김승일 외 『교실의 시』, 돌베개 2019

헨리 데이빗 소로우 『월든』, 강승영 옮김, 은행나무 2011

러네이 엥겔른『거울 앞에서 너무 많은 시간을 보냈다』, 김문주 옮김, 웅진지식
    하우스 2017
이라영『정치적인 식탁』, 동녘 2019
월트 휘트먼『풀잎』, 허현숙 옮김, 열린책들 2011
노동환경건강연구소 기획『고통에 이름을 붙이는 사람들』, 포도밭출판사 2021
이라영『말을 부수는 말』, 한겨레출판 2022
성태숙『변방의 아이들』, 민들레 2015
최승자『이 시대의 사랑』, 문학과지성사 1981
김동원 감독「내 친구 정일우」, 2017

해방의 밤
당신을 자유롭게 할 은유의 책 편지

초판 1쇄 발행 / 2024년 1월 15일
초판 3쇄 발행 / 2024년 3월 29일

지은이 / 은유
펴낸이 / 염종선
책임편집 / 최지수 신채용
조판 / 박아경
펴낸곳 / (주)창비
등록 / 1986년 8월 5일 제85호
주소 / 10881 경기도 파주시 회동길 184
전화 / 031-955-3333
팩시밀리 / 영업 031-955-3399 편집 031-955-3400
홈페이지 / www.changbi.com
전자우편 / human@changbi.com

ⓒ은유 2024
ISBN 978-89-364-8010-3 03810